Feline

Bibliografische Information der Deutschen Bibliothek: Die Deutsche Bibliothek verzeichnet diese Publikation in der Deutschen Nationalbibliografie; detaillierte bibliografische Daten sind im Internet über http://dnb.ddb.de abrufbar.

Originalausgabe
Dezember 2015

Layout und Umschlaggestaltung:
Sigrid Pomaska
unter Verwendung von Illustrationen/fotolia.com
©tigatelu, ©kasanka, ©Subbotina Anna, ©oowenoc

Herstellung:
Druck und Verlag Pomaska-Brand GmbH
Schalksmühle
www.pomaska-brand-verlag.de

Printed in Germany
978-3-943304-33-6

Belkis Lesaar

Feline

und die Schwesternschaft der Wahrheit

Pomaska-Brand Verlag

Kapitel 1

Unerwarteter Besuch

Es war nach Mitternacht auf der Erde, als plötzlich eine Fee aus dem Schatten ins Licht einer Straßenlaterne trat. Einfach so, wie aus dem Nichts. Ihre Augen waren von Angst erfüllt und sie war außer Atem. Die Fee schaute sich hastig in der kleinen Gasse um, in der sie aufgetaucht war. Sie wollte sichergehen, dass kein Menschling sie beobachtete. Sie huschte wie aufgescheucht zur nächsten Ecke und lugte vorsichtig in die ebenfalls menschenleere Straße, die direkt auf einen großen Platz führte, auf dem sich die alte Stadtbibliothek befand.

Eilig warf sie sich die Kapuze ihres rubinroten Umhanges über den Kopf und setzte ihren kleinen, pummeligen Körper mit schnellen Schritten in Bewegung. Sie hoffte inständig, in der Bibliothek eine Fee namens Lesia vorzufinden, der sie zuvor noch nie begegnet war. Sie wusste lediglich, dass Lesia vor mehr als siebzig Jahren aus dem Feenland verbannt worden war und seither, als Menschling getarnt, ihr Dasein auf der Erde fristete. Sie war einst eine von wenigen Feen gewesen, die es gewagt hatte, sich dem mächtigen Feenkönig Borgarus zu widersetzen.

Die pummelige Fee kam schnaubend und von der drückenden Schwüle erschlagen an der Bibliothek an, hinter deren großen Fenstern kein Licht brannte. Es war ein hohes Gebäude aus alten Backsteinen, das in die Jahre gekommen war. Mit letzter Kraft schleppte sie sich schleunigst die breite Steintreppe zu der bogenförmigen, dunklen Holztür hinauf. Ihr Herz hämmerte entsetzlich gegen den Brustkorb, als sie fast im selben Rhythmus mit der Faust gegen die Tür donnerte. Dreimal. Keuchend wartete sie eine Weile und klopfte noch weitere dreimal. Aber niemand machte ihr auf. Nervös trat sie näher an die Tür heran, formte die Hände zu einem Trichter und begann zu flüstern:

„Mein Name ist Ada Hanlia Kisli“, sagte sie leise, aber ihre Stimme schallte wie ein lautes Dröhnen im Inneren der Bibliothek durch alle Räume und ließ die Fenster erzittern. „Ich komme aus Fantasia und bin eine ergebene Dienerin von Prinzessin Orelia. Ich bin auf der Suche nach Fee Lesia. Etwas Schreckliches ist im Feenland geschehen. Falls Ihr da seid, so gewährt mir bitte Einlass. Ich benötige Eure Hilfe!“

Adas Stimme verhallte und es wurde wieder still … bis die Tür nach einer Weile unverhofft aufging, langsam und knarrend. Vor ihr stand eine alte Frau mit faltigem Gesicht und erschöpft dreinblickenden Augen. Mit Strickjacke und Lesebrille, die ihr bis auf die Nasenspitze hinuntergerutscht war, sah sie aus wie eine Bibliothekarin. Diese gebrechliche Frau konnte unmöglich eine Fee sein. Ada war verunsichert.

„Fee Le…Lesia? Seid Ihr es?“, stammelte sie verlegen, als die alte Bibliothekarin sie plötzlich am Kragen packte, mit einem Ruck hereinzog und die Tür mit derselben Wucht schnell zuknallte. Ohne ein Wort zu sagen zog sie Ada, deren nackte Füße leise und hastig über den Holzboden platschten, durch die dunkle und angenehm kühle Bibliothek hinter sich her. Sie schritten eine Allee aus deckenhohen Bücherregalen entlang, die den Geruch von staubigem Pergament verströmten. Die alte Frau führte sie in ihre Kammer, in der niemand sie sehen oder hören konnte, und ließ die Tür ins Schloss fallen.

„Ich bin Fee Lesia!“, sprach sie dann mit rauer Stimme. „Lange ist es her, dass ich die Hoffnung auf ein Zeichen aus Fantasia aufgegeben habe. Nun sagt, Dienerin des Feenschlosses, was ist geschehen, dass Ihr Euch zu so später Stunde auf die Erde begebt?“

Unerwartet packte Ada sie an den Schultern und schaute sie mit traurigen Augen eindringlich an. „Meine Herrin Prinzessin Orelia ist tot!“, flüsterte sie mit schmerzerfüllter Stimme. „Ihre Kinder, die Prinzen und Prinzessinnen und viele andere Feen. Sie sind alle tot!“

Schlagartig zog sich alles in Lesia zusammen, diese Nachricht erschütterte sie zutiefst.

„Meine Herrin hatte es nicht kommen sehen“, fuhr Ada mit bebenden Lippen fort, während ihr die Tränen aufstiegen. „Das … das Ungeheuer hat sie alle verschlungen. Bei lebendigem Leibe.“

„Welches Ungeheuer?“, unterbrach Lesia sie erschrocken. „Wovon sprecht Ihr?“

Ada packte sie fester an den Schultern.

„Der Gor…Gor…“, stotterte sie entgeistert, „der Gorlock hat sie gefressen.“

Dann ließ sie erschöpft von Lesia ab und schlug ihre Hände tiefbetrübt vor das Gesicht.

Lesia wurde kreidebleich. Für einen Moment herrschte Stille. Der Gorlock war eines der schrecklichsten Geschöpfe aus der Tiefe der Feenunterwelt. Der Duft der Feen hatte ihn stets an die Oberfläche gelockt, wo er seinen unersättlichen Hunger nach frischem Feenblut stillen konnte. Jedoch wurde er vor langer Zeit durch eine mächtige Fee für ewig in die Dunkelheit verbannt. Bei dem Gedanken, dass diese Kreatur es tatsächlich geschafft hatte, einen Weg aus der Unterwelt herauszufinden, lief es Lesia eiskalt den Rücken hinunter.

„Aber wie kann das sein?“, fragte sie entsetzt, als sie ihre Stimme wiedergewonnen hatte. „Die vier Tore zur Unterwelt wurden doch vor Jahrhunderten mit dem Ewigkeitswunsch verschlossen. Wie konnte er da nur herauskommen?“

Ada nahm die Hände vom Gesicht und schaute sie mit eisiger Miene an.

„Eines der Tore – der Silberspiegel – wurde heute Nacht geöffnet“, sagte sie kalt. „Ich war gerade dabei, in den Wald zu gehen, als ich König Borgarus auf den Gängen herumschleichen sah. Er war allein und schien nervös. Ich weiß nicht warum, aber ich folgte ihm unauffällig. Er ging in den Nordflügel, wo keine Wachen mehr postiert waren, und betrat den Spiegelsaal. Ich beobachtete ihn durch den Türspalt, wie er flüsternd einen Spiegel beschwor. Zuerst verstand ich kein Wort, aber seine Stimme wurde immer lauter und gellender. Und dann begriff ich: Er hob den Ewigkeitswunsch auf, und vor ihm stand der Silberspiegel, den er, wer weiß wie lange schon, im Spiegelsaal versteckt hielt.“

„Was? Borgarus hat das Tor zur Unterwelt geöffnet?“, platzte Lesia fassungslos heraus.

Das Entsetzen stand ihr ins Gesicht geschrieben. Ada holte ihren Blitzer aus der Innentasche ihres Umhangs, – eine walnussgroße, grüne Kugel, die wie ein gläsernes Auge aussah. Jede Fee besaß einen, in dem sie alle ihre Erinnerungen gespeichert hielt.

„Hier, seht selbst, wie alles geschah“, sagte sie traurig und legte den Blitzer in Lesias Hand. „Ich bin eine einfache Schlossdienerin. Zu meinem unermesslichen Bedauern konnte ich nichts weiter machen, als die Gräueltat aus einem Versteck mit anzusehen.“

Lesias Hand zitterte. Sie atmete tief durch und schaute mit zusammengekniffenen Augen gebannt hinein.

Der Blitzer flackerte einige Augenblicke und leuchtete dann

ein Mal gleißend auf. Lesia war das grüne, grelle Licht des Blitzers nicht mehr gewohnt, ihre Augen flimmerten noch, als sie darin allmählich den Spiegelsaal erkannte. Hunderte von Spiegeln reflektierten das flackernde Licht einer Fackel und erleuchteten den ganzen Saal. Erschrocken schnappte Lesia laut nach Luft. König Borgarus – größer und mächtiger als in ihrer Erinnerung – stand mit erhobenen Händen da. Über seinem goldenen Kettengewand trug er einen schwarzen, schweren Umhang, der sich wallend hinter ihm über dem Boden ausbreitete. Seine Augen, zwei tiefe, schwarze Löcher, starrten wie hypnotisiert in den Silberspiegel, den er mit scharfer Stimme beschwor. Zwischen all den prunkvollen, aufwendig verzierten Spiegeln, die im Saal herumstanden, war dieser der unscheinbarste. Er war staubig, klein und hatte einen schmalen, silbernen Rahmen; niemand hätte hinter seinem jämmerlichen Äußeren das Tor zur Unterwelt erwartet. Aber der Spiegel veränderte seine Gestalt. Er wurde größer und größer, bis er wie ein riesengroßer Monolith bis unter die Decke reichte. Sein Rahmen schien zu zerfließen und schlug plötzlich scharfe Zacken aus, als würde er seine Stachel ausfahren. Seine Füße wurden zu zwei großen, eisernen Klauen, die sich in den Steinboden krallten und sich darin fest verankerten.

König Borgarus' Stimme verhallte und ein böses Grinsen breitete sich langsam auf seinem hageren Gesicht aus. Er strich sich zufrieden über seine drei langen Bartzöpfe, die spitz an seinem Kinn herunterhingen, und trat voller Erwartung einen Schritt zur Seite. Das Spiegelglas begann sich zu verflüssigen und schlug kleine Wellen, als dann der Gorlock – wie von der Kette gelassen – hindurch sprang.

Lesia stockte der Atem. Eine wolfsähnliche Kreatur mit zwei großen Köpfen an langen Hälsen verfinsterte den Saal. Seine ledrige

Haut glänzte wie schwarzes Blut. Er fletschte seine Reißzähne, von denen giftiger, gelber Speichel tropfte, und nahm sofort die Witterung nach warmem Feenblut auf. Hungrig und aufgeregt sprang er davon.

Der Blitzer flackerte. Lesia konnte nichts mehr erkennen, aber ohne zu blinzeln hielt sie die Augen auf ihn gerichtet. Dann sah sie wieder den Gorlock, wie er sich mit blutunterlaufenen Augen den Weg in den Speisesaal erschnüffelte.

Prinzessin Orelia war sich der herannahenden Gefahr nicht bewusst. Sie spielte Harfe und sang ein altes Feenlied für ihre Kinder, während diese zu den wundervollen Klängen aßen und tranken. Auch Diener und Wachen des Schlosses waren von ihrer lieblichen Stimme wie benommen. Sie bemerkten den Gorlock erst, als er mit einem gewaltigen Satz mitten im Saal landete und die Musik jäh verstummen ließ. Seine beiden Köpfe überragten die zu Tode erschrockenen Feen und schnellten abwechselnd hinunter – wie zubeißende Schlangen. Als erstes schnappte er sich Prinzessin Orelia. Er schleuderte sie mit dem einen Maul in die Luft und ließ sie in das andere, gierig aufgerissene Maul hineinfallen. Danach verschlang er die Kinder. Alle acht. Eins nach dem anderen. Es passierte alles so schnell, dass ihre Schreie sofort erstickten und ihnen niemand zu Hilfe eilen konnte. Das vergossene Blut leckte der Gorlock vom Boden und von den Wänden ab, bis er so satt war, dass er keinen Blutstropfen mehr herunterbekam. Dann schlich er sich schwerfällig davon.

Der Blitzer erlosch.

Lesia schrak mit einem tiefen Seufzer auf, als wäre sie aus einem Albtraum erwacht. Ihr Gesicht war von Tränen überströmt und ihr Brustkorb bebte förmlich. Sie merkte, wie eine unermessliche Wut in ihr aufstieg, die sie erzittern ließ. Sie schüttelte sich so heftig, dass ihre Brille quer durch den Raum schoss und ihre Haare zerzausten.

„Mörder!“, fauchte sie mit schauderhafter Stimme. „Dieser falsche, verlogene König. Wie konnte er das seiner Zwillingsschwester nur antun? Pah! Wie schwarz muss seine Seele sein?“

„Wieso hat er so etwas Schreckliches getan?“, fragte Ada erschüttert. „So viele unschuldige Feen.“

Lesia machte einen großen Schritt auf Ada zu und beugte sich zu ihr herab, so dass ihre Nasen sich berührten. Ada wurde leicht nervös.

„Versteht Ihr nicht?“, zischte Lesia. „Er ließ das Ungeheuer ins Schloss, damit es Prinzessin Orelia und ihre Kinder tötet. Die Dienerschaft des Schlosses starb nur, damit niemand Verdacht schöpft. So werden alle denken, dass der Gorlock einen Weg aus der Unterwelt gefunden und sich zufällig ins Schloss geschlichen hat, um seinen Hunger zu stillen. Niemand wird auf die Idee kommen, dass das des Königs Plan war, seine Schwester ein für alle Mal loszuwerden.“

„Aber warum?“, fragte Ada entrüstet. „Was hat meine Herrin ihm getan?“

„Das, teure Ada, ist die richtige Frage. Warum? Was hatte Orelia gegen Borgarus in der Hand? Es muss ihm solch eine Heidenangst eingejagt haben, dass er sie kaltblütig tötete.“

Lesia wandte sich von Ada ab und versank in Gedanken. Grummelnd und angestrengt dachte sie eine Weile nach.

„Aber natürlich“, sagte sie dann laut und begann, hitzig mit sich selbst zu sprechen. „Es kann nur einen Grund geben. Orelia muss ihm auf die Schliche gekommen sein. Sie muss die Wahrheit über ihn erfahren haben. Aber wie? Wie???“

Erschrocken und aufgeregt schlug Lesia die Hand vor die Stirn, als hätte es ihr früher einfallen müssen.

„Die Schriftrolle?!“, hauchte sie fassungslos und konnte kaum glauben, was sie da sagte. Ihre Augen funkelten hoffnungsvoll. „Aber ja doch … Orelia muss die Schriftrolle gefunden und ihm gedroht haben, allen die Wahrheit zu erzählen. So wird es gewesen sein. Alles andere ergibt keinen Sinn. Warum hätte er sie sonst töten sollen?“

Dann wiederum schüttelte sie heftig den Kopf. „Nein, nein, das kann nicht sein“, widersprach sie sich selbst. „Niemand hat die Schriftrolle je gefunden. Das ist unmöglich. Selbst wir haben es seinerzeit nicht geschafft.“

Ada hörte regungslos zu, während Lesia verworren weiterredete und hektisch wie ein aufgescheuchtes Huhn umherlief. Sie hatte nicht die geringste Ahnung, wovon Lesia da sprach.

„Welche Schriftrolle?“, traute sie sich schließlich zu fragen.

Lesia blieb abrupt stehen und schaute Ada mit wirren Augen an, als hätte sie ihre Anwesenheit völlig vergessen.

„Äh … äh … nichts … ich …“, stotterte sie irritiert, „ich habe nur so daher gefaselt.“

Dann ergriff sie ruppig Adas Arm.

„Ihr müsst etwas gegen Borgarus unternehmen“, forderte Lesia sie eindringlich auf. „Als erstes müsst Ihr herausfinden, warum er sie getötet hat. Dann informiert Ihr den Feenrat oder sucht Euch loyale, mutige Feen und verkündet es gemeinsam dem Feenvolk …“

„Wartet, wartet“, unterbrach Ada sie aufgeregt, „ich habe in meiner Trauer vergessen, es Euch zu sagen: Ein Feenkind hat überlebt! Die jüngste Prinzessin. Sie muss zuerst in Sicherheit gebracht werden.“

Lesia ließ Adas Arm, den sie immer noch umklammert hielt, los und starrte sie fragend an.

„Sie war im Wald, als es passierte", erzählte Ada glücklich. „Sie kehrte nichts ahnend ins Schloss zurück, als sie mir vor den Toren in die Arme lief. Ich habe mir nichts anmerken lassen und brachte sie sofort in meinen Baum, um sie dort versteckt zu halten. Aber sie kann dort nicht lange bleiben. Sie muss Fantasia verlassen, ehe der König sie findet."

Sie griff Hilfe suchend nach Lesias Händen.

„Ihr müsst mir helfen, sie aus Fantasia wegzubringen", sagte sie flehend. „Sonst wird das ihr sicherer Tod sein. Prinzessin Orelia hatte mir Eure Loyalität versichert. Ihr würdet niemals erlauben, dass ihren Kindern etwas zustößt. Bitte, seid an meiner Seite. Alleine schaffe ich es nicht."

„Wie kann ich denn helfen?", grummelte Lesia verzweifelt und strich sich nervös durch die Haare. „Seht mich doch an. Ich bin schwach. All die Jahre ist meine Lebensenergie Stück für Stück aus meinem Körper gewichen. Meine Wunschkräfte reichen für die Rettung einer Prinzessin nicht mehr aus. Und selbst wenn es nicht so wäre, wie könnte ich nach Fantasia zurück? Hat man es Euch nicht gesagt? Ich bin eine Verbannte. Ich kann nur zurück, wenn Borgarus mich begnadigt – und das wird er niemals tun – oder ich den *reinen Menschling* finde. Und glaubt mir, ich habe jahrelang auf der Erde nach ihm gesucht. Aber es ist unmöglich, jemanden zu finden, dessen Namen und Gesicht man nicht kennt."

Auf Adas Gesicht breitete sich ein verschmitztes Lächeln aus, das schon fast unangebracht erschien.

„Ich weiß, wer der reine Menschling ist", flüsterte sie dann geheimnisvoll. „Ich kenne seinen Namen."

Lesia starrte sie ungläubig an. Adas Worte hallten in ihrem Kopf, bis sich alles um sie herum zu drehen begann. Sie hatte das Gefühl, ohnmächtig zu werden. Hatte sie sich etwa verhört?

„W…was habt Ihr gesagt?“, stotterte sie verdattert. „Es … es ist unmöglich! Nur der König kennt den Namen des reinen Menschlings.“

„Nicht ganz. Wenige Tage vor dieser grauenvollen Nacht ließ mich meine Herrin zu sich kommen“, berichtete Ada. „Sie war nervös und wirkte verängstigt. Als hätte sie das nahende Unheil geahnt. Sie sagte, falls ihr etwas zustöße, solle ich ihre Kinder der Obhut des reinen Menschlings anvertrauen. Sie sagte mir nicht, wie sie es in Erfahrung gebracht hatte, aber sie nannte mir den Namen … Minna Dwain … und dann Eure Bleibe auf der Erde, damit ich Euch zu ihr führe.“

Ada stellte sich auf die Zehenspitzen.

„Fee Lesia, *sie* ist Eure Fahrkarte nach Fantasia!“, flüsterte sie ihr mit frohlockender und fester Stimme ins Ohr. „Und sie ist näher, als Ihr denkt. Sie ist hier in London!“

Lesias Pulsschlag erhöhte sich drastisch, das erste Mal seit ihrer Verbannung. Sie fühlte, wie sich langsam neues Leben in ihr ausbreitete.

„Seid Ihr Euch da auch ganz sicher?“, fragte Lesia tief durchatmend und wäre vor Freude fast zerplatzt.

„Sie ist es!“, sagte Ada bekräftigend nickend. „Ich habe sie durch das Erdenfenster beobachtet. Und sie ist hinreißend, ein bisschen tollpatschig, aber hinreißend. Sie ist Lehrerin an einer Grundschule und bei ihren Schülern sehr beliebt. Neben einigen wenigen Freundinnen und ihren Eltern hat sie sonst niemanden. Wir müssen uns ihr offenbaren und hoffen, dass sie in das Abenteuer einwilligt und uns nach Fantasia begleitet, um die Prinzessin abzuholen.“

Lesia lachte hell auf. Vor Glück sprudelnd wirbelte sie einmal herum, dann nahm sie Ada in die Arme und wirbelte auch diese herum. Nicht ein einziges Mal seit ihrer Verbannung hatte sie wirklich daran geglaubt, je wieder nach Fantasia zurückkehren zu können.

„Also, hört mir gut zu“, sagte Lesia energisch und setzte Ada wieder ab. „Ihr macht Folgendes: Ihr sagt niemandem auch nur ein Wort. Borgarus ahnt sicherlich nicht, dass Ihr ihn gesehen habt, also wird er sich in Sicherheit wiegen. Beobachtet ihn. Haltet Augen und Ohren offen. Ihr müsst herausfinden, warum Prinzessin Orelia sterben musste.“

Und während Lesia fiebrig erzählte, spürte Ada mit großer Erleichterung, dass die alte, gebrechliche Frau wieder zu sich fand. Als wäre sie in den wenigen Augenblicken verjüngt; als wäre die Fee, die seit Jahrzehnten aufgehört hatte, eine Fee zu sein, wieder zum Leben erweckt worden.

„Nun geht jetzt, damit niemand Eure Abwesenheit bemerkt“, sagte Lesia aufgeregt. „Ich werde den reinen Menschling benachrichtigen. Und schon morgen Nacht …“, sie hörte förmlich ihr Herz schlagen, „kommen wir nach Fantasia und holen die Prinzessin.“

„Im nördlichen Teil des Lebenswaldes, dort wo die Eschen wachsen, steht mein Baum. Es ist die kleinste Esche von allen. Sie ist sehr unscheinbar. Ich werde euch bei Anbruch der Nacht erwarten. Es sei denn … der reine Menschling verweigert sich“, erwähnte Ada den möglichen Stolperstein. „Denn zwingen könnt Ihr ihn nicht.“

„Das wird nicht nötig sein“, sagte Lesia zuversichtlich mit einem Augenzwinkern. „Wer könnte schon einer Fee einen Wunsch abschlagen?“

Als Ada sich wieder in die drückende Hitze der Nacht begab, der sie diesmal mit Gleichmut begegnete, war sie zutiefst erleichtert. Sie hatte nun eine Verbündete, und zwar eine mächtige! Lesia würde niemals zulassen, dass der König der kleinen Prinzessin etwas zuleide täte.

Sie lief eilig quer über den beleuchteten Platz, bog in eine kleine Gasse ein und blieb in einer dunklen Ecke stehen. Sie schloss die Augen und kehrte nach Fantasia zurück.

Lesia stand immer noch regungslos in ihrer Kammer, während ihr Innerstes vor Aufregung bebte. Endlich war ihre Zeit gekommen! Sie würde nicht nur versuchen, die Prinzessin vor König Borgarus zu retten, sondern ganz Fantasia. So, wie sie es seit jeher beabsichtigt hatte. Sie würde da weitermachen, wo sie vor ihrer Verbannung aufhören musste. Ein zufriedenes Lächeln huschte über ihr Gesicht. Sie griff nach Stift und Papier und schrieb Minna Dwain einen magischen Brief …

Der reine Menschling

„Kaufen Sie! Die Kette aus Weißgold kostet Sie heute nur hundertdreiundzwanzig Pfund …" *Zapp.*

„Ich vermisse dich." – „Ich weiß, Bella. Ich weiß genau, wie du dich fühlst. Es ist, als hättest du einen Teil von mir mit dir genommen." *Zapp.*

„Ameisen können das Hundertfache ihres Körpergewichts tragen …"

„Uuund aus!", nuschelte Minna gelangweilt und schaltete den Fernseher aus. Von der schwülen Nacht förmlich erdrückt lag sie in ihrem Schlaf-Shirt zwischen Fernbedienung und Chipstüte auf der Couch.

„Ich hätte in Urlaub fahren sollen", stellte sie gähnend fest. „Wofür hat man denn sonst Sommerferien? So sterbe ich ja noch vor Langeweile. Und Hitze." Schon seit Tagen herrschte eine ungewöhnliche, lähmende Hitze in London, die selbst die Meteorologen so nicht vorhergesehen hatten.

Minna schluffte müde zu ihrem Bett, in dem sie vor der trostlosen Nacht Zuflucht suchen wollte, als unverhofft ein Vogel durch das offene Fenster hereingeflogen kam und sich auf die Fensterbank setzte.

„Huch", erschrak Minna entzückt. „Na, du Piepmatz. Suchst du Langeweile? Zu spät, die Einmannparty ist vorbei. Ich wollte gerade ins Bett gehen."

Der Vogel flog unbekümmert wieder weg.

„Na also. Wenn das nicht den Abend rettet, dann weiß ich auch nicht", witzelte Minna vergnügt.

Geschmeichelt vom tierischen Kurzbesuch legte sie sich ins Bett und knipste die Nachttischlampe aus. Ihre Lieblingsschlafposition war Bauchlage mit angezogenem Bein, so konnte sie am besten einschlafen. Doch bei gefühlten vierzig Grad fiel es ihr schwer, in den Schlaf zu finden. Während sie sich hin und her wälzte, beschlich sie immer mehr das seltsame Gefühl, beobachtet zu werden. Sie knipste die Lampe wieder an und stand vor Schreck senkrecht im Bett. Derselbe Vogel, der auf ihrer Fensterbank gesessen hatte, hatte sich diesmal am Fußende ihres Bettes niedergelassen. Er saß einfach so da und schaute sie an.

„Ksch … ksch … verschwinde du Piepmatz … kschsch …"

Minnas hysterische Bewegungen ließen den Vogel völlig unbeeindruckt. So sehr sie auch mit Armen und Beinen wild umherfuchtelte, dachte er nicht daran, sich verscheuchen zu lassen. Wie ungewöhnlich für einen Vogel! Minna beugte sich stutzig nach vorne und schaute sich ihn genauer an. Sie traute ihren müden Augen nicht: Der Vogel war gar kein richtiger Vogel – kein echter aus Fleisch und Blut. Er war aus Papier, wie Origami.

„W…wie ist das mö…möglich?“, stotterte sie halb entgeistert, halb hysterisch. „Wo kommst du her?“

Als wollte der Papiervogel ihr antworten, begann er zu zwitschern und flatterte los. Er war so laut, dass Minna vor Panik aus dem Bett fiel. Sie rappelte sich rasch auf die Beine und nahm die Verfolgung auf. Mit ausgestreckten Armen und verrutschtem Pferdeschwanz stolperte sie dem Trällerhals durch ihre Einzimmerwohnung hinterher. Sie wollte ihn schnellstmöglich einfangen und die Nachtruhe wiederherstellen, auch wenn sie ihm dafür den Schnabel zukleben müsste.

Aber so einfach war das nicht. Der Papiervogel flog mal oben, mal knapp über dem Fußboden und mal machte er Loopings. Immer wenn Minna nach ihm schnappte, manövrierte sich der Schreihals aus der brenzligen Situation heraus und überließ ihr die Verwüstung des Zimmers. Sie riss die Deckenlampe herunter, fegte ihre Sammlung an geometrischen 3D Puzzles vom Regal und stieß die Büchertürme von ihrem Schreibtisch. Doch der Vogel zwitscherte die Tonleiter einfach fröhlich rauf und runter, als würde ihm die Verfolgungsjagd Spaß machen. Minna jedoch ging langsam die Puste aus.

„Ich schaffe es nicht“, keuchte sie und ließ sich auf den Boden plumpsen. „Er ist einfach zu schnell und zu raffiniert.“

Grübelnd blickte sie zu dem Papiervogel auf, der über ihr unbekümmert weiter seine Flugmanöver abhielt.

„Moment mal“, sagte sie leicht beschwingt, als würde es ihr wie Schuppen von den Augen fallen. „Warum laufe ich dir hinterher? Du bist doch zu *mir* gekommen.“

Und dann machte die Vogelfängerin etwas Ungewöhnliches: Sie schloss die Augen und öffnete die Hände.

So blieb sie eine Weile regungslos auf dem Boden sitzen. Und je ruhiger sie wurde, umso leiser wurde der Vogel, bis er schließlich ganz verstummte. Minna blinzelte vorsichtig.

„Da bist du ja", flüsterte sie dahinschmelzend. Der Vogel hatte sich in ihren Händen eingenistet. Minna lächelte bis über beide Ohren. Als hätte sie es geahnt: Der Papiervogel wollte sich freiwillig einfangen lassen!

Dann begann er, sich mit gespreizten Flügeln wie von Zauberhand zu öffnen. Es geschah ganz langsam, Falte um Falte. Als würde das Origami rückwärts laufen. Minna hielt den Atem an. So etwas hatte sie noch nie gesehen. Nachdem auch der letzte Knick aus dem Vogel geglättet war, hielt sie ein Blatt Papier in den Händen, in das sich unversehens mit geschwungener Handschrift glühende Buchstaben hineinbrannten. Es war, als würde ihr jemand mit Feuertinte eine Nachricht schreiben.

Du bist der reine Menschling!
Treffe mich morgen um Mitternacht
in der Monk Street. Komme allein!
Lesia

Mehr nicht. Flugs brannten die brennenden Buchstaben das Papier aus und seine Asche flog wie eine dichte, schwarze Wolke durch das offene Fenster hinaus. Minna blieb verwundert mit offenem Mund zurück. War das gerade wirklich passiert?

„Wie unheimlich", hauchte sie verstört und überprüfte, ob sie nicht doch vielleicht träumte und der Papiervogel ihrer lebhaften Phantasie entsprungen war. Sie kniff sich, so fest sie konnte, in den Arm.

„Autsch!" Der kurze Schmerzensschrei überzeugte sie. Sie war ohne Zweifel wach.

„Jetzt bloß nicht durchdrehen, Minna", sagte sie mit panischem Unterton und begann hektisch, das verwüstete Zimmer aufzuräumen. „Atme tieeeef durch … ganz egal, was das war, du musst jetzt ruhig bleiben."

Und mit dem Durcheinander, das sie um sich herum behob, ordnete sie auch das Wirrwarr in ihren Gedanken und kam zu einer beruhigenden und erleichternden Erklärung:

„Das war ein Trick. Eine Art Zaubertrick, obendrein ein sehr guter. Jemand hat mir einen Streich gespielt. Das ist alles."

Sie sagte es mit Nachdruck und war felsenfest davon überzeugt, jedoch hörte die seltsame Botschaft nicht auf, in ihrem Kopf herumzuschwirren.

„Du – bist – der – reine – Menschling!", murmelte sie vor sich hin. „Was soll das bedeuten? Und wer ist diese Lesia?"

Grübelnd und erschöpft ließ sich Minna schließlich ins Bett fallen, in dem sie sich bis zum Morgengrauen schlaflos herumwälzte. Ausgerechnet ihr musste so etwas passieren, einer rational gestrickten Mathematiklehrerin, die schon als Kind jeden noch so kniffligen Zaubertrick durchschaut hatte. Ihr erstes „magisches" Erlebnis war an ihrem achten Geburtstag gewesen, als ihr Vater als Zauberer verkleidet ein Kaninchen aus einem Zylinder gehext hatte. Während die anderen Kinder mit funkelnden Augen dem Magier begeistert zugejubelt hatten, beklatschte sie die Erfindung des doppelten Bodens.

Aber diesmal war es anders. Sie hatte absolut keine Erklärung für das, was geschehen war, und das machte sie neugierig. Den Gedanken, dass es sich dabei um etwas Nicht-Rationales, Übernatürliches gehandelt haben könnte, ließ sie erst gar nicht zu.

„Ich muss zu diesem Treffen", sagte sie voller Tatendrang und richtete sich im Bett auf. „Ich muss erfahren, wie der Papiervogel-Trick funktioniert."

Während Minna seit dem Morgen angespannt Mitternacht entgegenfieberte, kam ihr kurz der Gedanke, ihren Eltern eine Nachricht zu hinterlassen. Nur für den Fall, dass ihr bei dem Treffen etwas zustoßen sollte. Aber zugleich wusste sie, wie lächerlich ihre Idee war.

„Was soll ich ihnen denn auch sagen?", dachte sie laut. „Hallo, ich habe einen Papiervogel eingefangen, der wild herumschrie, in Flammen aufging und mir eine merkwürdige Einladung überbrachte? Das würden sie mir niemals glauben und wenn doch, würden sie die Polizei rufen und mich daran hindern, den fremden Absender zu treffen."

Am späten Abend zog sie rasend vor Aufregung und erleichtert darüber, dass das Warten ein Ende hatte, die Tür hinter sich zu und begab sich in die schwüle Nacht hinaus. Auf den Straßen schlenderten vereinzelt Menschen ziellos umher, in der Hoffnung, von einer langersehnten kühlen Nachtbrise erfrischt zu werden. Minna schien die drückende Luft nichts auszumachen. Sie ging schnellen Schrittes und zielstrebig der Auflösung des Rätsels entgegen.

Kurz vor Mitternacht bog sie nach einem langen Fußmarsch in die Monk Street ein. Weit und breit war niemand in der engen Seitenstraße zu sehen. Es war unheimlich wie in einer Geisterstadt. Nur das leise Surren der Straßenlaternen durchbrach die Stille der Nacht. Noch vor einem Tag hätte sich Minna so viel Abenteuerlust nicht einmal im Traum zugetraut: ein mitternächtliches Treffen in einem fremden Stadtteil mit einer fremden Person? Niemals. Sie stellte sich an die einzig erloschene Laterne und überwachte voller Spannung die Straße.

Vor Schreck stieß Minna einen kurzen Schrei aus, als plötzlich eine gruselige, alte Frau vor ihr stand. Als wäre sie innerhalb eines Lidschlags leise vom Himmel gefallen. Sie trug ein mit goldenen Ornamenten verziertes, tannengrünes Feengewand. Ihre langen, aschfahlen Haare, die mit einem silbernen Stirnreif gekrönt waren, hingen leblos herunter. Es war Lesia, die ihr als Fee erschien.

Minna blickte wie erstarrt in das knochige, düstere Gesicht, aus dem dunkle, tiefliegende Augen sie eindringlich anschauten. Es war unheimlich: Minna spürte bis in die Knochen, dass diese alte Frau ihr Leben verändern würde – und zwar für immer! An den Papiervogel-Trick verschwendete sie schon keinen Gedanken mehr.

„Le… Lesia?“, stotterte Minna mit trockener Kehle und bekam kein Wort mehr heraus.

Lesia, die ihrerseits vom reinen Menschling nicht sonderlich beeindruckt war, nickte bedächtig, ohne eine Miene zu verziehen. Wie oft hatte sie sich ausgemalt, dem reinen Menschling zu begegnen! Aber in keiner ihrer Vorstellungen war dieser eine viel zu schmächtige, junge Frau in Jeanshose, T-Shirt und ausgelatschten, rosafarbenen Chucks gewesen. Dennoch wurde Lesia im Angesicht des einzigen Menschlings, der sie nach Fantasia zurückbringen konnte, langsam nervös.

„Ich bin Fee Lesia Soniak Lassya aus Fantasia“, sagte sie dann mit imposanter Stimme und versuchte, sich nichts anmerken zu lassen. „Ich bin gekommen, um dich zu holen. Das Feenland braucht dich.“

Minna japste aufgelöst. Sie ließ ihren Oberkörper mit einem

Schwung nach vorne sausen und gleichzeitig ihre Arme herunterbaumeln, als würde sie eine Entspannungsübung ausführen. Nach kurzem Verharren bäumte sie sich wieder auf.

„Eine Fee?", fragte sie ungläubig und fast kreischend. „Und … das … das Feenland braucht mich? Mich? Das ist doch ein Scherz?"

„Schsch, nicht so laut, Menschling", zischte Lesia und linste umher. „Sonst hört uns noch jemand."

„Eine echte Fee?", wiederholte Minna diesmal leise, aber immer noch außer sich. „Das ist unmöglich. Es gibt keine Feen oder Hexen oder Zauberer, Kobolde, oder den … den Weihnachtmann oder …"

„Bitte, bitte", unterbrach Lesia sie leicht pikiert und hob die Hand, als wollte sie ihr den Mund verbieten. „Vergleiche mich nicht mit dem Weihnachtsmann – pah, dieser fiktiven Werbefigur."

„Ich wollte nicht unhöflich sein, tut mir leid", sagte Minna bedauernd. „Ich wollte nur zum Ausdruck bringen, dass niemand im einundzwanzigsten Jahrhundert mehr an Feen glaubt. Allen voran ich."

„Soll ich dir etwas verraten?", sagte Lesia gelangweilt und machte eine zynische Handbewegung. „Das höre ich nicht zum ersten Mal. Immer müsst ihr Menschlinge so misstrauisch sein. Womöglich wirst du mir von Fortschritt, dem Zeitalter des Internets, Facebook und Google erzählen, wie es schon manch anderer vor dir getan hat. Aber das alles ersparen wir uns, weil uns die Zeit davonläuft. Du wünschst dir jetzt etwas und ich beweise dir, dass ich eine Fee bin."

„Wie bitte?" Minna traute ihren Ohren nicht. „Was soll ich tun?"

„Du bist aber nicht besonders helle, Menschling. Ich bin eine Fee … drei Wünsche und so weiter … klingelt's?"

Minna war verblüfft. „Ähm, Sie … Sie wollen mir einen Wunsch erfüllen? Jetzt? Ohne einen Zauberstab?"

„Pah, Zauberstab! Eine Spielerei, die ihr Menschlinge uns angedichtet habt. Wir Feen wünschen allein mit der Kraft unserer Gedanken."

Lesia schaute sie selbstbewusst und auffordernd an. Aber insgeheim befürchtete sie, dass ihre fast ausgeschöpften Wunschkräfte für Minnas Wunsch nicht mehr ausreichen könnten.

„Das ist verrückt", sagte Minna und belächelte sie. „Sie wissen selbst, dass das verrückt ist. Aber wenn Sie darauf bestehen, dann bitte … ich … ich wünsche mir … eine … riesengroße Torte."

Minna hielt den Atem an, als sich fast zeitgleich eine gigantische Torte vor ihr auftürmte – mit dicker Schokoladenglasur, vielen kleinen Sahnehäubchen und rundherum mit Marzipanschleifen verziert. Sie war fast so hoch wie die Straßenlaterne und roch so fürchterlich lecker, dass ihr süßer Duft Minnas Sinne aufwirbelte.

„Das ist ja unglaublich!", sagte sie hell auflachend, während sie überwältigt Ausschau nach der Spitze der Torte hielt. „Wie haben Sie das gemacht?"

„Ob du es willst oder nicht, Menschling – uns Feen gibt es nun mal", sagte Lesia und ließ die Torte gleich wieder verschwinden. Zurück blieb Minna nur das zusammengelaufene Wasser in ihrem Mund. „Seit Anbeginn der Zeit existieren wir Seite an Seite mit euch Menschlingen. Unsere Welten standen offen füreinander. Sie waren nur durch einen unsichtbaren Weltenschleier voneinander getrennt. Aber je weiter sich euer Verstand entwickelte, umso unerklärlicher wurde die Existenz von Feen und ihren Kräften. Mit der Konsequenz, dass sich die Menschlinge immer mehr von uns abwandten und irgendwann sogar begannen, unser Dasein zu leugnen. Und so wurde der Weltenschleier immer dichter und dichter, bis wir Feen ein für alle Mal dahinter verschwanden; wie Darsteller hinter dem zugefallenen Vorhang nach einem Bühnenstück. Sie machten uns zu Märchenfiguren, die zur Unterhaltung von Kindern in Gutenachtgeschichten dienten. Also kehrten auch wir so viel Ignoranz den Rücken zu. Aber nach wie vor gibt es den einen Menschling, der für uns Feen von großer Bedeutung ist: der reine Menschling! Und der bist du, Minna Dwain."

„Aber was bedeutet das?", platzte Minna heraus, als würde ihr die Frage auf der Zunge brennen.

„Alle hundert Jahre wird ein Menschling geboren, dessen Herz so rein ist wie das Quellwasser in Fantasia. Nur ihm können wir Feen vertrauen. Denn er besitzt die Stärke, der Verlockung zu widerstehen, unsere Wunschkräfte für Reichtum und Macht auszunutzen. Und nur er kann zwischen den Welten hin und her wandern."

Minna schaute sie ungläubig mit offenem Mund an.

„Du bist zu Taten fähig, die sonst kein anderer Menschling vollbringen kann", fuhr Lesia geheimnisvoll fort. „Gute Taten … große Taten. Anders gesagt, du hast das größte Herz auf Erden!"

Minna trat in kleinen Schritten zurück.

„Neinneinneinnein, das kann nicht sein", widersprach sie aufgeregt mit heftigem Kopfschütteln. „Da muss ein Fehler vorliegen. Ich bin nicht so rein, wie Sie denken. Äh, … als Kind habe ich Oskar, das Schaf, das hinter unserem Haus auf einer Weide lebte, mit Futter angelockt, um es dann, wenn es nah genug herangekommen war, mit Kieselsteinen zu bewerfen, damit sie sich in seiner Wolle verfingen … oder unserem Nachbarn, dem Humpelbein-George, habe ich die Äpfel vom Baum geklaut. Ich … ich lege manchmal das Telefon beiseite, wenn ich mit meiner Mutter telefoniere, bis sie denkt, die Verbindung sei unterbrochen und auflegt … oder drängle mich an der Kasse im Supermarkt vor und neulich habe ich …"

Bevor noch mehr peinliche Geständnisse aus Minna herauspurzelten, fiel ihr Lesia ins Wort.

„Das alles ist irrelevant. Es ist vielmehr die Einstellung tief in deinem Inneren. Seit deiner Geburt schlummert der feenhafte Funke in dir, der dich mit den edelsten Tugenden erfüllt und einzigartig macht."

Minna war sprachlos. Konnte es wirklich sein? Schlummerte etwas Feenhaftes in ihr? Sie kam nicht umhin, sich dieser Phantasie hinzugeben. Ein unglaubliches Gefühl der Aufregung, wie sie es noch nicht erlebt hatte, stieg in ihr hoch. Als hätte sie tütenweise Brausekugeln gegessen, die nun kleine Explosionen in ihrem Bauch verursachten. Sie war sozusagen die Auserwählte. Für einen Augenblick fühlte sie sich besonders.

„Wie kann ich Ihnen helfen?", fragte sie nun selbstsicher mit stolzgeschwellter Brust. Sie dachte dabei daran, Drachen zu bekämpfen oder Einhörner einzufangen.

„Ohne um den heißen Brei herumzureden ...", sagte Lesia, schnell zur Sache kommend, „wir brauchen ein Kindermädchen, eine Nanny, wie ihr Menschlinge zu sagen pflegt. Das Schicksal eines Feenkindes liegt in deinen Händen. Du musst sie auf die Erde holen und auf sie achtgeben. "

Minna schaute sie verdutzt an.

„Das ist alles?", fragte sie überrascht und ernüchtert zugleich. „Ich soll auf ein Kind aufpassen?"

„Es ist nicht irgendein Kind", korrigierte Lesia sie. „Es ist die letzte überlebende Prinzessin des Feenlandes und ihr Leben ist in Gefahr."

„Ich ... ich ...", stotterte Minna verzweifelt, „ich habe so etwas noch nie gemacht. Ich bin allein. Wie soll ich das schaffen? Wissen Sie, ich bin ein gute Lehrerin, aber ich werde bestimmt ein miserables Kindermädchen abgeben. Gibt es niemanden im Feenland, der diese Aufgabe übernehmen kann?"

„Nein!“, fiel Lesia ihr streng ins Wort und ließ sie leicht zusammenfahren. „Niemand in Fantasia darf wissen, dass die Prinzessin noch am Leben ist. Und es gibt nur einen Ort, an dem dies gewährleistet ist: bei dir auf der Erde! Hier wird man sie nicht suchen.“

Auf die Gefahr hin, dass Minna ihr den Rücken kehrte und weglief, wagte Lesia einen Bluff.

„Mir ist es gleich“, sagte sie und versuchte, so gelassen wie nur möglich zu wirken. „Wenn du nicht möchtest, warte ich halt hundert Jahre auf den nächsten reinen Menschling. Es liegt an dir: Du kannst jetzt nach Hause gehen, dein Menschlingsleben wie bisher weiterleben und alles vergessen, was du heute Nacht gesehen und gehört hast. Oder … du nimmst die Prinzessin bei dir auf und tauchst mit ihr in das magische Land der Feen ein.“

Lesia hoffte, nicht zu hoch gepokert zu haben. Sie hing förmlich an Minnas Lippen, die nicht lange auf ihre Antwort warten ließ.

„Wie könnte ich einer Fee einen Wunsch abschlagen?“, witzelte sie. „Ich werde die Prinzessin bei mir aufnehmen. Nur her mit ihr.“

Lesia schmunzelte. Es war ihre Rede!

„Dann gehen wir jetzt nach Fantasia und holen sie“, sagte Lesia zufrieden und rieb sich die Hände.

„Nach Fantasia?“, prustete Minna irritiert, die auf einen sofortigen Aufbruch nicht gefasst war. „Jetzt?“

„Sofort. Wir dürfen keine Zeit mehr verlieren. Du gehst jetzt zur nächsten Laterne. Auf mein Zeichen laufen wir beide, so schnell wir nur können, aufeinander los. Du musst immer weiterlaufen, als würdest du durch mich hindurch laufen wollen. Verstehst du? Nicht stehenbleiben, bis wir zusammengestoßen sind! Der Aufprall wird uns dann nach Fantasia bringen. So einfach geht das.“

Minna nickte, schüttelte aber innerlich skeptisch den Kopf. Wie sollte das nur funktionieren?

Doch sie folgte den Anweisungen und ging zur nächsten Laterne. Sie schaute zu Lesia und wartete auf das Startzeichen wie ein Sprinter vor dem Finallauf. Sie spürte ihren Puls, der gleich einer Buschtrommel in ihrem Körper die Nachricht verbreitete, kurz vor einem absolut fantastischen Ereignis zu stehen.

Was Minna nicht ahnte: Lesia war mindestens genauso aufgeregt. Nicht nur weil sie nach all den Jahren nur noch einen Zusammenstoß davon entfernt war, nach Fantasia zurückzukehren, sondern auch weil sie nicht die leiseste Ahnung hatte, ob es tatsächlich funktionieren würde. Sie senkte den Kopf und kehrte für einige Augenblicke ihre Aufmerksamkeit nach innen. Dann öffnete sie ihre Augen zu zwei Schlitzen und blickte Minna scharf an.

„Los!“, schrie sie dann mit donnernder Stimme und rannte los. Auch Minna hielt tapfer Kurs auf die Fee, die unaufhaltsam wie eine Dampflok näher kam. Auch wenn Minna bei ihrem Anblick kurz den Impuls hatte, einfach an ihr vorbeizulaufen, hielt sie unabänderlich die Spur … ihr Atem ging schneller … sie war bereit … nur noch wenige Schritte … bald würden sie aufeinander treffen …

Wenn Minna nicht im falschen Moment die Augen geschlossen hätte! So verlor sie unversehens das Gleichgewicht und fiel mit einem lauten Schrei vornüber. Sie räumte Lesia ab wie eine Bowlingkugel einen Pin und mit einem wuchtigen *Rumms* landeten beide auf dem harten Asphalt.

„Sind wir da?“, ächzte Minna verdattert, während sie die schmerzenden Stellen an Kopf und Beinen rieb.

„Natürlich nicht“, brummte Lesia verärgert und rappelte sich schnaubend auf die Beine. „Schau dich doch um. Wir sind immer noch hier. Wo hast du Menschling gelernt, die Augen beim Laufen zu schließen? Du musst das Ziel immer im Blick behalten. Sonst werden das nicht die letzten Blessuren gewesen sein.“

„Also gut“, sagte Minna energisch und klang sicherer, als sie sich fühlte. „Dann mache ich es diesmal richtig – mit mehr Anlauf. Bereit?“

Selbstsicher sprang sie auf die Beine, zwinkerte Lesia zu und wandte sich leicht benommen ab.

„Wie peinlich“, murmelte Minna beschämt vor sich hin, während sie zurückging. „Eine tolle Auserwählte bin ich. Da bitten mich die Feen um Hilfe und ich stolpere.“

Aber Lesia schaute ihr leicht beeindruckt hinterher. Sie liebte Überraschungen: Der tollpatschige Menschling hatte sich als hartnäckig entpuppt.

Gute fünfzig Meter lagen zwischen den beiden, als Minna stehenblieb und wieder in Startposition ging. Sie blickte nervös zu Lesia, die wie eine dunkle Statue regungslos dastand. Und als würde sie die drückende Schwüle jetzt erst spüren, fing Minna plötzlich an zu schwitzen.

„Ganz ruhig, Minna“, flüsterte sie vor sich hin. „Streng dich an … du schaffst das. Du musst nur die Augen offen lassen. Das ist alles.“

Während sie sich für den zweiten Anlauf anspornte, geschah etwas Unerwartetes. Ein frischer Wind kam auf. Das erste Mal seit Tagen. Wie ein Sprung ins Wasser erfrischte er Minna, die schnappend aufatmete. Zudem spürte sie überrascht einen Auftrieb, der sie von einem Bein aufs andere federn ließ. Was für ein verrückter Wind, dachte sie lächelnd. Und als Lesias Stimme erschallte, hüpfte sie leichtfüßig los – mit einem Gleichmut, als würde sie gleich in ein Becken voller Wattebällchen springen. Ihre Augen waren fest auf Lesia gerichtet, die schnaubend und unheimlich verbissen auf sie zusteuerte. Nur noch wenige Meter.

Minna dachte an nichts mehr. Ihr Blick war wie versteinert, sie blinzelte nicht einmal. Selbst dann nicht, als plötzlich zwischen ihnen ein großer, schwarzer Energieball sich wie ein Luftballon ausdehnte und in den sie … *blubb* … ungebremst hineinrannten.

Und einfach so, ohne einen schmerzvollen Zusammenstoß, verschwanden sie von der Monk Street. Und einfach so flackerte die erloschene Laterne, an der sie sich getroffen hatten, wieder auf.

Die Rückkehr einer Verbannten

Minna fiel mit rudernden Armen nach hinten und landete mit einem dumpfen Schlag flach wie ein Brett auf dem Rücken. Der Boden unter ihr fühlte sich weich und klebrig an, fast wie Wackelpudding. Ganz anders als Straßenasphalt. Die Luft war auch plötzlich viel kälter als in der Monk Street und es war absolut dunkel. Hatte es etwa geklappt? War sie wirklich buchstäblich ins Feenland hineingelaufen? Sie bekam Herzrasen. Panisch fuhr sie hoch und versuchte, etwas zu erkennen. Aber so sehr sie auch ihre Augen anstrengte, blieben diese vollkommen blind, als wäre sie in einen tiefen Brunnen gefallen. Langsam erhob sie sich.

„Fee, wo sind Sie?“, flüsterte sie hilflos in die Dunkelheit hinein, die den Schall ihrer Worte ebenso verschlang, wie sie es mit den Strahlen des Lichts getan hatte. Eine erschaudernde Stille herrschte um sie herum, die sie allmählich nervös machte. Sie mochte kaum glauben, dass dies Fantasia sein sollte.

„Fee Lesia“, wiederholte sie leise mit flattriger Stimme. Sie traute sich keinen Millimeter von der Stelle. „Ich kann nichts sehen. Sie müssen mir helfen – sind Sie da?“

Minna zuckte heftig zusammen, als jemand sie am Handgelenk packte.

„Pssst … bleib ruhig", flüsterte Lesia. „Das Mondlicht kommt durch das dicht bewachsene Blätterwerk des Waldes nicht hindurch. Darum ist es für Menschlingsaugen unmöglich, sich an seine Dunkelheit zu gewöhnen. Du bist praktisch blind. Überlass das Sehen mir."

Lesias Stimme klang gefasst, aber ihre kaltfeuchte Hand klammerte sich mit ganzer Kraft an Minnas Handgelenk, als suchte auch sie Halt. Sie eilten durch das Dickicht immer tiefer in den Lebenswald hinein.

Minna lief geduckt und hielt sich den freien Arm schützend vor das Gesicht. Während ihr die Äste um die Ohren peitschten und sie durch stacheliges Gestrüpp stolperte, folgte sie unbeirrt der Fee und sagte keinen Mucks.

Nachdem sie das Dickicht hinter sich gelassen hatten, entdeckte Minna in der Ferne ein schwaches, weißes Licht – so klein wie eine Erbse, das ihre Augen dankend verschlangen. Minna blieb verwundert stehen. Das Licht schlängelte sich durch das Unterholz, flog direkt auf sie zu, setzte sich auf ihre Nasenspitze und ließ sie bis zum Anschlag schielen.

„Es ist ein Lichtkugelkäfer", sagte Lesia und schmunzelte über Minnas Gesichtsausdruck. „Sie sind die fliegenden Laternen des Waldes. Er spendet dir sein Licht."

Und tatsächlich, der schwache Lichtkreis dehnte sich immer weiter aus, und zum ersten Mal zeigte sich der Wald Minna in seiner ganzen Pracht.

Er war üppig grün, grüner als Minna sich je einen Wald hätte vorstellen können. In den Baumwipfeln hingen bunte Blüten und Früchte, von denen manche größer als ihr Kopf waren. Es gab gigantische Bäume, die höher als Mammutbäume in den Himmel ragten, Bäume, die knapp über der Erde wuchsen, Fruchtbäume, Nussbäume, kahle, stämmige, dürre und viele tausend andere, die Minna noch nie gesehen hatte. Es war surreal wie in einem Traum!

„Das ist der uralte Lebenswald“, flüsterte Lesia ehrfürchtig und setzte sich zügig wieder in Bewegung. „Seine Bäume sind die Quellen unserer Lebensenergie. Ohne sie würden wir schwächer werden und schneller altern. Durch sie stärken wir unsere Wunschkräfte und unsere Verbundenheit zur Natur. Je stärker das Band zwischen Baum und Fee ist, umso mächtiger kann sie werden.“

„Hat jede Fee ihren eigenen Baum?“, hauchte Minna fasziniert.

„Selbstverständlich. Wir wohnen in ihnen.“

Minna ließ ihre Augen umherschweifen.

„Sie meinen, in jedem dieser Bäume befindet sich gerade eine Fee?“, wisperte sie ungläubig.

„Nicht in jedem. Du musst wissen, die Bäume hier haben nun mal ihren eigenen Kopf. Es gibt störrische, sanftmütige, arrogante, freundliche und unfreundliche, traurige, fröhliche, kratzbürstige, witzige … und jeder Baum sucht für sich die passende Fee aus. Nicht umgekehrt! Nur wenn er die Richtige findet, öffnet er sich ihr. Andernfalls bleibt er allein und verschlossen. Aber wenn sich ein Baum für eine Fee entscheidet, dann ist das ein Bund für ewig. Er übergibt ihr einen Teil seiner Seele und sie werden eins.“

Lesia steuerte auf einen dünnstämmigen Eschenbaum zu, der im Gegensatz zu den umliegenden Bäumen klein und unscheinbar war.

„Wir sind da“, murmelte sie erleichtert.

Minna wunderte sich: Hier wohnte die Feenprinzessin? In einem mickrigen Baum mit dünnen Zweigen?

„Umarme den Baum!“, forderte Lesia sie auf. „Er wird dir Eintritt gewähren. Nun geh. Ich komme später nach.“

Lesia eilte davon. Auch der Lichtkugelkäfer wandte sich von Minna ab und verschwand. Wieder im Stockdunkeln spürte Minna schlagartig, dass sie halb durchgefroren war. Sie tastete sich blind an den Baum heran und umarmte ihn. Der so kraftlos wirkende Baum bog sich plötzlich laut knackend nach rechts, dann wieder nach links. So sehr, dass Minna ihn loslassen und einen Satz nach hinten machen musste. Er rüttelte und schüttelte sich, bis ein länglicher, schmaler Spalt in seiner Rinde sichtbar wurde, aus dem warmes, weiches Licht schien.

„Schiebe deine Hand hinein und trete ein“, tönte eine leise Stimme aus dem Baum. Minna wusste, es war physikalisch unmöglich, durch diesen schmalen Spalt zu dringen, aber es wäre sinnlos gewesen, nach einer logischen Erklärung zu suchen. Sie schob langsam ihre Hand in den Spalt und spürte fast zeitgleich einen Druck von hinten, der sie sanft hindurch presste. Und wie eine Münze im Einwurfschlitz verschwand Minna aus dem Lebenswald.

Nur einen Herzschlag später befand sie sich im Inneren des Baumes, das wundersamerweise um einiges größer war als ihre Einzimmerwohnung. Minna war überwältigt! Überall schwebten kurze, glimmende Fäden umher, die Licht und Wärme spendeten. Sogleich flogen sie Minna – die sich völlig verzückt, beinahe entrückt durch den Raum bewegte – scheu aus dem Weg. Die Holzwände waren mit aufwendigen Malereien verziert, die über Jahrzehnte liebevoll hineingeschnitzt worden zu sein schienen. Seine Äste, die draußen fehlten, hingen mit saftig grünen Blättern von der Decke herunter, als hätte der Baum sie dekorativ nach innen gestülpt. Von der traumhaften Umgebung angetan, übersah sie fast die kleine, pummelige Fee mit den silbernen Haaren, die direkt vor ihr stand und sie freundlich anschaute.

„Willkommen in meinem Baum, Minna Dwain!“, sagte die Fee sanftmütig und umfasste ihre Hände. „Mein Name ist Fee Ada Hanlia Kisli. Ich bin eine Dienerin des Feenschlosses. Ich habe dich schon erwartet. Ich wusste, du würdest kommen. Du bist nämlich eine Abenteurerin.“

„Woher kennen Sie mich?“, fragte Minna neugierig und befürchtete, das ganze Feenland würde sie bereits kennen.

„Ich habe dich beobachtet“, sagte Ada und fuchtelte mit der Hand kreisend durch die Luft. Und als würde sie eine dicke Staubschicht von einem Fenster abwischen, erschien eine Art Guckloch, durch das Minna verblüfft ihre schlafenden Eltern auf der Erde sah. Sie erkannte ihre Mutter, die wie immer mit Lockenwicklern im Haar schlief, und vernahm die vertrauten Schnarchklänge ihres Vaters, der in Bauchlage mit angezogenem Bein seine entspannteste Schlafphase hatte.

„Wie haben Sie das gemacht?“, staunte sie.

„Ich habe ein Erdenfenster geöffnet. Es ermöglicht uns, einen Blick auf die Erde zu werfen. An welcher Stelle sich das Erdenfenster auch öffnet, lüftet es den Weltenschleier und wir können hindurchschauen. Das tat ich auch, als ich dich beobachtet habe.“

Minna dachte sofort an die vielen peinlichen Momente, die sie ihrer Tollpatschigkeit zu verdanken hatte, und fragte kleinlaut nach. „Und? Was haben Sie gesehen?“

Ada löste das Erdenfenster mit einem Handwisch in einen feinen Nebel auf.

„Den reinen Menschling natürlich“, antwortete sie mit einem Lächeln, als würde sie ihre Gedanken lesen. „So wie er leibt und lebt. Aber sei unbesorgt, du bist jetzt eine Wissende. Menschlinge, die über unsere Existenz Bescheid wissen, kann ich durch das Erdenfenster nicht mehr sehen. Das gleiche gilt natürlich auch für Feen, die sich auf der Erde aufhalten."

Minna schreckte überrascht auf, als sie plötzlich von hinten angestupst wurde. Es war das große, fliegende Blatt eines Blauglockenbaumes.

„Setz dich", sagte Ada und nahm gekonnt auf ihrem Blatt Platz. Doch für Minna war es ziemlich schwierig, sich auf ein schwebendes Blatt zu schwingen. Ächzend und schnaubend versuchte sie es, aber wie bei hohem Seegang schaukelte sie hin und her und rutschte ständig ab. Es schien aussichtslos. Bis das Blatt sie ungeduldig wie einen Ball in die Höhe klatschte, um sie in Sitzposition wieder aufzufangen. Unvermittelt setzten sich die beiden Blätter sodann in Bewegung und flogen Minna und Ada an den angerichteten Tisch in der Mitte des Baumes.

„Der Marsch durch den Lebenswald ist mühsam", sagte Ada. „Du solltest dich erst einmal stärken."

Sie reichte Minna einen Becher mit heißem Nektar, den diese dankend annahm. Bereits der erste Schluck belebte sie vom Scheitel bis zur Sohle. Dazu aß sie Feenkruste, die äußerst süß und nussig schmeckte.

Adas Gesicht verfinsterte sich, als sie mit gedämpfter Stimme zu erzählen begann. Sie berichtete Minna von König Borgarus' blutiger Gräueltat, wie gewissenlos und kaltblütig er seine Zwillingsschwester Orelia und deren Kinder durch das Ungeheuer aus der Unterwelt ermorden ließ; dass er auch die jüngste Prinzessin, die nur durch Zufall überlebt hatte, töten würde, wenn er sie in die Finger bekäme. Minna hörte gebannt zu. Sie bekam Mitleid mit der kleinen Feenprinzessin, die ein so schweres Schicksal erlitten hatte.

„Ihre ganze Familie ist tot?“, fragte sie bestürzt und verspürte einen Stich im Herzen. „Von ihrem eigenen Onkel ermordet, der auch sie umbringen will? Wie furchtbar.“

Ada nickte traurig.

„Noch weiß der König nicht, dass sie am Leben ist. Wenn er es erfährt, würde er jeden noch so kleinen Stein in Fantasia umdrehen und sie früher oder später finden. Darum sollst du sie, bevor sie noch jemand sieht, mit auf die Erde nehmen. Beschütze sie wie dein eigen Fleisch und Blut und erzähle keiner Seele von ihrer wahren Herkunft. Niemand darf es wissen. Und nach einem Jahr – nach ihrer Verwandlung …“

„Ver…verwandlung?“, unterbrach Minna sie verdutzt und war überrascht, dass sie überhaupt noch etwas überraschen konnte.

„Alle Kinder in Fantasia verwandeln sich an ihrem zehnten Geburtstag“, sagte Ada und schenkte ihr nach. „Sie werden dann zu richtigen Feen. So auch die Prinzessin. Momentan ist sie noch zu schwach, um sich im Kampf gegen andere Feen zu behaupten. Aber ihre Wunschkräfte werden um ein Vielfaches zunehmen und sie wird ihr Aussehen verändern. Was uns natürlich in die Hände spielt. Denn nach ihrer Verwandlung wird sie nicht einmal ihr eigener Onkel, der König, wiedererkennen. Dann könnte sie nach Fantasia zurückkehren.“

Ada fasste Minnas Hand. „Eines ist noch sehr wichtig“, flüsterte sie eindringlich, „die Prinzessin darf nichts vom Tod ihrer Mutter und Geschwister erfahren. Sie würde es nicht verkraften und die tiefe Trauer könnte ihre Verwandlung verzögern oder im schlimmsten Fall würde diese erst gar nicht stattfinden. Sie würde für immer ihre Kräfte verlieren und auch nicht mehr wachsen. Du darfst es ihr unter keinen Umständen sagen! Hörst du? Ganz gleich, was passiert.“

Minna nickte zustimmend. Nichts lieber als das. Sollten doch die Feen den Vortritt haben, der armen Prinzessin die traurige Botschaft zu überbringen.

Zur selben Zeit kam Lesia im lichten Teil des Waldes an. Die Bäume schienen hier vertrocknet. Einige Äste waren mit Dornen übersät, die so dick und spitz waren, dass sie einen Arm durchstechen konnten. Sie schaute sich nervös um, als würde sie verzweifelt nach etwas suchen. Dann blieb sie erschrocken vor einem großen, gekrümmten Baum mit schmalem Stamm stehen. Seine schwarze Rinde war morsch und teilweise abgebröckelt. Die kahlen Äste hingen wie dünne Haarsträhnen leblos herunter. Er sah verwahrlost und unheilbar krank aus. Sein Anblick brach Lesia das Herz. Es war ihr Baum, der seit ihrer Verbannung um sie trauerte und sie vermisste. Er war über den Verlust seiner Fee nicht hinweggekommen und vegetierte vor sich hin.

Vom schlechten Gewissen geplagt eilte Lesia zu ihm und umarmte ihn sehnsüchtig. Aber er rührte sich nicht. Beunruhigt und besorgt drückte sie sich noch fester an ihn, in der Hoffnung, seine gewaltige Kraft zu spüren. Aber da war nichts. Sie flehte ihn innigst an, dass er ihr verzeihen möge und sie beide noch nicht aufgeben dürfe. Sie hoffte, dass er noch genügend Kraft besäße, um zu alter Stärke zu finden. Sie hielt ihn fest umarmt und verharrte in großer Furcht.

Dann aber atmete der Baum plötzlich tief ein, als wäre er blitzartig zum Leben erweckt worden. Und dann noch einmal. Ganz tief und laut knarzend. Der Stamm blähte sich so sehr auf, als wollte er seine Rinde sprengen. Tränen der Freude rannen Lesia, die sich mit ganzer Kraft an ihren Baum klammerte, über die Wangen. Und er kam nicht zur Ruhe. Seine langen, dürren Äste peitschten wahllos durch die Luft, während die kraftvoll ausschlagenden Wurzeln den Boden unter ihnen wölbte. Und so ähnlich erging es Lesia. Sie spürte ein Meer an Lebensenergie durch ihren ganzen Körper strömen, das sie fast zum Explodieren brachte. Sie erlebte einen Glücksrausch, wie sie ihn noch nie erlebt hatte. Es war überwältigend!

Als sich dann der Baum für sie öffnete, hörte sie ein lautes, aufgeregtes Pochen aus seinem Inneren … *bu-bumm … bu-bumm … bu-bumm …*, das im Gleichklang mit ihrem Herzen schlug.

Ehrfürchtig trat sie ein, streckte die Arme in die Luft, und ein gewaltiger Wirbelwind entstand im Inneren des Baumes, der sie gänzlich umhüllte. Als der Baum begann, sich langsam wieder zu schließen, lächelte Lesia.

Minna hatte inzwischen den zweiten Becher geleert. Und vielleicht lag es am Nektar, aber der Gedanke, bald das frischgebackene Kindermädchen einer Feenprinzessin zu werden, gefiel ihr allmählich. Sie hatte das Gefühl, ihre Knie schlotterten vor Aufregung, als Ada sie in einen Nebenraum führte, um ihr die Feenprinzessin vorzustellen.

Minna blieb an der Türschwelle stehen. Ada betrat den Raum und ging auf ein großes Moosbett zu, in dem die Prinzessin schlief. Sie war mit einer Laubdecke zugedeckt, die bei jedem Atemzug leise knisterte. Minna strengte sich auf Zehenspitzen an, einen Blick auf sie zu werfen, aber vergebens. Ihr Gesicht war unter der Laubdecke verborgen.

„Prinzessiiinn!", versuchte Ada sie leise, aber mit fester Stimme zu wecken. „Prinzessin Ferbeljulinda!"

„Mhhh?", grummelte eine Kinderstimme leise unter der Laubdecke.

„Es ist Zeit. Ihr müsst jetzt aufstehen. Ich möchte Euch unseren Gast vorstellen."

Unvermittelt raschelte die Laubdecke und die Prinzessin setzte sich verschlafen auf. Sie streckte die Arme in die Luft und räkelte sich … schmatzend … gähnend …

Minna konnte ihren Augen nicht trauen. Mit heruntergeklappter Kinnlade starrte sie wie versteinert das kleine Mädchen an, das – Ada hätte sie vorwarnen sollen – unglaublich hässlich war: Ihre schwarzen, struppigen Haare standen in alle Richtungen ab, als wären sie noch nie gebürstet worden. Sie hatte einen breiten Froschmund, der leicht zu lächeln schien, und eine Knollennase, die definitiv zu groß für ihr Gesicht war.

„Das ist Minna", sagte Ada mit gedämpfter Stimme und deutete mit einer Handbewegung auf sie. „Sie ist der reine Menschling."

Ferbeljulinda schaute zu Minna, die ihre Kinnlade rasch wieder hochklappte.

„Wirklich?", fragte die Prinzessin plötzlich hellwach und rollte sich vom Moosbett herunter. Als würde sie Minna nicht verschrecken wollen, kam sie vorsichtig mit kleinen Schritten näher, bis sie direkt vor ihr stand. Während Ferbeljulinda sie neugierig beäugte, weil sie noch nie einen Menschling gesehen hatte, staunte Minna erneut über das kleine Feenmädchen. Aus der Nähe betrachtet sah sie in ihrem grünen Feengewand wie ein kleiner, zerknautschter Troll aus. Ihre großen Nasenflügel gingen auf und ab, während sie Minna unter den schweren Lidern mit grünen Kulleraugen freundlich ansah.

Vielleicht lag es wieder am Nektar, aber dieser eine Blick brachte Minnas Herz zum Hüpfen. Es war äußerst merkwürdig, aber sie fühlte sich plötzlich verantwortlich für die Prinzessin, die sie gerade erst kennengelernt hatte. Minna war bereit für ihre neue

Lebensaufgabe. Sie würde dieses Feenkind beschützen – komme, was wolle!

Sie fuhr leicht zusammen, als Ferbeljulinda langsam ihre Hand nach ihr ausstreckte.

„Darf ich deine Haare mal anfassen?“, fragte sie leise und führte mit einem breiten Lächeln ihre großen Zähne vor.

„Ehm …, ja … ja natürlich! Hier.“

Minna hockte sich nieder und hielt der Prinzessin ihre braunen, schulterlangen Haare entgegen.

„Ah, wie weich …“, schwärmte die Prinzessin und ließ ihre Finger durch die Haare gleiten. „Wie die Seidenalgen am Fluss. Schau dir meine an. Die sind widerspenstig und struppig.“

„Aber nicht doch“, unterbrach Minna sie und versuchte, ihr durch die struppige Mähne zu wuscheln, in der sie sich unversehens verhedderte. „Ein, zwei Bürstenstriche und die sind so weich wie meine.“

Ferbeljulinda kicherte hinter vorgehaltener Hand.

„Bisher hat es niemand geschafft, sie zu bürsten“, nuschelte sie. „Meine Mutter sagt immer, sie seien so widerspenstig wie ich. – Oh, oh, meine Mutter“, rief sie plötzlich erschrocken aus und wandte sich an Ada. „Ich war schon viel zu lange in Eurem Baum. Sie macht sich sicherlich Sorgen und fragt sich, wo ich bleibe. Ich muss sofort ins Schloss zurück!“

„Es hat mich gefreut, dich kennenzulernen“, verabschiedete sie sich hektisch von Minna und wollte gerade aus dem Baum rennen, als Ada sie sanft, aber bestimmt am Arm zurückzog. Und ohne eine Miene zu verziehen, erzählte sie ihr eine Lüge.

„Ferbeljulinda, meine Prinzessin. Ich muss Euch etwas mitteilen“, sagte sie mit trauriger Stimme, die gleichzeitig eiskalt klang. „Meine Herrin Prinzessin Orelia hat mir befohlen, Euch auf die

Erde zu schicken. Ihr sollt bis zu Eurer Verwandlung in der Obhut des reinen Menschlings bleiben."

Die Prinzessin versteinerte für einen Augenblick. Sie spürte einen dicken Kloß heraufsteigen, der ihr im Hals stecken blieb.

„Meine Mutter schickt mich weg?", flüsterte sie fassungslos. „Für ein Jahr? Aber warum?"

„Ihr sollt dort die Tarnprüfung ablegen", sagte Ada streng. „Ihr müsst Euch als Menschling tarnen und unentdeckt bleiben, wobei Euch Minna helfen wird. Meine Herrin wünscht, dass Ihr die Gewohnheiten der Menschlinge studiert und Euch so unauffällig verhaltet wie einer von ihnen. Damit will sie Eure Geduld und Willensstärke prüfen. Und wenn Ihr die Prüfung bestanden und Euch verwandelt habt, werde ich kommen und Euch holen."

Ferbeljulinda schaute sie verständnislos an und der Kloß in ihrem Hals wurde immer größer. Warum sollte ihre Mutter sie ausgerechnet jetzt wegschicken? In ihrer Naturfindungsphase, der wichtigsten und letzten Phase vor ihrer Verwandlung. Gerade jetzt benötigte sie doch die Kraft des Lebenswaldes mehr denn je. Das ergab alles keinen Sinn. Ein mulmiges Gefühl breitete sich in ihr aus. Hatte sie ihre Mutter etwa unabsichtlich verärgert?

„Ich muss sofort mit meiner Mutter reden", forderte sie. „Ich will wissen, was ich angestellt habe, dass sie mich so grausam bestraft."

Sie versuchte störrisch an Ada vorbeizukommen, was sich aber als unmöglich erwies. Ada versperrte ihr mit ihrem korpulenten Körper geschwind den Weg – ganz gleich, welche Richtung sie einschlug.

„Genug!", stieß sie dann laut aus, als Ferbeljulinda nicht nachzugeben schien. Ada packte sie ruppig an den Schultern und sah sie mit bösem Blick an, so wie sie es noch nie getan hatte.

„Ihr hört mir jetzt gut zu", zischte sie. Es brach ihr das Herz, so streng mit der kleinen Prinzessin zu sein, aber sie hatte keine andere Wahl. „Ihr seid alt genug. Nehmt diese Prüfung mit Stolz und ohne Widerworte an. Ihr geht weder ins Schloss, um meine Herrin zur Rede zu stellen, noch um Eure persönlichen Sachen zu packen. Ihr verlasst noch in dieser Stunde Fantasia. So lautet der Befehl meiner Herrin, Eurer Mutter Prinzessin Orelia!“

Ada war bestürzt über den erschrockenen Blick, mit dem Ferbeljulinda sie ansah, und nahm langsam die Hände von ihren Schultern. Sie hoffte innigst, die Prinzessin würde ihrer Lüge Glauben schenken und gehorchen. Denn wie sollte sie sie sonst beschützen?

Ferbeljulinda brodelte innerlich so sehr vor Wut, dass ihr die Tränen in die Augen schossen. Sie konnte es einfach nicht fassen, dass ihre Mutter sie fortschickte, ohne ihr vorher auch nur ein Wort zu sagen. Sie hatte noch nie von einer Tarnprüfung gehört, geschweige denn, dass ihre Geschwister eine hatten ablegen müssen. Der Dickkopf in ihr wäre am liebsten laut schreiend aus dem Baum gelaufen und im Lebenswald verschwunden, aber sie blieb mürrisch dreinblickend stehen.

„Von mir aus“, grummelte sie mit verschränkten Armen. „Dann mache ich halt die doofe Tarnprüfung.“

Plötzlich loderten die glimmenden Fäden mehrmals hintereinander hell auf – wie ein stummes Klingelzeichen. Die Prinzessin machte einen kleinen Freudensprung. Sie schöpfte Hoffnung, dass ihre Mutter gekommen war, um sie mit ins Schloss zu nehmen und dem Albtraum ein Ende zu setzen.

Ada eilte zur Wand ihres Baumes. Sie streifte mit dem Finger vom Boden bis in Kopfhöhe, als würde sie einen großen Reißverschluss aufmachen, und öffnete den Baum. Durch den dunklen Spalt trat zur Enttäuschung der Prinzessin eine für sie fremde

Person herein. Mit ihr erfüllte eine unbeschreibliche Kraft den Raum, die für alle deutlich zu spüren war.

Minna schnappte verblüfft nach Luft. Sie hätte Lesia beinahe nicht wiedererkannt. Sie wirkte plötzlich um Jahre jünger. Sie war größer und hatte kraftvolles, dunkelrotes Haar, das sie mächtig und bedrohlich erscheinen ließ. Von der alten und gebrechlichen Fee, die sie nach Fantasia gebracht hatte, fehlte jede Spur.

Auch Ada war überrascht. Noch nie war sie – außer ihrer Herrin Prinzessin Orelia – einer Fee begegnet, die solch eine machtvolle Aura besaß.

„Ich sehe, Ihr habt Eure Sehnsucht gestillt", sagte Ada erfreut, während sie ihre Verbündete zufrieden musterte. „Es freut mich sehr, dass die Natur Euch wieder aufgenommen hat. Willkommen zu Hause. Ihr habt sicherlich Fantasia all die Jahre vermisst."

„Oh ja!", stöhnte Lesia mit funkelnden Augen. „Ich hatte schon fast vergessen, wie gut es sich anfühlt, eine Fee zu sein."

Ada führte sie zu der Prinzessin, die betrübt den Kopf gesenkt hielt.

„Darf ich Euch Prinzessin Ferbeljulinda vorstellen?", sagte sie und wies Lesia mit einem unauffälligen Augenzwinkern darauf hin, dass sie der Prinzessin etwas vorspielte. „Sie wird auf der Erde die Tarnprüfung ablegen, die ihre Mutter ihr verordnet hat."

„Es ist mir eine Ehre, Prinzessin", sagte Lesia, sich verneigend, und spielte Adas trügerisches Spiel mit. „Die Tarnprüfung ist eine äußerst schwierige Prüfung. Ich weiß, wovon ich rede, ich musste sie auch machen. Ihr müsst lernen, Euch trotz Eurer Wunschkräfte unauffällig zu verhalten. Dann werdet Ihr auch bestehen. Ihr dürft Euch glücklich schätzen, dass Eure Mutter Euch auserwählt hat."

„Fee Lesia ist eine alte Freundin", erklärte Ada. „Sie wird auch auf der Erde sein und ein Auge auf Euch haben."

Ferbeljulinda wurde schlagartig hellhörig und schaute mit großen Augen verdutzt hoch. Für einen Moment vergaß sie sogar ihren Kummer.

„Ihr … Ihr seid *die* Fee Lesia?“, fragte sie neugierig. „Die Schülerin der Weißen Physiax?“

Lesia und Ada warfen sich höchst verwunderte Blicke zu. Wie konnte die Prinzessin Namen jener Feen kennen, die vor langer Zeit in Vergessenheit geraten waren?

„Woher kennt Ihr mich, kleine Prinzessin?“, fragte Lesia neugierig und kniete nieder.

„Aus den geheimen Geschichten“, flüsterte die Prinzessin mit leuchtenden Augen. „Meine Mutter erzählt sie mir, und zwar nur mir. Niemand anderes darf sie hören. Das ist unser Geheimnis. Von all den Geschichten, die sie mir bisher erzählt hat, mag ich Eure am liebsten. Eure Energiebälle sind legendär – mit welcher Kraft Ihr sie erzeugt und auf den Gegner geschleudert habt. Niemand konnte sich mit Euch messen.“

Lesia war zutiefst ergriffen, Prinzessin Orelia hatte sie all die Jahre nicht vergessen, im Gegenteil, sie hatte sie in ihren Geschichten am Leben erhalten. Und es schmerzte sie umso mehr, sie nie wieder sehen zu können; sie ballte die Hände unauffällig zu Fäusten.

„Aber … aber“, stammelte Ferbeljulinda leicht verlegen, „merkwürdig, ich dachte immer, Ihr wäret vor langer Zeit gestorben.“

„Wie Ihr seht, Prinzessin, lebe ich“, sagte Lesia mit fester Stimme und richtete sich erhaben auf. „Und ich bin gekommen, um Euch zu holen. Wie es Eure Mutter wünscht.“

Ferbeljulinda schaute sie bewundernd an. Der Kloß, den sie die ganze Zeit im Hals gehabt hatte, rutschte langsam hinunter. Sie fühlte sich bei dem Gedanken, dass ihre Lieblingsheldin auch auf der Erde verweilte, doch schon viel wohler.

„Doch bevor wir gehen“, fügte Lesia hinzu, „muss ich auf ein Wort mit Ada unter die Glocke.“

Sie stellte sich vor Ada und schwang den Arm im großen Bogen über ihrer beider Köpfe durch die Luft und wieder zurück.

„Was macht sie da?“, murmelte Minna, die mit dem Armgefuchtel nichts anfangen konnte, hinter vorgehaltener Hand.

„Sie wünscht eine unsichtbare Geheimnisglocke“, tuschelte die Prinzessin, die gebannt zuschaute. „Unter der kann sie niemand mehr hören. Wie wir jetzt. Das machen erwachsene Feen immer, wenn sie sich etwas Wichtiges zu sagen haben. Ich würde nur zu gerne wissen, was sie vor uns geheim halten.“

Minna schaute genauer hin. Und tatsächlich, sie sah klar und deutlich, wie sich die beiden Feen angeregt unterhielten, aber sie hörte kein Wort. Als würden sie lautlos ihre Münder bewegen.

„Nachdem ich Euch verlassen habe“, erzählte Ada aufgeregt, „bin ich hierher zurückgekommen und habe mich erst bei Sonnenaufgang ins Schloss begeben; zu gewohnter Zeit, damit niemand Verdacht schöpft. Die furchtbare Nachricht hatte sich im Schloss bereits verbreitet. Die Diener waren zu Tode verängstigt und es herrschte eine bedrückende Unruhe. Der Feenrat hatte sich im großen Saal versammelt. Jeder äußerte lauthals seine Empörung über die nächtliche Tragödie. Ihre unruhigen Stimmen hallten durch die Säle und erfüllten jeden mit Grauen. Am lautesten war der König. Er zeigte sich zornig und trauernd. Mit einem gewaltigen Faustschlag verdonnerte er jeden dazu, den Gorlock zu finden und ihn zu töten. Diese Bestie, die seine liebste Schwester und all ihre Kinder gefressen hatte. Ihr hattet recht, Lesia. Er spielt allen etwas vor. Und nicht im Entferntesten verdächtigt ihn jemand. Er macht mir Angst.“

„Ihr dürft jetzt nicht die Ruhe verlieren", sagte Lesia mit fester Stimme. „Vergesst nicht, er weiß weder, dass Ihr ihn gesehen habt, noch dass die Prinzessin am Leben ist. Es gibt vorerst keinen Grund, Angst zu haben. Wie ich es gesagt habe: Nutzt Eure Dienstzeit im Schloss, um ihn im Auge zu behalten. Wir müssen erfahren, warum Orelia sterben musste! Er darf aber in keiner Weise Verdacht schöpfen. Er ist jetzt gefährlicher als jemals zuvor. Denn mit dem Mord an seiner Zwillingsschwester, dem einzigen Mitglied der Königsfamilie, das er wirklich geliebt hat, überschritt er seine letzte moralische Hemmschwelle. Er ist jetzt zu allem fähig. Seid also vorsichtig! Ich werde währenddessen auf der Erde Vorbereitungen für die Rückkehr treffen und die anderen zusammenrufen."

Ada schaute sie irritiert an.

„Die anderen?", fragte sie überrascht. „Wen meint Ihr?"

„Ihr dürft vorerst nur so viel wissen", sagte Lesia mit einem Leuchten in den Augen, „... ich bin nicht die einzige verbannte Fee auf der Erde."

Und während die unverhofft erfreuliche Botschaft auf Ada niederging, ließ Lesia mit der Fingerspitze die Geheimnisglocke wie eine Seifenblase platzen.

„Wir dürfen keine Zeit mehr verlieren", sagte sie dann eilig zu Minna und Ferbeljulinda. „Wir müssen zurück auf der Erde sein, noch bevor die Sonne aufgeht."

Lesia verschwand als erste durch den Baumschlitz und begab sich wieder in die Dunkelheit des Lebenswaldes hinaus. Die Prinzessin folgte ihr. Sie huschte, ohne ein Wort des Abschieds, beleidigt an Adas Umarmung vorbei. Sie wusste nicht, an wem sie sonst die Wut auf ihre Mutter auslassen konnte, also bestrafte sie die Überbringerin der schlechten Botschaft.

„Nehmen Sie es nicht persönlich“, sagte Minna tröstend und trat vor Ada. „Sie ist nur verärgert und verwirrt. Wenn sie erfährt, dass Sie ihr Leben gerettet haben, wird sie Euch sicherlich danken.“

„Du bist ein guter reiner Menschling“, sagte Ada wehmütig und warf Minna fürsorglich einen wärmenden Umhang über. „Die Prinzessin in deiner Obhut zu wissen, ist mein einziger Trost. Gib gut Acht auf sie. Vergiss nicht, sie muss regelmäßig in die Natur, um ihre Lebensenergie aufzutanken. Sonst wird sie schwach und schwer krank, es kann sie sogar das Leben kosten. Auch wenn eure Natur bei weitem nicht die Kraft besitzt, die unser Lebenswald zu geben vermag, müsste sie für die Dauer ihres Aufenthalts ausreichen.“

Minna nickte und umarmte sie. „Werde ich Sie je wiedersehen?“, fragte sie trübsinnig und war verwundert, wie schwer ihr der Abschied von Ada fiel.

„Selbstverständlich“, sagte Ada zuversichtlich. „Du bist der reine Menschling. Und außerdem möchte ich bei unserem nächsten Treffen meinen Umhang wiederhaben.“

Minna stellte sich vor die Öffnung in der Baumrinde, durch die kalte Luft hereinwehte. Sie steckte ihre Hand hinein und schlüpfte hindurch. Genauso, wie sie gekommen war.

Als sie draußen in der Kälte stand, schloss sich der Baum hinter ihr und es wurde wieder schwarz um sie herum. Unvermittelt nahmen Lesia und die Prinzessin sie bei den Händen und führten sie durch den sumpfigen Teil des Waldes, der sich hinter Adas Baum erstreckte. Sie stapften mühselig im Gänsemarsch vorwärts. Minna war erstaunt, mit welch festem Griff Lesia ihr sicheren Halt bot.

Nach einer Weile – allmählich hatte sich der Boden unter ihren Füßen verfestigt – entdeckte Minna durch das lichte Blätterwerk, ganz flüchtig und unerwartet, das prächtige Feenschloss im hellen Mondschein. Es stand auf einer Anhöhe und ragte silbern schimmernd empor wie ein riesengroßer Eisfelsen.

An derselben Stelle blickte auch die Prinzessin im Vorübergehen verstohlen zum Schloss hinauf, in der Hoffnung, zum Abschied irgendein Zeichen von ihrer Mutter zu sehen. Ein Kerzenlicht. Eine Silhouette hinter dem Fenster ihres Schlafgemachs. Aber sie war nicht da! Ferbeljulinda senkte den Kopf und setzte ihren Marsch fort.

„Da wären wir“, flüsterte Lesia, als sie an einer Stelle mit hochgewachsenen Bäumen ankamen. „Die alten Bäume hier erzeugen genügend Lebensenergie, um auf die Erde übertreten zu können.“

Sie kniete sich rasch nieder.

„Prinzessin, ab hier seid Ihr auf Euch allein gestellt. Hört mir nun gut zu: Ihr werdet auf der Erde durchaus den Drang verspüren, Eure Wunschkräfte einsetzen zu wollen, das liegt nun mal in unserer Natur, aber versucht, so sparsam wie möglich mit Euren Wunschkräften umzugehen. Denn so weit weg von Fantasia rauben sie Euch die Lebensenergie schneller, als Ihr denkt. Und wenn Ihr wünscht, so macht es unauffällig. Achtet darauf, dass niemand außer Minna Euch beim Wünschen zusieht. Eure Kräfte dürfen nicht für Aufsehen sorgen. Sie würden den Menschlingen Eure wahre Natur verraten. Die Gierigen unter ihnen könnten sich an Euch bereichern wollen. Seid also vorsichtig!“

Mit gesenktem Blick nickte Ferbeljulinda die Ratschläge ab und sagte kein Wort. Lesia wusste genau, wie fürchterlich sie sich dabei fühlten musste, Fantasia zu verlassen – und ihre Familie, von der sie glaubte, dass sie noch am Leben sei. Es brach ihr das Herz, die Prinzessin so traurig und verloren gehen zu lassen. Sie fuhr mit dem Finger unter Ferbeljulindas Kinn und hob ihren Kopf hoch.

„Und wenn Ihr nach einem Jahr zurück seid, meine Prinzessin", flüsterte Lesia mit einem Lächeln, „wird es mir eine Ehre sein, Euch unterrichten zu dürfen."

„Ihr wollt meine Lehrmeisterin werden?", fragte Ferbeljulinda ungläubig.

Ausgerechnet eine der mächtigsten Feen Fantasias hatte sie auserwählt. Eine schönere Belohnung konnte Ferbeljulinda sich nicht vorstellen. Langsam zeichnete sich ein breites Lächeln auf ihrem Gesicht ab, das ihr Stirnrunzeln allmählich verschwinden ließ.

„Ich bin bereit", flüsterte Ferbeljulinda selbstsicher und stellte sich neben Minna. „Wir können gehen."

Minna schaute sich hastig nach einer Stelle um, von der aus sie loslaufen konnte, als Lesia ihren Arm ergriff.

„Aber nicht doch", sagte sie schmunzelnd. Sie ahnte, was Minna vorhatte. „Zurück geht es einfacher. Halte die Prinzessin an der Hand und denk an einen dir vertrauten Ort auf der Erde, an dem du wieder auftauchen möchtest. Es darf kein geschlossener Raum sein und zudem sollten sich dort so wenige Menschlinge wie möglich aufhalten. Niemand soll sehen, wie ihr aus dem Nichts dort auftaucht. Du musst den Ort aber fest vor Augen haben, sonst funktioniert es nicht und du landest irgendwo anders. Nun geht jetzt."

Sofort überschlugen sich Minnas Gedanken auf der Suche nach einer passenden Stelle, aber es fiel ihr schwer. Als wäre sie seit Jahren nicht mehr in ihrem Stadtviertel gewesen. Dann kam ihr blitzartig der Kioskstand in den Sinn, an dem sie jeden Morgen auf dem Weg zur Schule ihre Zeitung kaufte. Er war nur einen Katzensprung von ihrer Haustür entfernt und einer der schlecht besuchtesten Kioske in der Stadt. Perfekt! Sie nahm die Prinzessin an die Hand und kniff die Augen zusammen. Dann – nach zwei

Atemzügen – öffnete sie die Augen und sie waren wieder auf der Erde.

Minna fühlte sich schlagartig ernüchtert, als wäre sie aus einem magischen Traum erwacht. Lesia war verschwunden, wie vom Erdboden verschluckt. Auch der Lebenswald. Wäre da nicht die Prinzessin an ihrer Seite und ihre Hose bis zu den Knien voller Matsch gewesen, hätte sie alles für Einbildung gehalten. Sie schaute sich fremdelnd um. Den Kioskstand hatten sie wohl verfehlt. Der war weit und breit nicht zu sehen. Sie standen mitten auf einer fremden Straße, die überall hätte sein können.

Minna versuchte, sich an einem Gebäude oder Café zu orientieren, als sie erleichtert den Blumenladen an der Ecke erkannte, der zum Glück nicht allzu weit von ihrem Zuhause entfernt lag. Sie vergewisserte sich noch schnell, dass niemand sie beobachtet hatte, zog die Prinzessin schützend unter ihren Umhang und brachte sie schnellen Schrittes in ihre Einzimmerwohnung.

Kapitel 2

Das seltsame Leben der Menschlinge

Am frühen Morgen öffnete Ferbeljulinda die Augen. Schlummernd rollte sie sich auf die Seite und vergrub ihre Knollennase zufrieden im warmen Moos, um sich von der morgendlichen Frische des Lebenswaldes erquicken zu lassen. Sie liebte es, an ihrem Lieblingsschlafplatz unter dem Schirmpilz aufzuwachen. Er war hochgewachsen und hatte einen ungewöhnlich großen, fliederfarbenen Hut, der fast bis zum Boden reichte. An heißen Tagen bot er ihr ein kühles Schattenplätzchen und bei Nacht einen fluoreszierenden Lamellenhimmel zum Einschlafen. Sie hatte ihn zufällig beim Versteckspiel mit den Gnomen auf dem Talkamm entdeckt. Und selbst die Gnome, denen nachgesagt wurde, jedes Fleckchen im Lebenswald zu kennen, konnten sie unter dem Schirmpilz nicht finden. Also kürte sie ihn kurzerhand zu ihrem neuen Geheimversteck. Zudem hatte sie von dort aus einen fantastischen Ausblick. Weit im Horizont lächelte sie der Kratanberg breit an, auf dessen Gipfel das glitzernd klare Saphiris-Quellwasser entsprang und ins Tal hinab sprudelte. So weit das Auge reichte, wucherte der Lebenswald. Er breitete sich vor den Schlossmauern wie ein grüner Teppich in alle Himmelsrichtungen aus.

Ferbeljulinda kam hierher, wenn sie nachdenken musste, sie glücklich oder traurig war oder ihre nervigen Geschwister sie wieder einmal geärgert hatten. Seit sie sich in richtige Feen verwandelt hatten, prahlten sie geradezu mit ihren neugewonnenen Wunschkräften. Ständig probierten sie neue Wünsche an ihr aus, die sie von ihren Lehrmeistern gelernt hatten. Ferbeljulinda hatte weder ausreichend Kräfte noch einen Lehrmeister, der ihr den Umgang mit ihnen hätte beibringen können. Darum ging es meist daneben, wenn sie auf eigene Faust versuchte, sich gegen ihre Schwestern und Brüder zu wehren. Wie oft war es vorgekommen, dass sie sich versehentlich selbst statt ihre Geschwister verwünscht hatte. Diese brachen stets in schallendes Gelächter aus, wenn sie sich mal wieder in eine gelbe Kröte verwandelt hatte oder ihr Drachenfüße gewachsen waren. Darum war sie fest entschlossen – zumindest bis zu ihrer Verwandlung – ihnen so oft wie möglich aus dem Weg zu gehen. Und das gelang ihr am besten in ihrem geheimen Unterschlupf.

Erfrischt und ausgeschlafen sprang Ferbeljulinda auf die Beine. Sie schüttelte sich das raschelnde Laub aus den Haaren, tätschelte dem Schirmpilz zum Abschied den Hut und begab sich im Hopserlauf zurück ins Schloss zu ihrer Mutter. Sie ging den schmalen Pfad hinunter ins Tal, als ihr plötzlich die befremdliche Stille auffiel, die an diesem Morgen in Fantasia herrschte. Sie blieb stehen und hörte genauer hin. Tatsächlich, es war mucksmäuschenstill. Sie schaute erstaunt umher und ihre Verblüffung wurde noch größer. Mit jedem Blick, den sie um sich warf, verwischte sich das Bild Fantasias. Als wären ihre Augen zwei nasse Schwämme, die über ein Ölgemälde fahren, vermischten sich die Farben des Kratanberges mit denen des Lebenswaldes und die wiederum mit dem Blau des Quellwassers. Durch ständiges Blinzeln versuchte sie, ihre Sicht wieder zu schärfen, die aber immer mehr verschwamm, bis sich schließlich eine kahle, weiße Zimmerdecke vor ihren Augen auftat. Vor Schreck wurde sie auf einen Schlag hellwach und schaute sich um. Es war alles nur ein Traum gewesen! Sie war nicht im Lebenswald, nicht einmal in Fantasia … sie war auf der Erde und lag in einem Menschlingsbett. Ferbeljulindas Herz fing fürchterlich an zu rasen. Zum ersten Mal in ihrem Leben war sie weit weg von zu Hause und fühlte sich allein. Sie zog sich langsam die Bettdecke über den Kopf, unter der sie am liebsten für den Rest ihrer Tarnprüfung geblieben wäre. Aber dann dachte sie an Lesia, ihre persönliche Lehrmeisterin. Und an ihre Mutter, wie stolz sie wäre, wenn sie nach bestandener Prüfung mit Lesia an ihrer Seite nach Fantasia zurückkehren würde. Dieser Gedanke beflügelte sie. Sie würde es schaffen!

Gerade als sie ihre schlechte Laune über Bord geworfen hatte und beschwingt die Bettdecke wieder zurückschlagen wollte, um schnellstmöglich ihre Prüfung zu beginnen, kam ihr Minna unerwartet zuvor.

„Aufstehen!“, sagte sie gutgelaunt und zog ihrer neuen Mitbewohnerin die Bettdecke vom Gesicht. „Wir haben heute noch so viel vor.“

Ferbeljulinda richtete sich erwartungsvoll auf. „Ich muss alles über euch Menschlinge erfahren“, sprudelte es aus ihr heraus. „Was ihr denkt, was ihr fühlt, warum ihr euch so kleidet und was ihr den ganzen Tag so macht. Einfach alles. Ich will diese Tarnprüfung unbedingt bestehen.“

Ihre grünen Augen funkelten Minna erwartungsvoll an, während sie auf ihre erste Lektion wartete. Minna freute sich über den Sinneswandel der Prinzessin. Sie war wie ausgewechselt. Noch vor wenigen Stunden war sie erschöpft neben ihr hergeschlurft und hatte sich, zu Hause angekommen, wortlos ins Bett gelegt.

„Also gut“, sagte Minna lächelnd. „Dann fangen wir mal an. Wir

Menschlinge haben morgens einen großen Hunger. Was hättest du gerne zum Frühstück?"

Als Morgenmuffel war Minna über ihre eigene fröhliche Stimmung verwundert, die sich für gewöhnlich erst nach dem Frühstück einstellte. Ferbeljulinda sprang aus dem Bett und tippelte Minna hinterher, die beschwingt in die Küche ging.

„In Fantasia müssen sich Feenkinder, die noch vor ihrer Verwandlung stehen, mit den Köstlichkeiten des Lebenswaldes zufrieden geben, um die Natur besser kennenzulernen. Ich esse am liebsten die dicken Holzraupen. Die verstecken sich unter den Baumrinden und sind leckerer und weicher als die anderen. Dazu ein paar Ahornblätter und Fischeier."

„Mhhh, das hört sich aber lecker an", sagte Minna ironisch und rümpfte unauffällig die Nase. „Wir schauen mal, ob dir Pfannkuchen schmecken. Wenn nicht, suchen wir dir im Stadtpark ein paar Käfer."

Minna stellte einen hohen Turm aus vorzüglich duftenden Pfannkuchen in die Mitte ihres kleinen Esstisches. Sie nahm einen vom Stapel, übergoss ihn großzügig mit Himbeersirup und reichte ihn Ferbeljulinda, die noch nie einen Pfannkuchen zu Gesicht bekommen hatte. Im Nu waren die Holzraupen, Fischeier und Ahornblätter vergessen. Sie schaute die dampfende, goldbraun gebratene Scheibe schmachtend an und tunkte ihren Zeigefinger in den Sirup, um ihn wie einen Lutscher abzuschlecken. Dann rollte sie vorsichtig den Pfannkuchen zusammen und sah aufgeregt zu, wie der warme Sirup an den Enden schwer heruntertropfte. Sie öffnete den Mund und verschlang die ganze Zuckerrolle ... *happs.*

„Mhhhhh ...", nuschelte sie genüsslich, „das schmeckt aber köstlich."

Minna schaute ihr verblüfft zu. Was sie nicht ahnte: Ferbeljulinda war eine gute Esserin! Und schon schnappte sich die Prinzessin den nächsten Pfannkuchen vom Turm. Nur diesmal passierte alles schneller. Sirup darauf, gerollt und … *happs* … im Nullkommanichts verschwand auch dieser in ihrem großen Mund. Und dann der nächste … *happs* … und der übernächste … *happs* … Bis kein Pfannkuchen mehr auf dem Teller übrigblieb. Nach elf Pfannkuchen war Ferbeljulinda endlich satt und kraulte sich zufrieden das volle Bäuchlein. Es störte sie nicht, dass sie bis unter die Augen mit Himbeersirup verschmiert war. Minna kam aus dem Staunen nicht mehr heraus. Sie hatte noch nie jemanden gesehen, der so viele Pfannkuchen in so kurzer Zeit verputzen konnte.

Als sie sich dann kurz ansahen, verfielen sie in ein ungezügeltes Gelächter. Ferbeljulinda lachte so sehr, dass sie mit dem Stuhl nach hinten umfiel, schnell wieder aufsprang und weiter lachte. Und während auch Minna sich vor Lachen krümmte, wurde ihr schlagartig bewusst, dass sie all die Jahre nur auf diesen Morgen gewartet hatte, um endlich – zum ersten Mal in ihrem Leben – wirklich aufzuwachen! Denn sie war jetzt eine Wissende. Sie war die Auserwählte! Noch vor zwei Tagen war sie eine einfache, rational denkende Grundschullehrerin gewesen und hatte ein normales Leben. Jetzt war sie Teil eines märchenhaften Abenteuers: Die Prinzessin von Fantasia saß mit ihr am Frühstückstisch, als wäre es das Selbstverständlichste auf der ganzen Welt!

„Wenn das meine Mutter sehen würde", sagte Ferbeljulinda vergnügt, während sie sich den Sirup aus dem Gesicht wischte. „Versprich mir, dass du ihr nichts von meiner Nascherei erzählst."

Minnas fröhliche Stimmung rutschte in den Keller. Ihr Magen zog sich zusammen, als würde sie erst in diesem Augenblick realisieren, dass Ferbeljulinda ihre Mutter nie wieder sehen würde. Sie fühlte sich untröstlich.

„So, wir haben genug herumgealbert“, sagte sie rasch und wechselte das Thema. „Wie ich es schon gesagt habe, wir haben heute noch so viel vor.“

Nach der Erkenntnis, dass Feenkinder nun einmal hässlich waren, hatte sich Minna schnell an Ferbeljulindas Aussehen gewöhnt. Doch bei den Menschen auf der Erde spielte der Niedlichkeitsfaktor bei Kindern eine wichtige Rolle. Sie wusste, dass andere Menschen über sie lachen oder schreiend vor ihr weglaufen würden. Wie sollte sie bloß die Prinzessin, die sich über ihr außergewöhnliches Äußeres nicht einmal im Klaren war, vor ihnen schützen? Da half nur Umstyling!

Unter dem Vorwand, sie für die Prüfung als Menschling zu tarnen, nahm Minna als erstes Ferbeljulindas struppige Mähne in Angriff, damit wenigstens diese kein Aufsehen erregte. Sie hielt ihren Kopf ins Waschbecken und schäumte ihn ordentlich ein, bis er unter einem Schaumball verschwunden war. Dann spülte sie den Schaum hinunter und startete den zweiten Waschgang mit Haarspülung, mit der sie jede noch so borstige Strähne bändigen würde. Zuversichtlich rubbelte sie den Haarschopf mit einem Handtuch trocken, doch je trockener die Haare wurden, umso mehr richteten sie sich wieder in alle Richtungen auf und Ferbeljulinda sah genauso aus wie vorher.

„Ich habe es dir doch schon gesagt“, kicherte sie und zwinkerte Minna zu, die sie verwundert ansah. „Du kannst mein Aussehen nicht verändern, so bin ich nun mal.“

Also versuchte Minna, sie modisch zu verändern. Sonst würde das kleine Mädchen mit dem grünen Feengewand und den nackten

Füßen gleich jedem auffallen. Auf der Suche nach neuen Kleidern wollte ihr Minna das unbeschwerte Einkaufen im Internet vorführen, als sie eine Expresslieferung ohnegleichen erlebte. Sie hatte nicht einmal die Zeit gehabt, per Mausklick ihre Bestellung aufzugeben, als über ihren Köpfen ein unglaublicher „Modenschauer" losbrach. Ferbeljulinda wünschte sich alle Kleidungsstücke herbei, die sie hübsch fand. Sie fielen direkt von der Zimmerdecke auf sie herab. Immer mehr. So lange, bis sie unter einem Stoffberg begraben waren.

Beschwingt schlüpfte Ferbeljulinda in jedes Wäschestück hinein und fand schnell ihre Lieblingskleidung: Jeanshosen! Zum Fliegen auf Feuervögeln würden sich diese besser eignen als ein Feengewand.

In ihren neuen Kleidern sah Ferbeljulinda einem Menschlingskind zum Verwechseln ähnlich … solange sie ihr Gesicht und ihre Haarpracht versteckt hielt. Darum kümmerte sich Minna. Sie setzte Ferbeljulinda stets einen großen Hut auf und schwindelte ihr vor, dass er sie vor „schädlichen UV-Strahlen der Sonne" schützen sollte. Bis auf das einengende Schuhwerk, an das sich Ferbeljulinda wohl erst gewöhnen müsste, fühlte sie sich in ihrer Tarnkleidung wohl. So konnte sie nun endlich ihre erste Exkursion mit Minna in die Stadt machen und unauffällig das seltsame Treiben der Menschlinge beobachten.

Der Ausflug wurde schnell zu einer Odyssee! Rechts, links, rechts, rechts und wieder links – hechelnd sprang Ferbeljulinda Menschlingen aus dem Weg, die ihr im Sauseschritt entgegenkamen. Sie waren durch das Telefonieren, Nachrichten verschicken und Musik hören viel zu abgelenkt, um sie wahrzunehmen. Hinzu kam der ohrenbetäubende Großstadtlärm, den die Menschlinge ihrer motorisierten Mobilität zu verdanken hatten. Wofür waren

Autos eigentlich gut? Es gab so viele von ihnen, dass sie meistens nur hupend herumstanden und unnötigen Krach verursachten. Außerdem stanken sie fürchterlich!

Während Ferbeljulinda flink wie ein Wiesel im Zickzacklauf ihren Bürgersteig-Parcours meisterte, blieb Minna geradewegs auf ihrem Weg. Sie war anders als die meisten Menschlinge. Sie war langsamer und weil sie nicht schnell genug ausweichen konnte oder zu sehr trödelte, wurde sie ständig von grummelnden Passanten angerempelt. Sie wirkte wie ein Riesentollpatsch, aber es kümmerte sie nicht. Sie behielt stets ihr Tempo und ihr Lächeln bei.

Im Gegensatz zu ihr wurde die kleine Feenprinzessin von niemandem bemerkt.

Ferbeljulinda erinnerte sich an die Ausflüge, die sie mit ihrer Mutter und ihren Geschwistern in die Stadt Thakandhor gemacht hatte. Sie lag am Südhang des Kratanberges, wo die uralten Affenbrotbäume standen. Sie wuchsen vom Tal bis fast an die Spitze des Berges und waren die berühmten Baumläden der thakandhorischen Handelsfeen. Sie waren bekannt dafür, die seltensten Waren aus fernen Ländern aufzutreiben und in ihren Baumläden gegen Feengold zu verkaufen: die verschiedensten Zutaten für Wunschtränke, wie Drachenschuppen und Einhornhaare, die besonders gefragt waren; Gewänder aus schimmerndem Kristallstaub, die vor den giftigen Blättern der Gelbsaftknolle schützten; Jagdutensilien wie Pfeil und Bogen aus edlem Padouk. Aber die aufregende Zeit begann im Frühjahr, wenn die großen Kutschen vollbepackt mit knallbunten Feuervogeleiern, die so groß wie ausgewachsene Feen waren, in Thakandhor eintrafen. Sogleich wurden sie von Feenkindern umschwärmt. Mit leuchtenden, großen Augen suchte sich jedes sein Ei nach seiner Lieblingsfarbe aus. Denn Feuervögel eigneten sich hervorragend als Haustiere. Fast jedes Feenkind und auch Ferbeljulinda besaß einen, auf dem sie das Reiten und Fliegen erlernte.

Eine weitere Attraktion war der unter Feenkindern berühmte Baumladen „Marlies' Naschmäuler" mit Blättern aus purem, glitzerndem Zucker, an denen die buntesten Früchte hingen. Seine Rinde war aus reiner Schokolade und immer weit geöffnet, so dass die warmen, süßen Düfte aus seinem Inneren hinausströmten. Jedes zuvor noch so unleidliche Feenkind kam stets mit geröteten Wangen und einem zufriedenen Lächeln wieder heraus. Ferbeljulinda wartete nur auf den Tag ihrer Verwandlung, um sich darin mal den Bauch vollzuschlagen.

In Thakandhor mochte das Treiben noch so lebhaft sein, es war nicht annähernd so hektisch wie in London auf der Erde. Aber Ferbeljulinda gewöhnte sich schnell an das Stadtleben und kam nach kurzer Zeit im Getümmel bestens zurecht. Sie blühte in ihrer Tarnprüfung regelrecht auf. Sie war wissbegierig und wälzte stapelweise Bücher, so dass sie schon bald über ein weit umfangreicheres Allgemeinwissen als Minnas Drittklässler verfügte.

Allerdings bereitete ihr die Wünscherei immer noch Schwierigkeiten. So sehr sie sich auch Mühe gab, erlag sie noch viel zu oft der Versuchung, ihre Wunschkräfte einzusetzen, um sich so den Alltag zu erleichtern. Aber Minna – typisch Lehrerin – erinnerte sie stets an die Tarnprüfung und daran, dass sie sich in Geduld üben sollte. Es dauerte nun mal seine Zeit, das Bett zu machen, sich anzuziehen oder die Zähne zu putzen. Aber sooft sie Ferbeljulinda auch darauf hinweisen musste, machte sie es stets mit einem Lächeln. Ferbeljulinda konnte sich keinen besseren reinen Menschling als Minna vorstellen, die inzwischen mehr als das geworden war: ihre Freundin!

„Ich möchte dich meinen Eltern vorstellen", sagte Minna eines

Abends, als sie nach einem Museumsmarathon nach Hause kamen. „Die Sommerferien sind bald vorbei und ich muss wieder in die Schule. Und während ich arbeite, werden sie auf dich aufpassen."

„Darf ich mitkommen?", fragte Ferbeljulinda ungeduldig. „Ich würde so gern wissen, wie es in der Schule ist und was Menschlingskinder so machen."

Minna hatte das befürchtet. Wie sollte sie Ferbeljulinda nur erklären, dass Menschlingskinder sie wegen ihres Aussehens piesacken würden? Bisher hatte es funktioniert, sie unter dem großen Hut zu verstecken, aber in der Schule müsste sie ihn früher oder später ablegen und allen ihr Gesicht zeigen. Die spöttischen Reaktionen würden ihr das Herz brechen.

„Dafür ist es noch zu früh, Prinzessin", sagte Minna entschlossen und begab sich in die Küche. Ferbeljulinda folgte ihr. Sie bildeten zwischen Kühlschrank und Esstisch routiniert eine Zweimannkette, über die sie das Abendessen laufen ließen.

„Du musst noch viel über Menschlinge lernen, um dich unter sie mischen zu können", fuhr Minna fort und reichte Ferbeljulinda Marmelade und Thunfisch aus dem Kühlschrank, die sie auf den Tisch stellte.

„Außerdem hast du deine Wunschkräfte noch nicht unter Kontrolle", erklärte Minna, während sie den Kühlschrank weiter durchforstete. „Du bräuchtest nur in einem unachtsamen Moment zu wünschen, und schon wüssten alle Schüler, dass du anders bist als sie. Das können wir nicht riskieren. Wir müssen dich langsam heranführen und für den Anfang nehmen wir meine Eltern als Testpersonen. Sie sind den ganzen Tag zu Hause und machen die seltsamsten Dinge. Du wirst sie lieben."

Ferbeljulinda ließ ihre Schultern hängen und nickte widerwillig.

„Sei nicht traurig", tröstete Minna sie und drückte ihr diesmal

Senf, Bananen, Honig und Käse in die Hände. „Sieh es doch mal positiv. Du kannst Menschlinge in ihrer natürlichen Umgebung beobachten und ihre Verhaltensweisen studieren. Je mehr du über sie weißt, umso besser wird es dir gelingen, dich wie einer von ihnen zu verhalten. Es ist ja auch nicht für lange. Ich bringe dich morgens hin und hole dich am Nachmittag wieder ab. Und in der Zwischenzeit wird nicht gewünscht! Sie würden durchdrehen, wenn plötzlich merkwürdige Dinge in ihrem Haus vorgehen würden."

Sie hielt ihr die Brottüte hin und beide setzten sich an den Tisch. Für einen kurzen Moment, während sie ihre Sandwichs kreierten, schien das Schulthema erledigt. Aber Ferbeljulinda zeigte sich hartnäckig.

„Wenn ich es schaffe, bei deinen Eltern nicht zu wünschen, darf ich dann mit in die Schule?", fragte sie mit Blick auf das Sandwich in ihren Händen, das sie genüsslich mit zwei Bissen … *happs, happs* … verschlang.

„Das sehen wir dann", antwortete Minna rasch und biss von ihrem Brot ab.

Ferbeljulinda gab sich mit der Antwort vorerst zufrieden und stapelte ihr zweites Sandwich.

„Aber bevor du auf andere Menschlinge triffst", sagte Minna leicht schmunzelnd, „wäre da noch eine Klitzekleinigkeit, die wir ändern müssten."

„Was denn?", nuschelte Ferbeljulinda mit vollem Mund überrascht.

„Deinen Namen! Er ist wunderschön, aber zu feenhaft. Er würde die Menschlinge nur irritieren und Fragen nach seiner Herkunft aufwerfen. Wir suchen für dich einen einfachen, kurzen Namen."

Minna holte Stift und Papier und schrieb ihren Namen in Großbuchstaben nieder.

„F-E-R-B-E-L-J-U-L-I-N-D-A", sagte sie laut und betonte jeden Buchstaben. „Mal sehen, welchen neuen Namen wir daraus zusammenschustern können … fangen wir ganz einfach an. Was hältst du von Ferbel?"

„Das ist doch kein Name", warf die Prinzessin belustigt ein.

„Du hast recht. Und … und was ist mit Linda oder Julia?"

Die kleine Feenprinzessin schüttelte den Kopf.

Minna probierte einige Kombinationen aus.

„Fer…Fer…luda – Ferluda!"

Ferbeljulinda schüttelte wieder den Kopf.

„Bru…Bru…", kombinierte Minna weiter. „Bru…li…na – Brulina!"

Ferbeljulinda zeigte ihr amüsiert einen Vogel. Minna warf noch einmal einen scharfen, grübelnden Blick auf das Papier.

„Fe…Fel… dazu das i, Feli… ich hab's", strahlte sie dann wie ein Honigkuchenpferd über ihren Geistesblitz. „Ich habe einen Namen für dich. Fe-li-ne … Feline!", wiederholte sie entzückt und wartete gebannt auf eine Reaktion. *Feline* zeigte langsam ihr breites Froschmundlächeln und nickte.

Minna lag die ganze Nacht grübelnd im Bett: Was in aller Welt sollte sie ihren Eltern erzählen? Ihre Mutter würde bei Felines Anblick kurz den Verstand verlieren, wieder zu Sinnen kommen, und sie dann tagelang mit Fragen durchlöchern. Nur mit einer wasserdichten Geschichte ließe sie sich überzeugen, Feline halbtags zu betreuen. Aber ihr wollte einfach keine einfallen.

Am nächsten Morgen griff Minna beherzt zum Telefon und rief ihre Eltern an.

„Bei den Dwwwaaaiiinnss“, hörte sie ihre Mutter sagen und war wie immer amüsiert. Schon als Kind fand sie ihre Etepetete-Art zu sprechen zum Totlachen. Zusammen mit ihrem Vater versuchte sie unter ständigem Gekicher, ihre Mutter so gut wie möglich nachzumachen. Mrs Dwain störte dies keineswegs, manchmal überspitzte sie ihre Laute sogar absichtlich, um ihrer Tochter eine Freude zu bereiten.

„Hallo Mamilein“, sagte Minna weniger elegant und setzte wie immer, wenn sie ihre Mutter um einen Gefallen bitten wollte, die Verniedlichungsform ein.

„Minna!“, kreischte Mrs Dwain in den Hörer und schien über den morgendlichen Anruf ihrer Tochter mehr als erfreut. „Wie geht es dir, meine Kleine? Du hast dich so lange nicht gemeldet.“

„Mir geht es fantastisch“, sagte Minna schmunzelnd und warf Feline einen Blick zu, die sich wie jeden Morgen am üppig gedeckten Frühstückstisch genüsslich bediente. „Ich muss mit euch reden. Seid ihr heute zu Hause?“

„So … so, dir geht es fantastisch?“, wiederholte Mrs Dwain neugierig. „Hast du etwa einen neuen Freund?“ Sie hoffte diesmal auf ein erlösendes Ja.

„Nein“, sagte Minna leicht entnervt, „ich habe keinen neuen Freund.“

„Kind, Mrs Belfleur, die ich oft beim Konditor treffe, hat einen galanten Sohn in deinem Alter. Soll ich …“

„Oh bitte, nicht schon wieder!“, unterbrach Minna sie rasch. „Wie oft soll ich dir noch sagen, dass ich nicht verkuppelt werden will.“

„Aber Kind, so hübsch du auch sein magst, du bist nicht mehr die Jüngste. Solange du noch im heiratsfähigen Alter bist, müssen wir einen Ehemann für dich finden.“

Und während ihre Mutter die obligatorische Single-sein-ist-schlecht-Predigt hielt, legte Minna augenrollend das Telefon zur Seite, holte sich gemütlich einen Kaffee, setzte sich wieder zu Feline an den Tisch, zwinkerte ihr amüsiert zu und nahm das Gespräch schließlich wieder auf. „Du hast wie immer recht, Mama", sagte sie besänftigend und tat so, als hätte sie kein einziges Wort verpasst. „Lass uns gleich darüber reden. Ich bin in einer Stunde da."

Minna legte rasch auf. Sie erinnerte sich wieder, warum ihre Mutter auf ihrer Telefonliste ganz nach unten gerutscht war: Sie hatte einfach ihre Verkuppelkünste satt! Ständig pries ihre Mutter heiratsfähige Söhne aus der Nachbarschaft an und war von dem Gedanken besessen, Minna unter die Haube zu bringen. Zwei Mal war es ihr bereits gelungen, ihre Tochter zu Verabredungen zu überreden, die sie arrangiert hatte.

Es war vor zwei Jahren. Minna hatte mit ihrem langjährigen Freund, dem „verrückten Physiker", Schluss gemacht. Diesen Spitznamen hatten ihm ihre Eltern verpasst, weil er zerzauste Haare hatte, zerknitterte Karohemden trug und ständig über Atome sprach. Endlich war für Mrs Dwain die Zeit gekommen, den richtigen Ehemann für ihre „überfällige" Tochter zu finden, die sich leider Gottes ohne ihre helfende Hand immer den falschen aussuchte. Also schritt sie zur Tat und lud alle ihre Freundinnen im Umkreis von dreißig Meilen, die einen Sohn im Heiratsalter hatten, zu einer Teeparty ein. Nachdem der letzte Gast eingetroffen war, drohte das Wohnzimmer, gefüllt mit potenziellen Schwiegermüttern für ihre Tochter, aus allen Nähten zu platzen. Dann begann sie mit ihrer detektivischen Meisterarbeit. Ganz unauffällig verwickelte sie eine nach der anderen in ein Gespräch. Sie erfuhr alles über ihre Söhne und belohnte sie währenddessen für ihre Redseligkeit mit selbstgebackenen Torten und Keksen, die weit und breit als die leckersten galten. Was Mrs Dwain aber wirklich im Schilde führte, ahnten die Damen nicht im Geringsten. Und so ergab es sich ganz zufällig, dass sie den ersten Schwiegersohn-Kandidaten für ihre Tochter gefunden hatte.

Ihr erstes Date hieß George Pierce. Ein Bankangestellter und somit in Mrs Dwains Augen ein gutverdienender und gebildeter Mann. Doch George war ganz und gar nicht Minnas Typ: ein üppiger Mann mit roten Haaren und jeder Menge Sommersprossen. Dem Anschein nach verabscheute George Sport. In seine riesige Hose hätte Minna womöglich viermal hineingepasst. Und es schien, als hätte er keinen Hals. Sein übergroßer Kopf saß direkt auf seinen Schultern. George bestellte sich als Vorspeise Fleischbällchen in Tomatensoße. Kaum hatte die Kellnerin serviert, stopfte er sie hastig in den Mund. Sein Gesicht wurde so sehr mit Soße besprenkelt, dass Minna zwischen Sommersprossen und Soßenspritzer nicht mehr unterscheiden konnte. Sie hielt es bis nach den Hackbällchen aus, was bei Georges Tempo keine fünf Minuten dauerte, und täuschte einen akuten Niesanfall vor.

„Ha-tschi … ha-tschi … oh, ich habe diese blöde Nieskrankheit", nuschelte sie plötzlich verschnupft. „Es tut mir leid, aber ich muss gehen. O je, es wird schlimmer … ha-tschi." Sie stolperte förmlich aus dem Restaurant hinaus.

Der zweite hieß Ken Bradel. Ein Schönling, wie er im Buche stand. Groß, muskulös, goldblonde Haare und Zähne so weiß, dass sie womöglich im Dunkeln leuchteten. Im Geiste klopfte Minna ihrer fuchsigen Mutter auf die Schultern, die diesmal scheinbar ein gutes Händchen bewiesen hatte. Doch wie sich schon sehr bald herausstellte, fand auch Ken sich wunderschön. Er bewunderte sich unentwegt im Spiegelbild seines Löffels, den er unauffällig neben seinem Teller hin und her bewegte. Und urplötzlich setzte

Minnas Niesanfall wieder ein. Es war das zweitschlimmste Date ihres Lebens, das ihrer Mutter ein lebenslängliches Kuppelverbot eingebrockt hatte.

Seit dem Telefonat lief Mrs Dwain wie ein aufgescheuchtes Huhn durchs Haus. Sie war verwirrt. Ihre Tochter würde sie an einem Sonntag besuchen, um ihr etwas zu erzählen? Wie lange war das schon nicht mehr vorgekommen.

„Warum tut sie mir das an?", grummelte sie vor sich hin. „Sie weiß doch, wie fürchterlich neugierig ich bin. Sie hätte mir wenigstens einen Hinweis geben können." Sie ging vor lauter Aufregung in jedes Zimmer und suchte nach einer Zeit vertreibenden Arbeit.

„Wie soll ich jetzt eine ganze Stunde herumkriegen?", sagte sie verärgert und blieb, die Hände auf die Hüften gestützt, im Wohnzimmer stehen und schaute sich um. Außer Mr Dwain sah hier nichts nach Unordnung aus. Er saß in seinen Schlabbersachen entspannt auf der Couch, schlürfte Kaffee und war in seine Zeitung vertieft. Sie dagegen war bereits wie immer am frühen Morgen übertrieben chic. Eine voluminös gefönte Kurzhaarfrisur, Rock mit feiner Bluse und Perlenohrringe, die an ihren Ohrläppchen baumelten. Sie stöckelte hinüber zur Couch und begann, die Kissen auszuschütteln. Mr Dwain, der das Telefonat mitbekommen hatte, wurde langsam unruhig. Er wusste, was auf ihn zukommen würde, wenn er nicht schnell etwas unternahm. Sie würde letztendlich an ihm hängen bleiben, ihm ständig Fragen über Minnas Spontanbesuch stellen und versuchen, mit ihm über alle erdenkbaren Gründe zu phantasieren. Und ehe er sich versah, würde er mit ihr im selben Boot sitzen, das in Richtung *Insel Neugier-Kollaps* schipperte. Und weil er seine Ruhe weiterhin genießen wollte, ließ er sich schnell etwas einfallen.

„Schnuckelchen, hast du eigentlich schon gesehen“, murmelte er mit gelassener Stimme, ohne den Blick von seiner Zeitung abzuwenden, „dass einer unserer Bilderrahmen schief hängt?“

„Was hast du gesagt?“, fragte Mrs Dwain leicht abwesend.

„Ein Raaahmen hängt schieeef“, wiederholte er übertrieben artikuliert.

Mrs Dwain hob rasch den Kopf hoch und ließ das Kissen mit den Häkelblumen fallen. „Wo? Welcher?“, fragte sie hektisch und betrachtete mit prüfendem Blick die Wand hinter ihm. Natürlich wusste Mr Dwain nicht, ob wirklich ein Bilderrahmen schief hing, aber garantiert würde seine Frau mindestens einen finden.

Mehr als zwei Dutzend Familienfotos dokumentierten – Jahr für Jahr, immer an Minnas Geburtstag – das glückliche Familienleben der Dwains. Auf jedem war eine große Geburtstagstorte abgelichtet, hinter der die Dwains ihre Tochter beidseitig knuddelten.

Mrs Dwain suchte nicht lange und entdeckte schon bald einen Störenfried. Sie machte die Augen zu kleinen Schlitzen, trat einen Schritt zurück, dann wieder einen vor und versuchte, mit der Präzision einer Wasserwaage, den Rahmen wieder gerade auszurichten. Als das Gleichgewicht der Fotolandschaft wiederhergestellt schien, entdeckte sie einen weiteren Rahmen, der dringend um Millimeter geradegerückt werden musste. Und bei genauer Betrachtung hingen sie plötzlich alle irgendwie schief. Sie begann, von links nach rechts und von oben nach unten jeden Rahmen zu justieren. Mr Dwain dagegen lehnte sich zufrieden zurück und las in Ruhe seine Zeitung weiter. Auf den Ordnungswahn seiner Frau war nun mal Verlass.

Die Dwains wohnten außerhalb von London in einer biederen Vorstadt, in der alles seine Ordnung hatte. Die Häuser sahen alle exakt gleich aus. So weit das Auge reichte, säumten beige Hauswände mit roten Türen und roten Dächern die Bürgersteige. Die Autos waren brav hintereinander geparkt und sogar die Mülltonnen, die in den geschniegelten Vorgärten zum Leeren bereitstanden, waren sauber. Die Bürger waren so fürchterlich pingelig, dass sie nicht einmal Laubblätter auf dem Asphalt duldeten. Sie tippelten dann mit ihren Hand-Laubsaugern aus ihren Häusern, sogen mit zweitausendfünfhundert Watt wieder Sauberkeit in ihre Straße und gingen zufriedengestellt wieder hinein … bis zum nächsten Windstoß.

So fühlten sich die spießbürgerlichen Anwohner der Wainstreet wohl – in ihrer kleinen Welt, in der alles seine Ordnung hatte. Noch ahnten sie nicht, dass ihr Leben schon bald auf den Kopf gestellt werden würde. Und es sollte an jenem Sonntag beginnen, an dem Minna, mit einem kleinen Mädchen im Schlepptau, die Haustür mit der Nummer 23 aufschloss.

Mrs Dwain hatte die Harmonie an der Fotowand perfekt wiederhergestellt, als sie Minnas Schlüssel und Schritte in der Diele hörte.

„Endlich", sagte sie erleichtert, als ihre Tochter im nächsten Augenblick eintrat. „Da bist du ja, mein Kind!"

Mrs Dwain hatte inzwischen ein knallrotes Gesicht, aber sie strahlte förmlich, denn das Warten hatte nun ein Ende. Sie nahm Minna euphorisch in die Arme, zerrte sie direkt vor die Couch, auf der sie schließlich neben ihrem Mann Platz nahm. Sie wartete gespannt darauf, welche unerwartete Neuigkeit ihre Tochter zu verkünden hatte.

Minna schaute ihre Eltern amüsiert an. Noch unterschiedlicher als die beiden konnten zwei Menschen kaum sein. Er saß gelassen da und lächelte sie hinter verschmierten Brillengläsern mit schläfrigen Augen an, während sie, wie für eine Teeparty herausgeputzt, mit weit aufgerissenen Augen ihre Tochter anstarrte und dabei ständig ihre Frisur aufplusterte.

„Kind, nun sprich! Mir bleibt gleich das Herz stehen“, drängte Mrs Dwain ungeduldig und rutschte hibbelig auf der Couch hin und her. Minna zog als erstes die Vorhänge zu, um mögliche Zaungäste auszuladen.

„Aber Kind“, flüsterte Mrs Dwain entsetzt, „du kennst doch unsere Nachbarn. Wenn du die Vorhänge am hellichten Tag zuziehst, dann machst du sie nur noch neugieriger. Was ist denn so geheim? Du machst mir langsam Angst.“

„I … ich, ehm“, begann Minna zu stottern, „wie soll ich es euch nur sagen? Ehm …“

„Grundgütiger!“, kreischte Mrs Dwain plötzlich und sprang wie von einer Tarantel gestochen auf die Beine. Vor Schreck verschluckte sich Mr Dwain an seinem Kaffee. Er wusste nicht im Geringsten, was in sie gefahren war. Auch Minna zuckte überrascht zusammen.

„Ich habe es befürchtet“, fuhr Mrs Dwain fort, die sich mit beiden Händen hastig Luft zufächerte, als drohte sie zu überhitzen. „Sie i … ist schwanger. Und sie ist noch nicht einmal verheiratet. Was werden die Leute denken? Jetzt sag doch auch etwas dazu.“

Aufgebracht stupste sie Mr Dwain an.

„Wozu soll ich denn etwas sagen?“, fragte er halb belustigt, halb entnervt. „Sie hat doch noch gar nichts gesagt.“

„Na dazu“, sie stupste ihn wieder an, aber diesmal fester, „dass sie schwanger ist.“

Minna ging leise und besänftigend mit einem langen „Maaaaamaaaaa“ dazwischen. „Ich bin nicht schwanger. Setz dich bitte wieder hin und beruhige dich.“

Mrs Dwain entspannte sichtlich. Das angestaute Blut wich aus ihrem Gesicht und ihre Pupillen verkleinerten sich wieder.

„Bist du nicht?“, fragte sie erleichtert und ließ sich auf die Couch zurückfallen. „Verzeiht“, sagte sie pikiert und richtete sich die Frisur. „Meine Phantasie ist leicht mit mir durchgegangen.“

„Leicht?“, witzelte Mr Dwain und zwinkerte Minna zu.

„Aber … du liegst nicht völlig falsch“, lobte Minna sie und schaffte so einen genialen Übergang. „Es gibt tatsächlich ein Kind.“

Mr und Mrs Dwain schauten sich und dann wieder ihre Tochter verwundert an.

„Wie bitte?“, fragten sie im Chor.

„Ich werde die Tochter einer alten Freundin bei mir aufnehmen“, verkündete Minna mit einem Lächeln. „Sie wird eine Zeit lang bei mir wohnen.“

„Kind, hast du den Verstand verloren?“, schoss es aus Mrs Dwain heraus.

Minna schüttelte überzeugt den Kopf.

„Grundgütiger!“ Mrs Dwain schlug die Hände über dem Kopf zusammen. „Sie meint es ernst. Weißt du eigentlich, was es heißt, auf ein Kind aufzupassen? Du nimmst eine ungeheuere Verantwortung auf dich. Sag deiner Freundin ab! Sag ihr, du kannst nicht, weil … äh …“

„Zu spät, ich habe es ihr versprochen.“

„Kind, ich frage dich noch einmal, hast du den Verstand verloren?“

„Also diese Freundin ist beruflich verreist“, erzählte Minna unbeirrt weiter. „Sie ist auch Lehrerin und leitet ein Hilfsprojekt in Afrika. Ihre Tochter konnte sie nicht mitnehmen. Darum ist sie jetzt bei mir.“

„Was ist das für eine Mutter, die ihr Kind zurücklässt", grummelte Mrs Dwain fast unverständlich vor sich hin. „Woher kennst du sie überhaupt?"

„Ich habe sie während meines Studiums an der Universität kennengelernt", strickte Minna ihre Lügengeschichte weiter. „Nach dem Abschluss verloren wir uns aus den Augen. Und erst neulich hat sie sich wie aus heiterem Himmel wieder bei mir gemeldet."

„Na, wenn dich das nicht zu einem Glückspilz macht", sagte Mrs Dwain übertrieben ironisch. „Aber warum du? Hat sie keine Familie?"

„Sie hat niemanden. Ich bin die Auserwä…, äh, ich meine, ihre einzige Freundin."

„Und wie lange bleibt diese Freundin in Afrika?", bohrte sie verdrossen nach.

„Drei Monate", log Minna weiter, ohne rot zu werden.

„Was? Drei Monate?", kreischte Mrs Dwain und fiel fast vom Glauben ab. „Wie stellst du dir das vor? Was ist mit deiner Arbeit?"

Mrs Dwain drehte sich mit rot angelaufenem Kopf zu Mr Dwain, der ohne jede sichtbare Regung seelenruhig neben ihr auf der Couch saß. „Nun sag doch auch etwas!", fauchte sie und zwickte ihn diesmal in die Schulter.

„Autsch!" Mr Dwain rieb sich über die schmerzende Stelle. „Was soll ich sagen? Sie ist erwachsen. Sicherlich weiß sie auch, wie sie es anstellen wird. Stimmt's?"

Die Dwains schauten ihre Tochter erwartungsvoll an und hofften auf einen ausgetüftelten Plan. Aber Minna neigte ihren Kopf zur Seite und lächelte verlegen, als hätte sie etwas ausgeheckt.

„Ich kenne diesen Blick", sagte Mrs Dwain leicht beunruhigt. „Du setzt ihn immer ein, wenn du etwas willst. Kind, du machst mir Angst!"

„Ihr werdet Großeltern … Überraschung!", sprudelte es aus Minna heraus. „Ihr seid meine Babysitter! Bitte! Ihr müsst sie nur nehmen, während ich arbeite. Bitteeeee!"

„Minna!", schrie Mrs Dwain empört und sprang mit einem Satz wieder von der Couch auf. Es schien, als würde sich ihre Kurzhaarfrisur diesmal ganz von alleine aufplustern. „Du hast sehr wohl den Verstand verloren. Wie stellst du dir das nur vor? Ich sage auf keinen Fall ja!"

„Bitte", flehte Minna mit zusammengefalteten Händen. „Sie ist ganz brav. Sie macht euch bestimmt keine Arbeit."

„Und was sagen wir den Nachbarn?", schnaubte Mrs Dwain nervös und verspürte erneut Hitzewallungen. „Wir werden in aller Munde sein."

Allein bei der Vorstellung, dass die Leute über sie lästerten, drehte sich ihr der Magen um. Sie schüttelte widerwillig den Kopf und schien von ihrer Meinung nicht abzubringen zu sein, bis Minna ihren Joker aus dem Ärmel schüttelte.

„Wenn du dich bereit erklärst, für drei Monate die liebenswerte Ersatz-Oma zu spielen", sagte sie mit verlockender Stimme, „dann werde ich mich auf ein neues Date einlassen. Und du, Mamilein, du darfst den Mann aussuchen."

Minna war sich sicher, dass ihre Mutter dieses Angebot nicht ausschlagen konnte.

„Zwei Verabredungen und du wirst alle meine Anrufe entgegennehmen!", sagte Mrs Dwain rasch und hielt ihr die Hand hin. Sie war ruckartig im Geschäft und strahlte bis über beide Ohren. „Es ist ja nur für ein paar Stunden am Tag", sagte sie beschwichtigend zu ihrem Ehemann, während sie sich gutgelaunt wieder zu ihm gesellte. „Das schaffen wir schon und außerdem können wir ja schon mal üben, Großeltern zu sein."

Sie klopfte ihm zuversichtlich aufs Knie. Minna stürzte sich dankend auf ihre Eltern und verteilte Schmatzer. Bei dem Gedanken an die Dates spürte sie allerdings ein leichtes Kitzeln in der Nase. Diese verflixten Niesanfälle.

„Dann werde ich sie mal hereinholen“, sagte Minna erleichtert.

„Sie ist hier?“, fragte Mrs Dwain, abrupt in ihrer Freude unterbrochen. Sie hätte sich lieber noch eine Weile mit dem Gedanken angefreundet. „Warum denn so eilig, Kind?“

„Morgen beginnt die Schule“, rief Minna, während sie beschwingt aus dem Zimmer verschwand.

Die Dwains blieben nervös zurück. Während Mrs Dwain ihrem hohen Pulsschlag treu blieb, richtete sich Mr Dwain aus seinem Ruhe-Modus auf und zog seine Schlabbersachen zurecht. Sie saßen Schulter an Schulter und hielten ihre Augen gebannt auf die Tür zur Diele gerichtet. Es fühlte sich wie eine Ewigkeit an, bis Minna mit Feline an der Hand wieder hereinkam. Mit jedem Schritt, den das kleine Mädchen auf sie zumachte, erstarrten die Dwains immer mehr zu zwei Eiszapfen.

„Darf ich euch Feline vorstellen“, sagte Minna, als sie direkt vor ihren Eltern standen, die Feline erschrocken mit offenen Mündern anstarrten. Mr Dwain putzte sich rasch die Brillengläser.

„Guten Tag. Ich bin sehr erfreut, Sie kennenzulernen“, sagte Feline freundlich lächelnd und streckte höflich ihre Hand aus, so wie es sich gehörte. Aber die Dwains waren nicht in der Lage, sich zu rühren. Sie hatten ein süßes, kleines Mädchen mit Zöpfen und Stubsnäschen erwartet.

„Gu…gu…guten Tag, Fe…Feline“, stotterte Mrs Dwain verdattert, als sie ihre Stimme wieder zurückgewonnen hatte, und reichte ihr ganz vorsichtig die Hand. Feline begann, diese heftig zu schütteln, so wie es sich gehörte.

„Mi…Minna“, piepste Mrs Dwain leicht überfordert und zog ihre Hand behutsam zurück. „Ka…kann ich dich mal kurz unter vier Augen sprechen?“ Sie packte ihre Tochter am Arm und führte sie eilig in die Küche. „Kannst du mir bitte mal erklären, warum das arme Mädchen so hässlich aussieht“, flüsterte sie hysterisch hinter der verschlossenen Küchentür.

„Die arme Maus hat eine seltene Hautkrankheit“, unterbreitete Minna scheinheilig ihre letzte Lüge. „Derm… dermo… polyhyper oder so ähnlich.“

„Kind“, unterbrach ihre Mutter sie hektisch, „das ist keine Hautkrankheit, das … das ist womöglich der Grund, warum ihre Mutter lieber in Afrika arbeitet.“

„Mama!“, rief Minna empört, während sie ein Schmunzeln unterdrücken musste. Der trockene Humor war typisch für ihre Mutter. „Wie kannst du nur so etwas sagen?“

„Ist ja schon gut“, sagte Mrs Dwain aufgewühlt. „Aber die Derm…poly…hyper, wie auch immer, erklärt noch lange nicht ihre seltsamen Haare und Zähne. So etwas Verwildertes habe ich ja noch nie gesehen. Du hättest ihr wenigstens mal die Haare kämmen können. Grundgütiger! Was die Nachbarn wohl sagen werden?!“ Mrs Dwain schaute Minna mit einem entsetzten Gesichtsausdruck an. „Haben die Nachbarn vorhin Feline so gesehen?“

Minna schüttelte den Kopf. „Natürlich nicht“, beruhigte sie ihre Mutter zügig. „Feline trägt einen großen Hut, wenn wir unterwegs sind. Ich möchte nicht, dass die Leute sie wie eine Zirkusattraktion anstarren.“

„Oh, das ist gut“, strahlte Mrs Dwain wieder. „Eine sehr gute Idee. Die Nachbarn dürfen sie unter keinen Umständen sehen!“

„Vergiss die Nachbarn“, versuchte Minna sie abzulenken. „Denk an die Dates und die potenziellen Schwiegersöhne …“

„Kind, glaub mir, wenn die Nachbarn Feline sehen, werde ich im Umkreis von dreißig Meilen keinen Mann für dich finden."

Minna schmunzelte und kreuzte hinter ihrem Rücken die Finger.

„Sie wird bald gesund werden, dann sieht sie wieder normal aus. Sie ist entzückend, du wirst es sehen. Du musst nur ein wenig Zeit mit ihr verbringen."

„Entzückend?", fragte Mrs Dwain ungläubig mit gerümpfter Nase, als plötzlich Mr Dwain schwungvoll und gut gelaunt die Küche betrat.

„Ist sie nicht entzückend?", fragte er bestens gelaunt. Er steuerte schnurstracks auf den Kühlschrank zu, steckte seinen Kopf tief hinein und machte sich auf die Suche nach dem Kuchen, den Mrs Dwain dort für gewöhnlich als sonntägliche Notfallration aufbewahrte. „Sie ist so witzig. Und so klug. Wen kümmert's, was die Nachbarn denken. Wenn wir jeden Morgen den grunzenden Nachbarsjungen ertragen müssen, der an unserem Wohnzimmerfenster vorbeischlufft, dann kann auch keiner etwas gegen sie haben."

Mrs Dwain schaute ihn verwundert an. Was war mit ihm geschehen? Er wirkte wie ausgewechselt und verhielt sich wie ein waschechter Großvater, der nichts an seine Enkelin herankommen ließ.

„Was habe ich dir gesagt?", flüsterte Minna ihrer Mutter kichernd zu. „Der erste Eindruck trügt. Du musst sie nur kennenlernen." Mrs Dwain ließ sich widerwillig von ihrem mit Zitronenkuchen beladenen und trällernden Ehemann ins Wohnzimmer zu Feline schieben. Minna folgte ihnen zufrieden. Die Diskussion war damit beendet. Feline würde bleiben!

Als Minna und Feline die Straße hinuntergingen, schaute ihnen Mrs Dwain besorgt durchs Fenster hinterher. Worauf hatte sie sich da nur eingelassen? Schon bald würden alle über sie und das ungewöhnliche Mädchen reden, das zu ihrem Entsetzen ein großes Stück Zitronenkuchen mit nur einem Happs verschlingen konnte. Der Aufschrei wäre groß, wenn ihre Nachbarn Feline zu Gesicht bekämen. Mrs Dwain wäre Schuld an den fluchtartigen Umzügen in der Wainstreet und niemand würde sie mehr grüßen, geschweige denn zu einer Teeparty einladen. Ihr Ruf wäre ein für alle Mal ruiniert. So weit durfte sie es nicht kommen lassen. Sie musste ihrer Tochter absagen. Sollte Minna doch die Kleine mit in die Schule nehmen, dann wäre sie fein aus dem Schneider. Aber erschrocken stellte Mrs Dwain fest, dass es dafür zu spät war.

Die alte Mrs McDonald, ihre Nachbarin aus dem gegenüberliegenden Haus, hatte sie bereits entdeckt. Wie eine schlechte Agentin in geheimer Mission stand sie hinter der Gardine und lugte neugierig herüber. Sie wurde zwar von den Bewohnern der Wainstreet als „die Blinde" bezeichnet, weil ihre Brillengläser so dick wie Flaschenböden waren, aber in Wahrheit entging der alten Dame nichts. Bereits am Mittag hatte sich in der ganzen Nachbarschaft die Nachricht von dem fremden, kleinen Mädchen mit dem großen Hut herumgesprochen, das bei den Dwains zu Besuch gewesen war. Denn eines liebten die braven Bürger der Wainstreet ganz besonders: Gerüchte! Sie waren Meister darin, sie in die Welt zu setzen und sie im Lauffeuertempo zu verbreiten.

Wie bei den Greenbirds vor einigen Monaten, als dem sonst so akkuraten Mr Greenbird ein Missgeschick in seinem Badezimmer passiert war. Beim Stutzen seines gepflegten Oberlippenbartes verrutschte der Rasierer und er schnitt an einer Seite zu viel ab. Bei dem äußerst vorsichtigen Versuch, die Symmetrie wieder herzurichten, ließ er das Bärtchen versehentlich mal rechts und mal links, Schnitt für Schnitt gänzlich verschwinden. Als hätte er den

Bart vor lauter Stoppeln nicht mehr gesehen. Dann stieg er wie gewöhnlich in sein Auto, nicht ahnend, welche Lawine er auslösen würde, und fuhr zur Arbeit. Mrs McDonald stand *zufällig* am Fenster, als er mit nackter Oberlippe an ihrem Haus vorbeifuhr und ihr einen Schrecken einjagte. Aufgelöst, als hätte sie den Herrn vom Himmel hinabsteigen gesehen, griff sie zum Telefon und meldete es Mrs Wellington, die zwei Häuser weiter wohnte. Sie wiederum erzählte es Mrs Moore und diese wiederum fragte Mrs Greenbird, noch bevor ihr Ehemann die Wainstreet verlassen hatte, ob bei ihnen der Haussegen schief hinge.

Es kehrte Leben in die Wainstreet zurück, in der sonst Tristheit die Vorherrschaft hatte. Es wurde getratscht, dass die Wände wackelten. Beim Bäcker, im Supermarkt, beim Frisör und auch sonst überall, wo sich die braven Bürger begegneten. Jeder wollte wissen, warum Mr Greenbird seinen Bart abrasiert hatte. Die einen erzählten, seine Frau hätte ihn gezwungen. Die anderen sprachen von Midlifecrisis, deren logische Konsequenz eine Affäre mit einer Zwanzigjährigen sein musste. Mr Greenbird konnte sich nicht schnell genug einen neuen Oberlippenbart sprießen lassen und zwei Wochen später kehrte wieder Ruhe ein.

Jedes Gerücht war willkommen, solange es nicht einen selbst betraf. Darum verhielt sich hier jeder so unauffällig wie möglich.

Den Dwains gelang das nicht. Jeden Morgen um Punkt sieben Uhr stand Minna mit Feline vor ihrer Haustür und sorgte ungewollt für Aufsehen.

Wie Kai aus der Kiste sprangen die Köpfe der Nachbarn hinter Hecken und Fenstern neugierig hervor, in der Hoffnung, einen Blick von dem fremden Mädchen zu erhaschen, das sein Gesicht unter einem großen Hut versteckte. Selbst wenn Mrs Dwain sich einen Vollbart ankleben würde, könnte sie die Aufmerksamkeit nicht mehr von Feline ablenken.

Anfangs klingelte es alle fünf Minuten an der Tür der Dwains. Denn durch *Zufall* häuften sich die häuslichen Notstände in der Nachbarschaft. Die eine bat um Zucker, die andere um Salz und wieder eine andere um Zucker, aber eigentlich wollten alle nur das Eine: Erfahren, wer das kleine Mädchen war. Mrs Dwain hatte die üblichen Verdächtigen allerdings durchschaut. Sie öffnete die Tür immer nur einen kleinen Spalt, um ihnen keinen Einblick ins Haus zu gewähren, und überreichte tassenweise die Mangelware. Nebenbei stillte sie pflichtbewusst die Neugier ihrer Nachbarinnen und erzählte kurz und knapp über das Afrikaprojekt und die Gutmütigkeit ihrer Tochter, durch die sie nun zu Babysittern geworden waren. Und, dass das kleine Mädchen Feline hieß – mehr nicht.

Feline bemerkte nicht, dass der Trubel an der Haustür ihr galt. Sie dachte nur, wie freundlich doch Mrs Dwain war, und wieviel Zucker sie doch hatte. Aber aus einem für sie unerklärlichen Grund ließ Mrs Dwain niemanden herein und sie nicht heraus.

Feline gewöhnte sich schnell an die Dwains. Sie mochte die beiden Menschlinge, die sehr freundlich zu ihr waren. Vor allem Mr Dwain. Er nahm sie nach dem Frühstück immer auf seine Reparatur-Abenteuer mit. Er schnallte sich seinen riesigen Werkzeuggurt um die Hüfte und versuchte, das Haus in Stand zu halten – was dem Hobbyhandwerker nur selten gelang.

Eine ewige Baustelle war die knarzende Holztreppe im Flur. Wie die Tasten eines Klaviers gab jede Stufe ihren eigenen Quietschton ab. Jedes Mal, wenn Mr Dwain Hand angelegt hatte (meistens erwischte der Hammer seinen Daumen, den Feline inzwischen mit Kühlgel und Verband perfekt zu verarzten wusste), wurde es schlimmer. Als hätte er die ganze Treppe um eine Oktave höher eingestellt, gaben die Stufen neue nervsägende Töne von sich. Mrs Dwain hatte sich angewöhnt, die Treppe, so schnell sie konnte, hoch- und runterzusteigen, um ihre Nerven zu schonen.

Besonders spannend wurde es, wenn Mr Dwain zwei Sachen gleichzeitig erledigte. Einmal fiel ihm unverhofft der wackelige Essstuhl ein, als er gerade dabei war, eine zerbrochene Porzellanvase wieder zusammenzukleben. Sofort ließ er die Scherben links liegen, nahm die neue Herausforderung an und und blieb prompt mit Klebstoff an den Fingern am Stuhlbein kleben. Ein Paradebeispiel für seine kurze Aufmerksamkeitsspanne, die neben seiner handwerklichen Unbegabtheit der Grund für seine stets unverändert bleibende Reparaturliste war.

Ohne Zweifel hatte Minna ihre Tollpatschigkeit von ihrem Vater geerbt, dachte Feline, die sich kichernd über Mr Dwains Pannen amüsierte. Feline lernte viel aus seinen Fehlern. Sie wusste zwar noch immer nicht, wie sie das Haus ohne Wunschkräfte nur mit Werkzeugen in Stand setzen konnte, aber sie wusste zumindest, wie sie es am besten nicht machen sollte.

Weitaus schwieriger war es, Mrs Dwain in ihrer natürlichen Umgebung zu beobachten. Die alte Dame hatte sich kein bisschen an Felines Aussehen gewöhnt und tippelte immer nervös davon, wenn das hässliche Mädchen ihr zusah oder sich ihr näherte. Sie ging Feline möglichst oft aus dem Weg und verschwand sogar manchmal spurlos im Haus. Um sie nicht noch mehr aufzuscheuchen, nahm Feline sie heimlich unter die Lupe, wie Minna es ihr geraten hatte. Auf Zehenspitzen schlich sie leise hinter Mrs Dwain her und bespitzelte sie aus allen Winkeln des Hauses, ganz leise aus einem sicheren Versteck heraus. Sie stellte sich hinter die große Palme neben dem Fernseher im Wohnzimmer, lag unter der Couch oder kiebitzte aus Schränken. Und wie sollte es auch anders sein: Mrs Dwain war ein Putz-Phänomen!

Wie ein großer Putzlappen wirbelte sie umher und wehrte jeden Schmutzpartikel pingelig ab, der es wagte, sich in ihrem Haus niederzulassen. Sie putzte und schrubbte den ganzen Tag. Und wenn sie alle Arbeit erledigt hatte, fing sie am nächsten Morgen wieder von vorne an. Das Haus war blitzblank. Vom Entstauben der tanzenden Ballerinas, Schildkrötenfamilien und weinenden Clowns in der Vitrine bis hin zur Bedampfung der Vorhänge schaute sich Feline alles geduldig an und versuchte, den Sinn und Zweck dieser Zeitvergeudung zu verstehen. Keine Fee in Fantasia würde mit ihrer kostbaren Zeit so verschwenderisch umgehen, obwohl ihr ein Vielfaches an Lebenszeit zur Verfügung stand. Wie oft hatte Feline daran gedacht, die Hausarbeiten einfach wegzuwünschen, um Mrs Dwain etwas Ruhe zu gönnen. Aber sie durfte ihre Tarnung nicht auffliegen lassen, also ließ sie es brav bleiben. Immerhin stand die Einschulung, die Minna ihr versprochen hatte, auf dem Spiel.

Eines Tages, der erste, an dem Mrs Dwain normal erschien, machte diese etwas für Feline Unerwartetes: Sie backte einen Kuchen.

Es war merkwürdig, die sonst so hibbelige Mrs Dwain so ruhig und zufrieden zu sehen. Feline wurde in dem kleinen Vorratsschrank, in dem sie sich für ihre Bespitzelung versteckt hielt, neugierig. Sie schaute fasziniert jeder Handbewegung von Mrs Dwain zu, bis diese schließlich mit leuchtenden Augen einen süßlich dampfenden Kuchen aus dem Ofen herausholte. Obwohl er schlicht aussah – ganz anders, als die mehrstöckigen, reichverzierten, üppigen Kuchen, die im Feenschloss serviert wurden – duftete er genauso verführerisch. In diesem Augenblick wurde Feline erstmals bewusst, dass auch Menschlinge auf ihre eigene Art und Weise wünschen konnten. Sie waren nicht so schnell wie Feen, aber mit ein bisschen Geduld erfüllten auch sie sich Wünsche.

Feline konnte nicht anders: Sie musste lernen, wie ein Menschling zu „wünschen"!

Am nächsten Morgen konnte sie die Busfahrt kaum abwarten, um endlich bei den Dwains anzukommen. Wie gewöhnlich öffnete Mrs Dwain in Windeseile die Tür und zerrte Feline rasch hinein, damit ihre von Neugier getriebenen Nachbarn sie nicht genauer in Augenschein nehmen konnten. Wie auf glühenden Kohlen sitzend wartete Feline das Ende des Frühstücks mit Mr Dwain ab und seilte sich unauffällig von ihm ab, als dieser sich mit der Reparaturliste in der Hand an die Arbeit machte. Sie näherte sich auf Zehenspitzen der Küchentür, öffnete diese einen Spalt und steckte ihren Kopf vorsichtig hindurch. Mrs Dwain war nicht da, aber der Duft ihrer gestrigen Apfeltorte, die Feline vorzüglich geschmeckt hatte, lag immer noch in der Luft. Sie eilte zu dem ausziehbaren Schrank, in dem allerlei Backkram akribisch geordnet verstaut war. Vom Anblick der Zutaten, die sie mit ihren süßen Düften herzlich begrüßten, wurde Feline ganz aufgeregt. Sie atmete tief ein und schloss die Augen. Was dann passierte, überraschte sie selbst: Wie auf Knopfdruck schwirrten in ihrem Kopf die skurrilsten Backideen herum. Die Rezepte kreierten sich irgendwie von alleine und es wurden immer mehr, als würden sie in ihr blubbern. Lächelnd öffnete sie die Augen und legte beflügelt los. Selbstsicher und zielstrebig schnappte sie nach den Zutaten, als hätte sie in ihrem Leben noch nie etwas anderes gemacht, als Kuchen gebacken. Die Mengen schätzte sie mit Augenmaß ab und benötigte weder Waage noch Messbecher. Sie hantierte wie ein Jongleur mit Eiern, Mehl, Milch, kleingehackten Kürbisstückchen und Schokoladenkügelchen, die im hohen Bogen durch die Luft flogen und in einer großen Schüssel landeten. Feline wunderte sich, woher sie das nur konnte. Im Handumdrehen war der Teig fertig gerührt und steckte im vorgeheizten Backofen. Jetzt fehlte nur noch eine dickflüssige Mangoglasur und ihre erste Kreation war fertig.

Der unwiderstehliche Duft ihres Kürbis-Schokoladen-Mango-Kuchens zog im Nu in das feine Näschen von Mrs Dwain, die hektisch in die Küche hereingestürmt kam – dem unerwartet fremden Geruch auf der Spur.

„Grundgütiger!“, rief sie hysterisch in Anbetracht ihrer mitsamt Feline von oben bis unten eingesauten Küche. „Was hast du getan?“

„Ich habe einen Kürbis-Schokoladen-Mango-Kuchen für Sie und Mr Dwain gebacken“, antwortete Feline stolz und klopfte sich eine Mehlwolke aus ihrer Kleidung.

„Ge...gebacken? In meiner Küche?“, fragte Mrs Dwain ungläubig mit flatternder Stimme.

Rechtzeitig zum Anflug ihrer Hitzewallungen kam auch Mr Dwain in die Küche geeilt. Ungeachtet des Chaos’, das Feline angerichtet hatte, lächelte er sie sanftmütig an und legte seinen Arm tröstend um die Schulter seiner Ehefrau, die völlig aus der Fassung zu sein schien.

„Da hängt Eigelb an meinem schönen Lampenschirm“, stellte sie bestürzt mit einem Kopfschütteln fest und war den Tränen nahe.

„Es wird alles gut“, sagte er zuversichtlich und entfernte sie rasch vom Schlachtfeld. „Es sieht schlimmer aus, als es ist. Ich werde die Küche nachher blitzblank putzen, aber zuerst probieren wir Felines köstlich duftenden Kuchen."

Die Dwains – sie mit geröteten Wangen und mürrisch dreinblickend, er mit großem Appetit – saßen bereits am Esstisch, als Feline einen großen Blechkuchen hereintrug, der so schwer war, dass ihre Knie unter seiner Last anfingen zu schlottern. Sie ließ ihn auf den Tisch plumpsen und eröffnete mit dem Überreichen der tellergroßen Portionen das große Naschen. Mrs Dwain beäugte ihr Stück mürrisch, als würde sie dem Kuchen die Schuld für die Schweinerei in ihrer Küche geben. Mit gerümpfter Nase nahm sie eine kleine Kostprobe von der Gabelspitze. Vom Geschmack überwältigt riss sie erschrocken die Augen auf.

„Grundgütiger!", rief sie plötzlich erquickt. „Das … das ist ja unglaublich lecker."

Von einem plötzlichen Heißhunger erfasst schaufelte sie mit der Gabel ein noch größeres Stück in den Mund, und für einen Moment vergaß sie alles um sich herum. Die goldbraun glitzernde Mangoglasur legte sich hauchfein über ihre Zunge, auf der dann die im luftigen Kürbisteig enthaltenen Schokoladenkügelchen, die im Inneren flüssig waren, zerplatzten.

„Mhhh …", hauchte Mrs Dwain genüsslich, während sie kauend förmlich dahinschmolz. „Mhhhh …" Und mit jedem Bissen wurde der Kuchen noch ein bisschen leckerer.

Mr Dwain erging es ähnlich. Er gab durch ständiges, euphorisches Nicken und genussvolles Schmatzen zu erkennen, wie vorzüglich ihm der Kuchen schmeckte. Feline freute sich sehr. Ihr war es offensichtlich gelungen, wie ein Menschling zu wünschen. Erleichtert machte sie sich an ihre Hälfte des Blechkuchens heran und verputzte ihn in zwei Bissen … *happs … happs.*

„Na, wenn mir da mal nicht jemand den Titel der besten Hobbybäckerin streitig macht", nuschelte Mrs Dwain glückstrahlend und schob den leeren Kuchenteller von sich. Sie konnte sich nicht erinnern, sich jemals den Bauch so mit Kuchen vollgeschlagen zu haben. „Kind, das war grandios. So etwas Leckeres habe ich noch nie zwischen die Zähne bekommen. Diese Kreation … mhh … einfach fantastisch. Woher kannst du nur so gut backen?"

„Ähm … ich habe das von meiner Mutter gelernt", flunkerte Feline geschmeichelt. „Ich durfte ihr immer beim Backen helfen."

„Das war ein kulinarisches Feuerwerk", lobte auch Mr Dwain sie mit feuchten Augen. „Du musst dringend öfter Kuchen backen."

Und das tat Feline auch. Jeden Tag kreierte sie eine neue Süßspeise: Zucchini-CremeFraiche-Marzipankuchen, Kartoffelgratin mit einer Vanille-Himbeer Soße oder Rosenkohlspieße mit Honig-Walnusskruste oder Zitronen-Basilikum-Cremetorte.

So sehr Mrs Dwain zuvor vermieden hatte, Feline im Haus zu begegnen, so sehr suchte sie nun ihre Nähe. Nicht einmal mehr Felines Aussehen hielt sie davon ab. Denn dank ihrer Geschmacksnerven war Mrs Dwain zu der Erkenntnis gelangt, dass jemand, der es verstand, derartige Köstlichkeiten zuzubereiten, niemals hässlich sein konnte. Sobald sich Feline in die Küche begab, huschte sie ihr voller Vorfreude hinterher. Sie liebte es, Feline beim Backen zuzusehen … aber ebenso liebte sie es, ganz nebenbei mit einem Putzlappen ihre Küche sauberzuhalten.

Jeden Tag breiteten sich die süßen Düfte in der ganzen Wainstreet aus und stiegen in die plattgedrückten Nasen der Nachbarn. Diese standen stets neugierig an ihren Fenstern und stierten zum Haus der Dwains hinüber. Zu gern hätten sie gewusst, was dort wirklich vor sich ging. Niemand glaubte mehr an das Afrikaprojekt, von dem Mrs Dwain berichtet hatte. Denn langsam machte es sie stutzig, dass sie das kleine Mädchen, das sie für die neuen, ungewöhnlichen Gerüche verantwortlich machten, kein einziges Mal zu Gesicht bekommen hatten. Zudem verhielt sich ihre Nachbarin äußerst seltsam, seitdem das Mädchen auf der Bildfläche aufgetaucht war. Resümierend konnte es dafür nur eine Erklärung geben: Dem jüngsten Gerücht zufolge versuchte die arme Mrs Dwain verzweifelt, die uneheliche Tochter ihres untreuen Ehemannes zu verstecken, die – so vermutete man – ihm wie aus dem Gesicht geschnitten war.

Das fremde Mädchen im Nebel

Im Gegensatz zu Feline, die sich innerhalb kurzer Zeit an das Leben auf der Erde gewöhnt hatte, fiel es Minna äußerst schwer, wieder in ihren Alltag zurückzufinden. Seit ihrem Kurzbesuch in Fantasia waren drei Monate vergangen und sie konnte an nichts anderes mehr denken. Wie kleine Gummibälle titschten ihre Erinnerungen an Adas Baum, den prächtigen Lebenswald oder das silberne Feenschloss, das sie nur flüchtig durch das Blätterwerk gesehen hatte, in ihrem Kopf herum. Es kam ihr vor wie ein Traum, der einfach nicht verblassen wollte. Und immer wenn sie es am wenigsten erwartete – im Unterricht oder im Lehrerzimmer – brach in ihr eine gewaltige Vorfreude auf ihr nächstes Feenabenteuer aus; dies zeigte sich mal durch ein leises vor sich hin Kichern, mal durch ein verträumtes Kopfschütteln und manchmal durch ein in Gedanken versunkenes Umherirren auf den Korridoren. Es gab Momente, in denen sie am liebsten hinausposaunt hätte, dass sie der reine

Menschling war, nach dem die Feen gerufen hatten. Da dies aber ihrer Schulkarriere sicherlich ein jähes Ende bereiten würde, übte sie sich in Geduld und hielt die Lippen versiegelt. Niemand in der Schule durfte das mit ihrem neuen Nebenjob als Feen-Nanny spitzbekommen. Vor allem nicht Mr Smees, der Geschichtslehrer.

Mr Smees war ein großer, spindeldürrer Griesgram, mit dem nicht zu spaßen war. Er litt an neurotischer Phantasielosigkeit. Seine rechte Gehirnhälfte war so grau wie seine Anzüge, die im übrigen sein Markenzeichen waren. Er würde die Existenz von Feen selbst dann abstreiten, wenn er sich in Adas Baum vorfinden würde.

Schon das Wort „Fee" aus Minnas Munde würde ihn im Nullkommanichts veranlassen, dem Schulministerium seine verrückt gewordene Kollegin zu melden. Nichts würde ihm mehr Freude bereiten, als Minna mit ihren Siebensachen von der Schule fliegen zu sehen. Denn Mr Smees konnte Minna vom ersten Tag an nicht ausstehen – ganz und gar nicht. Während er die Leistungen seiner Schüler nach alter Manier mit Strenge und Disziplin zu steigern versuchte, gelang ihr dies mühelos mit innovativen Lehrmethoden, die in seinen Augen einfach nur lächerlich waren.

Als wäre das nicht genug, war Mr Smees zu Ohren gekommen, dass sie es unerhörterweise in Erwägung zog, sich um die Stelle der Stellvertretenden Direktorin zu bewerben. Um den Posten, den er unbedingt zu besetzen hoffte. Jedoch befürchtete er, dass seine drei Mal hintereinander zur Lieblingslehrerin gewählte junge Kollegin die besseren Karten hatte.

Aber Mr Smees glaubte, einen Weg gefunden zu haben, Minna auszustechen. Wenn es ihm irgendwie gelingen würde, am Ende des Schuljahres zum Lieblingslehrer gewählt zu werden, wäre Miss Dwain entthront und der Titel des Lieblingslehrers würde sich in seinem Empfehlungsschreiben gut machen. Dann wäre für ihn der

Weg zur langersehnten Stelle des Stellvertretenden Direktors – und damit letztendlich auch des Direktors – so gut wie frei.

Er trieb sich seit geraumer Zeit mit ausgefahrenen Sensoren unauffällig in Minnas Nähe herum, nur um eine Schwachstelle zu entdecken, die sie bei ihren Schülern oder noch besser beim Direktor unbeliebt machen würde. Und tatsächlich, er entdeckte ein sonderbares Fehlverhalten, das in ihm neue Hoffnung aufkeimen ließ: Er beobachtete, wie Minna nach Unterrichtsende im leeren Klassenzimmer aus heiterem Himmel einen Luftsprung machte. Einen Luftsprung? Ohne jeden erdenklichen Grund? Das erschien dem spaßfreien Pädagogen doch mehr als verdächtig. Da gab es nur eins: Protokoll führen.

Somit lag er ständig auf der Lauer und notierte sich so gut wie jede Bewegung Minnas, bis sein Notizblock von lauter Beweismaterial nur so überquoll.

„Irgendetwas stimmt mit Ihnen nicht, Miss Dwain“, sagte Mr Smees misstrauisch mit dünner Stimme, als er sich ihr eines morgens auf dem Flur in den Weg stellte. „Sie verhalten sich äußerst merkwürdig in letzter Zeit.“

„Ich verstehe nicht, was Sie meinen“, sagte Minna nichts ahnend und war leicht irritiert, als Mr Smees begann, sie mit langsamen Schritten zu umkreisen. Für gewöhnlich tat er dies bei seinen Schülern, wenn er sie einzuschüchtern versuchte. „Aber bitte fassen Sie sich kurz. Der Unterricht fängt gleich an, ich muss in meine Klasse.“

Mr Smees zückte seinen schwarzen Notizblock hervor und blätterte grienend darin herum.

„Wo fange ich nur an?“, zischelte er vorwurfsvoll, während er sie weiter umkreiste. „Ich sehe sie manchmal aus heiterem Himmel lachen … Sie machen Luftsprünge in Klassenzimmern, wenn Sie sich unbeobachtet fühlen … Sie sind immer gut gelaunt und ach ja, … Sie träumen manchmal im Lehrerzimmer … und so weiter und so fort. Lauter unerklärliche Gefühlsausbrüche. Also, wenn Sie mich fragen“, er klappte zufrieden seinen Notizblock wieder zu und stellte sich direkt vor sie, „haben Sie ein Problem.“

Minna war nicht entgangen, dass er ihr nicht wohlgesonnen war, aber dass er ihr nachstellte, war ihr neu. Sie fühlte sich plötzlich ertappt, aber gleichzeitig wusste sie, dass Mr Smees absolut keine Ahnung hatte.

„Ach, lieber Kollege“, sie versuchte, gelassen zu klingen und brachte ihn mit einem Schulterklaps leicht zum Wanken. „Haben Sie eigentlich nichts anderes zu tun, als mich zu beobachten? Aber wenn meine ‚unerklärlichen Gefühlsausbrüche‘ Sie so neugierig gemacht haben, dann will ich Sie aufklären. Im Gegensatz zu Ihnen bin ich nun mal eine gutgelaunte Person. Das ist alles.“

Mr Smees verengte seine Augen zu zwei Schlitzen.

„Wollen Sie mich eigentlich auf den Arm nehmen?“, sagte er zähneknirschend. „Wenn alle gutgelaunten Personen sich so benehmen würden wie Sie, dann ginge es hier zu wie in einem Affenzirkus! Da steckt mehr dahinter. Ich spüre es. Entweder sind es verschreibungspflichtige Medikamente oder Sie verheimlichen uns etwas, das dem Direktorat nicht gefallen würde.“

„Da sollte noch jemand behaupten, Sie hätten keine Phantasie“, scherzte Minna. „Aber ich muss Sie leider enttäuschen. Ich nehme weder Medikamente noch verheimliche ich etwas.“

„Ich habe es mit eigenen Augen gesehen“, wütete er nun etwas lauter, „was für einen Unsinn Sie treiben. Eine Lehrerin, die sich so albern und konfus verhält. Wo gibt’s denn so etwas? Was sollen die Schüler und Eltern davon halten? Sie gefährden den Ruf der Schule.“

Und wie immer, wenn Mr Smees verärgert oder nervös war, begann sein linkes Auge zu zucken. Minna trat einen Schritt zurück und beäugte ihn.

„Also, wenn ich Sie mir so ansehe“, sagte sie amüsiert und drehte den Spieß um, „könnte ich meinen, dass mit Ihnen etwas nicht stimmt, Mr Smees. Sie zucken so verdächtig mit Ihrem Auge. Ach ja, Sie grummeln manchmal unverständlich vor sich hin. Und ohne einen ersichtlichen Grund sind Sie immer schlecht gelaunt. Was wohl Schüler und Eltern über Sie denken?“

„Machen Sie sich nur lustig über mich“, sagte er im drohenden Ton. „Sie werden noch Ihr blaues Wunder erleben! Wenn ich mit Ihnen fertig bin, dann werden Sie keinen Fuß mehr in diese Schule setzen. Ich kann Sie nicht mehr ertragen.“

Minna war verärgert und verwundert zugleich. Was hatte sie ihm nur getan, dass er einen solchen Groll gegen sie hegte?

„Dann schauen Sie doch einfach nicht hin“, konterte Minna mit keckem Unterton und zeigte keine Scheu.

„Oh, das hätten Sie wohl gerne“, und wieder erhöhte er seine Stimme, „und *wie* ich hinschauen werde. Ich werde allen beweisen, dass mit Ihnen etwas nicht stimmt. Dann fliegen Sie von der Schule und die Stelle der Stellvertretenden Direktorin können Sie vergessen.“

Mr Smees Gesicht verzeichnete inzwischen mehrere Zuckungen. Er zuckte abwechselnd mit linkem Auge und rechtem Mundwinkel.

„Ah, daher weht der Wind“, sagte Minna schmunzelnd über seine Gesichtsgymnastik. „Aber wissen Sie was, Mr Smees? Tun Sie, was Sie nicht lassen können. Und jetzt entschuldigen Sie mich, ich muss in meine Klasse.“

Sie rückte ihre Umhängetasche zurecht und ließ ihn zuckend zurück. Sie hatte keine Angst vor dem Griesgram, aber ein miesgelaunter Lehrer hatte ihr noch gefehlt. Da er nun den Braten gerochen hatte, musste sie vor ihm besonders auf der Hut sein!

Feline hatte ihr Versprechen, das sie Minna gegeben hatte, gewissenhaft gehalten. Sie hatte in den vergangenen Monaten kein einziges Mal ihre Wunschkräfte im Hause der Dwains eingesetzt … aber … es war nie die Rede davon gewesen, dass sie ihrem täglichen Drang nach Wünschen nicht außerhalb des Hauses nachgehen durfte. Versteckt hinter der Fenstergardine wünschte sie die Wainstreet hin und wieder in ein großes Durcheinander.

Bei ihrem ersten Streich tauschte sie an allen Häusern Namensschilder und Hausnummern aus. Leicht irritiert, aber streng nach Vorschrift, verteilte der Briefträger die Post in die falschen Briefkästen. Als erste rannte Mrs McDonald aus dem Haus. Es schien, als wäre ihre Welt aus den Fugen geraten. In den Händen hielt sie die monatliche Ausgabe von „Wie verschönere ich meinen Garten?" der Jensons. Dabei hatte sie doch ein Abonnement für „Ich verschönere meinen Garten!". Schnaubend und leicht humpelnd schleppte sie sich über die Straße zum Haus der Jensons, um den groben Fehler des Briefträgers zu beheben. Doch gerade, als sie ihre zitternde Hand zur Klingel ausstreckte, riss Mrs Jenson entgeistert die Tür auf; in ihren Händen hielt sie die Post für die Wellingtons.

Nach und nach kamen auch die anderen Anwohner mit Umschlägen in den Händen aus ihren Häusern herausgerannt. Es entstand ein unglaublicher Tumult, bei dem einer dem anderen die Post zustellte.

Ein anderes Mal wünschte Feline alle geparkten Autos in die entgegengesetzte Richtung. Durch die zahlreichen Wendemanöver entstand ein Verkehrschaos, das im Umkreis von zehn Meilen noch Staus verursachte. Selbst im Radio berichteten sie mit Augenzwinkern über die „Fahrtauglichkeit“ der Anwohner der sonst so verkehrsberuhigten Wainstreet.

Es erwischte sogar den grunzenden Nachbarsjungen, dessen Schulweg am Haus der Dwains vorbeiführte. Feline wünschte ihm eine Tüte Karamellbonbons vor die Füße, die sich gänzlich in Luft auflöste, sobald er sich heißhungrig nach ihr bückte. Und das passierte alle zwei Meter, was bei seinem immensen Körpervolumen einer sportlichen Höchstleistung nahe kam. Feline amüsierte sich so sehr, dass sie vor lauter Kichern Bauchschmerzen bekam.

Allerdings verlor sie bei ihrem nächsten Streich die Kontrolle über ihre Wunschkräfte.

Selbst Minna musste sich die Augen reiben, als sie nach der Schule in die Wainstreet einbog, um Feline abzuholen. Die Straße hatte sich in einen Urwald verwandelt. Als hätte der Frühling mit voller Wucht eingeschlagen, waren die sonst so fein gestutzten Rasen über die Köpfe der Anwohner hinausgewachsen, Zweige und Äste ihrer nach Maß frisierten Hecken und Bäume hatten sich wie grüne Tentakel über Häuser und Wege gelegt.

Minna war ebenso fassungslos wie die Nachbarn, die sich in ihre Häuser zurückgezogen hatten und verängstigt durch ihre Fenster blinzelten.

„Diesmal hat sie sich aber selbst übertroffen“, grummelte sie verärgert, während sie sich unter vollem Körpereinsatz bis zum Haus ihrer Eltern durchschlug. „Von wegen, ihre Kräfte sind noch schwach und ungefährlich. Dann sollte sich Ada das hier mal ansehen.“

„Kind, die Polizei war hier“, erzählte Mrs Dwain aufgelöst, sobald Minna zur Tür hinein kam. „Sie haben uns alle befragt, ob wir vielleicht einen ehemaligen, nachtragenden Anwohner verdächtigen, der mit einem Spezialdünger alles zum Wuchern gebracht haben könnte. Aber wer um Himmels Willen sollte uns einen Dschungel vor die Nase setzen?"

Minna warf rasch einen erbosten Blick zu Feline, die ihre Augen scheinheilig zur Decke hochrollte. Sie stand neben Mr Dwain, der im Gegensatz zu seiner Ehefrau über das Naturwunder vor seiner Haustür entzückt statt empört war; ständig nickte er lächelnd.

„Es passierte, kurz nachdem du gegangen warst", fuhr Mrs Dwain hektisch fort und schnappte ständig nach Luft. „Ich bedampfte gerade die Vorhänge, als sich plötzlich ein dünner Zweig über das Fensterglas schlängelte. Ich dachte schon, es sei eine Schlange, die Wände hochkriechen konnte. Aber dann sah ich hinaus. Es … es war wie eine Invasion der Pflanzen. Es war schrecklich. Innerhalb weniger Minuten waren wir eingenommen. Und das im Herbst. Wie ist das überhaupt möglich?"

Minna hatte Mitleid mit ihrer Mutter, die völlig aus dem Häuschen war. Sie hatte sie noch nie so verängstigt gesehen. Ihre weit aufgerissenen Augen waren ebenso rot wie ihr ganzer Kopf. Womöglich erging es der ganzen Nachbarschaft so ähnlich.

„Von diesen Schnellwuchsdüngern habe ich auch schon mal gehört", sagte Minna rasch, um sie nicht von der falschen Fährte abzubringen. „Puh, da wächst alles wie wild. Jemand muss hier gesät haben."

Mrs Dwain schaute traurig und resigniert zum Fenster hinaus. „Wie sollen wir diesen Urwald je wieder loswerden?", murmelte sie erschöpft vor sich hin.

Als pflichtbewusster Ehemann war Mr Dwain sofort zur Stelle. „Es wird alles gut", brummte er zuversichtlich. „Sobald die Nachbarn keine Angst mehr haben, rennen sie mit ihren Heckenscheren aus den Häusern und schnipp schnapp ist alles so, wie es früher war."

Die Busfahrt zurück in die Stadt kam Feline wie eine Ewigkeit vor. Minna hatte nicht ein Wort gesprochen, seit sie das Haus der Dwains verlassen hatten. Feline ahnte, dass ihrem Schweigen ein Donnergrollen folgen würde. Eingemummelt in Wollmütze und Schal saß sie bedröppelt neben Minna und wartete auf die vierundzwanzigste Haltestelle, gegenüber vom Kioskstand, an der sie aussteigen würden. Mit dem Schließen der Bustüren öffnete Minna ihren Mund und es platzte aus ihr heraus.

„Wie konntest du nur so etwas tun?", wütete sie gegen Feline, die betrübt und ihrer Schuld bewusst, neben ihr her ging. „Die Leute haben eine Heidenangst. Ein Dschungel mitten in einer Vorstadt?! Was hast du dir dabei nur gedacht?"

„Das … das war keine Absicht ", stammelte Feline kleinlaut. „Wirklich. Ich weiß selbst nicht, wie das passieren konnte. Ich wollte eigentlich nur die frisch gemähten Rasen wieder ein bisschen wachsen lassen, als dann alles außer Kontrolle geriet. Ich hab versucht, es aufzuhalten, aber es wurde nur noch schlimmer."

„Das ist keine Entschuldigung!", wies Minna sie streng, aber leise zurecht, damit die entgegenkommenden Passanten sie nicht hörten. „Deine vorherigen Streiche habe ich noch durchgehen lassen, aber heute bist du zu weit gegangen. Damit ist auch das Schulthema endgültig erledigt."

Feline sagte nichts und senkte taurig ihren Kopf. Sie gingen eine kurze Weile stillschweigend nebeneinander her, bis es Minna, die einen Streit mit Feline nicht gewohnt war, leid tat, mit ihr geschimpft zu haben.

„Ich will mich nicht mit dir streiten", sagte sie nun in einem versöhnlichen Ton. „Du sollst einfach nur vorsichtiger sein. Was meinst du, wie schnell sich so eine Geschichte verbreitet und neugierige Leute anlockt. Ich mache mir Sorgen um dich. Hörst du?"

Feline sagte immer noch nichts. Nicht, weil sie beleidigt war oder mit ihrem Schweigen Minna ärgern wollte … sie hatte nur das seltsame Gefühl, dass irgendetwas nicht stimmte. Sie fühlte sich schwach und ihre Beine wurden immer schwerfälliger. Minna bemerkte nicht, dass Feline einige Schritte zurückgefallen war, als sie in ihre Straße einbogen.

„Sind wir wieder Freundinnen?", fragte Minna und schaute sich nach ihr um.

Feline gab wieder keine Antwort. Sie schleppte sich langsam bis zur Haustür, an der Minna auf sie wartete.

„Ist alles in Ordnung?" Minna kniete sich besorgt vor sie nieder. „Feline, hörst du mich?"

Aber Feline bekam kein Wort heraus. Sie schloss entkräftet ihre Augen und fiel wie eine einknickende Marionettenpuppe in Minnas Arme.

„Was ist mit dir?" Minna war plötzlich in Panik versetzt und versuchte, sie wachzurütteln. „Bitte, bitte mach die Augen auf!"

Sie befreite Feline von Mütze und Schal und fasste ihr an die Stirn. Blitzschnell zog sie ihre Hand zurück, als hätte sie auf eine heiße Herdplatte gefasst.

„Du brennst!", erschreckte sich Minna. „Was soll ich nur machen?"

Und plötzlich erinnerte sie sich voller Entsetzen an Adas Worte. Wie konnte sie bloß vergessen, Feline in die Natur zu bringen?

Minna erblasste förmlich bei dem Gedanken, dass die Feenprinzessin in Lebensgefahr schwebte.

„Du … du hast keine Lebensenergie mehr", murmelte sie aufgeregt. „Das war die Wünscherei, sie hat dich ausgelaugt. Du brauchst dringend einen Baum!“

Minna hob sie mit ganzer Kraft hoch und rannte mit ihr so schnell sie konnte in Richtung des nahegelegenen Stadtparks.

Es dämmerte bereits, als Minna keuchend und mit Tränen überströmtem Gesicht im Park ankam. Es war still wie auf einem Friedhof, nur ihre weinerliche Stimme war zu hören, die Feline fortwährend anflehte, durchzuhalten. Mit letzter Kraft legte sie Feline an den erstbesten Baumstamm und kniete sich neben sie. Doch Feline rührte sich nicht; das Fieber stieg immer weiter.

„Lesia!“, schrie Minna verzweifelt. „Wo bist du? Wir brauchen dich!“ Ihr verschwommener Blick huschte durch den Park, in der Hoffnung, Lesia im Licht der Weglaternen zu entdecken. Aber sie war nicht da.

Minna beugte sich erschöpft und hilflos über Feline. Sie begann bitterlich zu weinen. „Bitte wach auf, Feline! Bitte!“

Feline befand sich in einer Art Delirium und bekam von alledem kaum etwas mit. Sie nahm Minnas Stimme nur dumpf wahr, als wäre diese in weiter Ferne. Mühsam öffnete Feline die Augen, um ein Lebenszeichen von sich zu geben, aber im dichten Nebel, der sie umhüllte, konnte sie Minna nicht sehen. Sie konnte nichts erkennen … außer … außer der fremden Gestalt, die sich langsam durch den Nebel auf sie zu bewegte; wie ein Geist, der über dem Boden schwebte. Verängstigt versuchte Feline sich aufzurappeln, aber sie war wie gelähmt. Selbst ein Hilfeschrei gelang ihr nicht. Sie lag nur da und musste tatenlos zusehen, wie die seltsame Gestalt immer näher und näher kam … bis sie neben ihr stehenblieb. Feline war verwundert und gleichzeitig ein wenig erleichtert, als sie ein kleines Mädchen erkannte, das kaum älter war als sie selbst. Es trug ein goldenes Feengewand und hatte lange, schwarze Haare, die wie fließende Seide aussahen. Es sah kraftvoll und mächtig aus. Seine Augen waren von einem so satten Grün, als würde sich der Lebenswald in ihnen widerspiegeln. Felines Herz machte einen Satz, als ihre Blicke sich trafen. Sie hatte das seltsame Gefühl, diese scharf dreinblickenden Augen zu kennen. Aber woher? Es wollte ihr einfach nicht einfallen.

Das fremde Mädchen zwinkerte Feline mit einem breiten Grinsen aufmunternd zu. Es begann, mit seinen Händen durch die Luft zu fuchteln, wie eine Dirigentin, die ihr Orchester einstimmt. Ein starker Wind braute sich über ihnen zusammen.

Minna, die weder den Nebel noch das fremde Mädchen sehen konnte, schaute erschrocken hoch, als plötzlich die Blätter des Baumwipfels über ihr laut raschelten. Ein kalter Wind blies ihr durch die Krone direkt ins Gesicht. So stark, dass sie den Atem anhalten musste. Der Wind aber legte sich wie eine kalte Decke auf Feline und senkte das Fieber. Nach wenigen Augenblicken, als würde sie kurz vor dem Ertrinken aus dem Wasser auftauchen, schnappte Feline laut nach Luft.

„Feline … du lebst“, kreischte Minna überglücklich und erdrückte sie fast vor Freude. „Das ist alles meine Schuld. Es tut mir so leid. Wie konnte ich nur so etwas Wichtiges vergessen? Ich bin so froh, dass dir nichts passiert ist.“

Minna legte zitternd Felines Hand auf den Baumstamm.

„Hier … hier, du musst deine Lebensenergie aufladen. Fühlst du seine Energie?“

„Wo … wo … ist … das … Mädchen?“, hauchte Feline kraftlos und kaum verständlich.

Minna schaute sich rasch im leeren Park um. „Welches Mädchen?“, fragte sie irritiert. „Von wem redest du?“

Feline tat es mit einem leichten Kopfschütteln ab und ließ ihre Augen erschöpft zufallen. Sie versuchte, sich auf den Energiefluss des Baumes zu konzentrieren, der aber nicht viel abzugeben hatte. Seine Energie stärkte Feline nur langsam. Im Lebenswald wäre sie längst wie ein Gummiball aufgesprungen.

Es war später Abend, als Feline und Minna sich aufrappelten und sich müde nach Hause schleppten.

Den Schatten im Gebüsch, der dort hockte und sie beobachtete, bemerkten sie allerdings nicht. Es war Lesia. Sie hatte Felines Schwäche gespürt und war herbeigeeilt, um ihr zu helfen. Aber der plötzlich aufgekommene Wind hatte auch sie überrascht, so dass sie das ganze Geschehen gebannt mitangesehen hatte. Irgendjemand Mächtiges, der es verstand, die Elemente zu manipulieren, musste ihn der Prinzessin geschickt haben. Aber wer? Das fremde Mädchen im Nebel hatte sie auch nicht gesehen.

Die verschollen geglaubte Lehrmeisterin

Lesia gab sich nach ihrer Rückkehr aus Fantasia die größte Mühe, als Bibliothekarin weiterhin so unauffällig wie möglich zu bleiben. Tagsüber spielte sie den Menschlingen die gebrechliche, alte Frau vor, die sich nur schwerfällig über die Gänge schleppen konnte, und nachts, wenn die Bibliothek die Türen für Besucher geschlossen hatte, ließ sie ihren strotzenden Kräften freien Lauf. In ihrem Feengewand und mit wallendem, rubinroten Haar jagte sie kreuz und quer durch die großen, hohen Bibliotheksräume und warf mit weißen Energiebällen um sich, die sie aus den Händen entlud. Sie schossen mit voller Wucht zischend durch die Dunkelheit und zertrümmerten Bücherregale, durchlöcherten Wände und Decken und ließen zerfetzte Seiten tausender Bücher durch die Luft fliegen.

Lesia trainierte unermüdlich stets bis tief in die Nacht und innerhalb kurzer Zeit fühlte sie sich wieder so mächtig wie in alten Tagen. Sie war endlich bereit, mit den anderen verbannten Feen die *Schwesternschaft der Wahrheit* wieder ins Leben zu rufen – einen Geheimbund, der das gut behütete Geheimnis über Borgarus zu enthüllen versuchte: Denn in Wahrheit ... war König Borgarus ein hinterhältiger Throndieb!

Der einzige Beweis für diese große, allgegenwärtige Lüge war eine unzerstörbare, magische Schriftrolle, nach der die Schwesternschaft seit Jahrhunderten suchte. Denn allein die Schriftrolle besaß die Macht, den König vom Thron zu stoßen und die vorgesehene Herrschaftsfolge wiederherzustellen. Aber sie befand sich im Besitz von König Borgarus. Und da er sie nicht zerstören konnte, hütete er sie wie seinen allergrößten Schatz – an einem streng geheimen Ort.

Trotz größter Anstrengungen war es den Feen der Schwesternschaft nie gelungen, dieses Versteck ausfindig zu machen. Nicht nur das – die Suche hatte für Lesia und ihre Schwestern auch ein vernichtend blutiges Ende genommen. Sie bekamen die eiskalte Klinge des Verrats im Rücken zu spüren, als eine ihrer Verbündeten sie hinterhältig an König Borgarus auslieferte. Auf seinen Befehl hin wurde die Schwesternschaft erbarmungslos zerschlagen und ihre Mitglieder wegen Hochverrats verurteilt. Über die wenigen, die nicht im Gefecht gefallen waren, wurde die Höchststrafe verhängt – die Verbannung auf die Erde!

Nur eine war entkommen: die Weiße Physiax, Lesias Lehrmeisterin. Sie galt als die mächtigste Fee Fantasias. Obwohl sie die ältere Schwester des Königs war, hatte sie als eines der bedeutendsten

Mitglieder der Schwesternschaft unbeirrt für die Wahrheit gekämpft.

In der Nacht, als sie und ihre Mitstreiterinnen auf die Erde verbannt werden sollten, entkam sie den Wachen des Königs und verschwand spurlos im Lebenswald.

In seiner Gnadenlosigkeit durch nichts aufzuhalten, ließ König Borgarus Jahrzehnte lang seine finsteren Schergen, die Smorgas, nach seiner verräterischen Schwester jagen. Sie waren seine schwarzen, seelenlosen Späher-Feen, die sich wie Spinnen über Bäume, Felsen und Boden hinweg bewegten. Mit ihren sich hastig bewegenden, grässlichen, gelben Augen durchforsteten sie den ganzen Lebenswald nach ihr, aber die Meisterin der Illusion war unauffindbar. Es wäre einfacher gewesen, nach der Nadel im Heuhaufen zu suchen als nach ihr. Die Weiße Physiax hatte sich mit einem Schutzprisma umhüllt und war so gut wie unsichtbar. Doch ihre Unsichtbarkeit forderte ihren Tribut: die völlige Abgeschiedenheit. Und je mehr Zeit sie alleine verbrachte, desto größer wurde die Angst vor ihrem scheinbar unbesiegbaren Bruder, die sie sogar von ihrem Baum fernhielt. Und mit dem Schwinden ihrer Lebensenergie verblasste ihr Glaube an die Wahrheit; der Kampf der Schwestern gegen einen so mächtigen König erschien ihr immer sinnloser. Sie zog sich immer weiter in die entferntesten Winkel Fantasias zurück und niemand hatte sie danach je wiedergesehen.

Lesia hatte während ihres kurzen Aufenthalts in Fantasia die Gunst der Stunde genutzt, ihr eine Botschaft zu hinterlassen. So wie sie es einst von der Weißen Physiax gelernt hatte, wandte sie den Hedera-Nuntium-Wunsch an. In der Hoffnung, der weit verbreitete und verzweigte Efeu würde ihre Worte von Blatt zu Blatt weitergeben, flüsterte sie ihm zu, die Weiße Physiax eiligst zu ihr in die alte Londoner Stadtbibliothek einzuladen. Sie sollte die Erste sein, die Lesia für ihr gefährliches Unterfangen gewinnen wollte. Denn ohne ihre Lehrmeisterin als Anführerin der Schwesternschaft wäre der Kampf gegen König Borgarus hoffnungslos gewesen.

Lesia befand sich im großen Lesesaal mitten in ihren Wurfübungen, als eines Abends ein lautes Klopfen durch die dunkle Bibliothek schallte. Sie fuhr zusammen. Wer konnte das nur sein?

Schnell wünschte sie die Trümmerteile weg und sprang mit einem Satz von dem deckenhohen Bücherregal herunter, auf das sie für ihren berühmten Zwillingswurf hinaufgeklettert war. Bei diesem wurden zwei Energiebälle gleichzeitig abgefeuert, die sich kurz vor dem Aufschlag zu einem vereinen, um einen weitaus verheerenderen Schaden anzurichten. Lesia eilte schnellen Schrittes den Gang hinunter zur Tür. Ihr Herz pochte fürchterlich. War es die Weiße Physiax? Hatte sie ihre Nachricht bekommen? Sie strich sich nervös über die Haare, zupfte sich das Gewand zurecht und öffnete voller Erwartung die Tür. Zu ihrer Verwunderung stand niemand vor ihr. Lesia spähte verdutzt in alle Richtungen, aber sie konnte ihre Lehrmeisterin nirgends entdecken. Allerdings huschte plötzlich etwas kleines Zotteliges an ihr vorbei und verschwand unverzüglich in der dunklen Bibliothek. Lesia schnappte vor Schreck laut nach Luft und drehte sich rasch nach ihm um, aber es war zu schnell gewesen, als dass sie es hätte im Auge behalten können. Schnell ließ sie die Tür wieder ins Schloss fallen und begann auf Zehenspitzen, nach dem haarigen, ungeladenen Gast zu suchen. Sie lugte ganz vorsichtig in die Zwischenräume der großen Bücherregale, als würde sie einen scheuen Gnom einfangen wollen. In ihrer Angespanntheit hatte Lesia nicht bemerkt, dass das zottelige Etwas bereits direkt hinter ihr stand. Und mit einem leisen, rauen „Buh!" unterbrach es schließlich die knisternde Stille.

Aufgeschreckt drehte sich Lesia rasch herum.

„Ihr habt mich gerufen", krächzte es sogleich. Seine Stimme klang schrecklich heiser, als hätte es schon lange kein Wort mehr gesprochen. „Hier bin ich nun."

Lesia traute ihren Augen nicht. Die Weiße Physiax war kaum mehr wiederzuerkennen. Sie war um die Hälfte ihrer Größe geschrumpft und ihre sonst so streng gebundenen Haare waren zu einem schweren, wilden Gestrüpp gewuchert, das sie vom Gesicht bis zu den Füßen verdeckte. Was war mit ihrer einst so erhabenen Lehrmeisterin geschehen? Lesia ließ sich ihre tiefe Bestürzung nicht anmerken und verbeugte sich.

„Meine teure Lehrmeisterin", sagte sie ehrfürchtig und versuchte, hinter der Haarmatte das Gesicht der Weißen Physiax zu entdecken. „Ich … ich danke Euch, dass Ihr mir die Ehre erweist."

„Schnickschnack", krächzte die Weiße Physiax ungeduldig. Es schien, als würde sie Lesia drängen, schneller auf den Punkt zu kommen. Leicht irritiert atmete Lesia durch und setzte sie nun geradewegs von ihren Absichten in Kenntnis.

„Ich habe den reinen Menschling gefunden!", verkündete sie mit fester, entschlossener Stimme die frohe Botschaft. „Mit ihm werden unsere verbannten Schwestern nach Fantasia zurückkehren und die Suche nach der Schriftrolle wieder aufnehmen. Wir werden sie diesmal finden und den falschen König ein für alle Mal vom Thron stürzen."

Sie hoffte auf einen Jubelschrei, aber stattdessen knarzte die Weiße Physiax wieder.

„Schnickschnack", rief sie diesmal lauter.

„Aber die Wahrheit muss ans Licht kommen", beharrte Lesia unbeirrt. „Wir müssen dem Feenvolk die Augen öffnen. Es soll wissen, dass ihr scheinheiliger König der falsche Erbe ist und aus Angst um seinen Thron seit Jahrhunderten die Mächtigen unter ihnen eliminiert."

Und wieder wurde sie vehement durch ein lautes „Schnickschnack" unterbrochen.

Ihre sonderbare Mentorin machte Lesia langsam nervös. Das ewige und langersehnte Ziel der Schwesternschaft schien sie in keiner Weise mehr zu interessieren. Aber es wäre närrisch gewesen, eine im Kampf gegen König Borgarus unentbehrliche Fee so schnell aufzugeben. Sie musste sie um jeden Preis auf ihre Seite bringen.

„Wie Ihr sicherlich bereits wisst, sind Prinzessin Orelia und ihre Kinder tot", sagte sie traurig und startete wohlbedacht einen neuen Versuch. „Aber wisst Ihr auch, dass Borgarus sie alle auf dem Gewissen hat? Er hat den Gorlock auf sie losgelassen. Ich habe es mit eigenen Augen im Blitzer einer Schlossdienerin gesehen."

Es herrschte Stille. Diese Nachricht erschütterte die Weiße Physiax so sehr, dass sie nach kurzem Innehalten unter ihrer raschelnden Haarpracht leise, aber bedrohlich anfing zu grummeln. Sie sagte aber nichts.

„Borgarus darf nicht ungeschoren davonkommen", fuhr Lesia energisch fort, „wir müssen diesen Mörder dafür büßen lassen. Wir schulden es Orelia, dem Feenvolk, allen im Kampf gefallenen Feen. Und …", sie machte eine Spannung aufbauende Pause, bevor sie ihren Trumpf ausspielte, „wir schulden es Prinzessin Ferbeljulinda."

Fast zeitgleich schnellten zwei kleine Hände durch das dichte Haarwerk und teilten es, einem Vorhang gleich, durch die Mitte. Wie eine Schildkröte aus ihrem Panzer fuhr der Kopf der Weißen

Physiax heraus. Auf ihrem blassen, faltigen Gesicht zeichnete sich, mit einer großen Zahnlücke mittendrin, ein kleines Lächeln ab. Ihre Nase schien spitzer und krummer geworden zu sein. Nur ihre tiefliegenden, stahlblauen Augen hatten sich nicht verändert.

„Sie ist Eure jüngste Nichte und die einzige Überlebende", fuhr Lesia, glücklich über die neugewonnene Aufmerksamkeit, fort, während sie innerlich um ihre über die Jahre so verwahrloste Lehrmeisterin trauerte. „Wir mussten sie vor Borgarus in Sicherheit bringen und haben sie auf die Erde geholt. Sie ist in der Obhut des reinen Menschlings, aber nach ihrer Verwandlung muss sie binnen weniger Stunden nach Fantasia zurück. Dann braucht sie wieder den Boden des Lebenswaldes unter ihren Füßen. Auf der Erde würde sie sterben. Ihre neugewonnenen Wunschkräfte würden ihre Lebensenergie gänzlich auslaugen. Doch wenn sie nach Fantasia zurückkehrt, wird, solange Borgarus König ist, ihr Leben in Gefahr sein. Er muss weg. Wir dürfen nicht zulassen, dass den unschuldigen Feen Fantasias oder der Prinzessin noch mehr zustößt. Ihr müsst die Schwesternschaft im Kampf gegen ihn anführen."

Die Weiße Physiax blinzelte nervös und ... *schwupps* ... verschwand sie wieder hinter ihren Haaren. Lesia schaute verdutzt, als sich plötzlich eine heiße Diskussion zwischen zwei krächzenden Stimmen entfachte. Es war äußerst eigenartig, schon fast unheimlich, wie hitzig die Weiße Physiax ihr Selbstgespräch führte. Lesia konnte nichts verstehen, aber es schien, als würde sich ihre Lehrmeisterin mit sich selbst streiten. Es dauerte eine ganze Weile, bis das Gekrächze verstummte und die Weiße Physiax, diesmal schneller als ein Kuckuck aus der Kuckucksuhr, ihren Kopf hervorspringen ließ und zu ihr aufblickte. Lesia machte vor Schreck einen kleinen Schritt nach hinten und wartete voller Anspannung auf ihren Entschluss. Aber als hätte die Weiße Physiax während ihres Selbstgesprächs den Faden verloren, sagte sie nur:

„Ich habe Hunger."

Lesia schaute ihr betreten zu, wie sie sich aus den Haaren eine noch lebende, dicke Holzraupe fischte und sie genüsslich in den Mund fallen ließ. Und dann noch eine, und zum Schluss nagte sie an einer Gelbwurzel, die ihre Zähne kurzerhand gelb färbte. Abschließend wischte sie ihren Mund am Ärmel ihres verschmutzten und zerrissenen Feengewands ab.

„Die Wahrheit", sprach die Weiße Physiax endlich und schaute schlagartig ernst, „die Wahrheit ist mir piep. Das Feenvolk lebt seit tausenden Jahren in einer großen Lüge, es würde die Wahrheit nicht einmal erkennen, wenn wir sie auf einem Silbertablett servieren würden. Lassen wir es weiter blind sein! Und wie heißt es doch so schön, Unwissenheit ist eine Tugend, äh, ja, und was die Prinzessin angeht …", sagte sie achselzuckend, „sie muss lernen, mit der spärlichen Lebensenergie, die sie von der hiesigen Natur erhält, auszukommen."

„Bitte was?", rief Lesia völlig entrüstet. „Eure Nichte wird sterben, wenn sie hier bleibt. Nur die Wahrheit kann sie und das Feenvolk retten. Wie könnt Ihr nur so gleichgültig sein?"

„Schnickschnack!", schnitt die Weiße Physiax ihr barsch das Wort ab, aber Lesia ließ sich nicht einschüchtern. Sie fiel auf die Knie und ergriff rasch die kleinen, schwachen Hände der Weißen Physiax.

„Wir versuchen es erneut!", drängte sie enthusiastisch. „Die Zeit der Unterdrückung muss ein Ende haben. Wir finden die Schriftrolle und setzen den wahren Thronfolger auf den Thron … Und wir wissen beide, wer er ist …"

„Nein!", donnerte die Weißen Physiax mit gellender Stimme

und riss ihre Hände zurück. „Wagt es ja nicht, es auszusprechen. Ihr dürft nicht einmal daran denken. Der Thron gehört König Borgarus. Er ist der erstgeborene Sohn von König Dexterio und nach den Gesetzen Fantasias ist er der rechtmäßige Erbe. Wir müssen ihm den gebührenden Respekt erweisen. Und das tun wir nicht, wenn wir nach der Schriftrolle suchen und dem König und seinen Gefolgsleuten den Kampf ansagen. Den Fehler dürfen wir nicht wiederholen!"

Sie schüttelte verängstigt und mutlos den Kopf.

„Ein Fehler?", fragte Lesia entsetzt. „Wie könnt Ihr nur so etwas sagen? Wir haben für unsere Freiheit gekämpft. Diesen Fehler, wie Ihr unseren selbstlosen Widerstand nennt, bin ich bereit, immer und immer wieder zu machen."

„Dann habt Ihr nichts dazugelernt", erwiderte die Weiße Physiax massiv. „Eure neugewonnenen Wunschkräfte lassen Euch mächtiger fühlen, als Ihr es in Wirklichkeit seid. Macht Eure Augen auf. Wir haben alle gesehen, wozu König Borgarus fähig ist. Er hat uns fast vernichtet. Und jetzt ist er noch mächtiger und gefährlicher als je zuvor. Begreift doch, er ist unbesiegbar."

Es traf Lesia wie ein Schlag in die Magengrube.

„Ihr … Ihr habt Angst", stellte sie fassungslos fest und spürte, wie ihr Herz nun schneller schlug. „Blanke Angst. Die Abgeschiedenheit hat Euch erschöpft. Ihr habt bereits das Gefecht in Eurem Inneren verloren."

„Schnickschnack!", zischte die Weiße Physiax und schaute sie grimmig an.

„Doch! Ihr habt Angst", sagte Lesia enttäuscht mit trauriger Stimme. „Seht Euch doch nur an, wie klein Ihr geworden seid. Ihr versteckt Euch sogar hinter Euren Haaren."

„Das ist nicht wahr!", grollte die Weiße Physiax wieder, aber diesmal blieb Lesia unbeeindruckt. „Ich weiß nur, dass wir nicht die geringste Chance haben, einen so mächtigen König zu überrumpeln. Wir werden die Schriftrolle niemals finden. Wer weiß, wo Borgarus sie versteckt hat. Es hatte Jahre gedauert, bis wir eine Spur von ihr gefunden hatten. So viele vor uns haben versagt. Wir haben versagt. Und wir werden wieder versagen. Wir dürfen niemals vergessen, wie mächtig er ist."

Lesias Herz war gebrochen. Tränen stiegen in ihre Augen. Was war aus der mächtigsten Fee Fantasias geworden? Sie war, ohne mit der Wimper zu zucken, bereit gewesen, ihr Leben für Fantasia zu opfern. Sie war es gewesen, die einst dem König furchtlos die Stirn geboten hatte.

Nach kurzem Stillschweigen rappelte sich Lesia enttäuscht auf. Sie war verdrossen darüber, dass ihre Lehrmeisterin sie im Stich lassen wollte.

„Ich weiß, es wird nicht einfach werden", sagte Lesia stolz und zeigte ihr die kalte Schulter. „Aber ich will lieber sterben, als so weiterleben. Ich werde die sieben letzten überlebenden, auf die Erde verbannten Schwestern benachrichtigen. Wir werden nach Fantasia gehen und Seite an Seite für die Wahrheit kämpfen. Wenn es sein muss, bis wir sterben!"

Die Weiße Physiax begann herzlich zu lachen. Sie gackerte förmlich, als hätte Lesia ihr einen ulkigen Witz erzählt.

„Sieben?", schrie sie schrill auf und schlug sich vor Lachen auf die Knie. Der Mopp auf ihrem Kopf bewegte sich raschelnd auf und ab und gab noch weitere Raupen frei, die zu Boden fielen. „Wir waren damals tausende", prustete die Weiße Physiax und sammelte noch schnell ihre davonkriechenden Mitternachtssnacks ein. „Und Ihr denkt, mit sieben Feen könnt Ihr gegen König Borgarus etwas ausrichten?"

Sich über Lesia lustig machend riss sie den Mund immer wieder weit auf und stieß erneut ein Gegacker aus. Schließlich wandte sie sich, immer noch herzlich lachend, mit einer spöttischen Handbewegung ab und verließ gemächlich die Bibliothek, ohne Lesia anzusehen oder ihr auch nur ein Wort des Abschieds zu sagen. Lesia sah ihrer verlorenen Mentorin traurig und mit versteinerter Miene hinterher, bis der Nachhall ihres höhnischen Lachens verstummte und es wieder totenstill in der Bibliothek wurde.

Nach jener Nacht überkam Lesia eine Lustlosigkeit, die sie förmlich niederschmetterte – als wäre ihre Lebensenergie und mit ihr der Wille, auch nur das Geringste gegen König Borgarus zu unternehmen, aus ihrem Körper entschwunden. Sie ging weder ihrem nächtlichen Wurftraining nach, noch benachrichtigte sie die sieben verbannten Feen der Schwesternschaft. Der Hohn der Weißen Physiax hatte sie auf den harten Boden der Tatsachen zurückgeholt. Wie konnte sie sich nur anmaßen, mit weniger als zehn Feen den König stürzen zu wollen?

Als wäre sie nie in Fantasia gewesen, schluffte sie tagtäglich schwer über die langen Gänge der Bibliothek, räumte mal hier und da ein Buch ins Regal und sehnte sich nach dem Feierabend, um sich schnell wieder in ihrer Kammer schlafen zu legen. Es war alles genauso wie früher.

Eines Morgens saß Lesia – ein Schatten ihrer selbst – am Rückgabepult im großen Lesesaal und erfasste die Bücherstapel im Computer, als sich plötzlich ein kleiner Junge vor sie stellte. Lesia hob den Kopf und sah direkt in zwei durch dicke Brillengläser vergrößerte Augen. Der Junge – womöglich ein Drittklässler – hatte blonde Locken und knallrote, dicke Pausbacken. Lesia wusste nicht viel mit ihm anzufangen und forderte ihn mit einer Kopfbewegung und strenger Miene auf, ihr aus den Augen zu gehen. Aber der Junge blieb unbeirrt stehen. Sie schaute sich nach seinen Eltern um, die ihn an der Hand nehmen und zurück in die Kinderbuchabteilung schleifen sollten. Aber sie entdeckte zwischen all den Menschlingen, die über ihre Bücher gebeugt an den Lesetischen saßen oder sich auf der Suche nach einem interessanten Titel stillschweigend um die großen Bücherregale schlängelten, nicht die zu ihm gehörigen Eltern. Niemand schien nach einem dicken Jungen Ausschau zu halten, der auf einem pinken Kaugummi schmatzte. Als wäre das schon nicht nervig genug gewesen, fing er auch noch an, Blasen zu machen, die er dann laut platzen ließ.

„Schhhh… lass das!", fauchte Lesia leise. Sie schaute ihn so grimmig an, wie es unerzogene Jungen verdienten. Doch dem Jungen war es egal. Er grinste sie bis über beide Ohren an.

Gerade als sie mit fuchtelnden Armen einen weiteren Versuch startete, ihn zu verscheuchen, passierte etwas völlig Unerwartetes.

„Liebste Fee Lesia!", sprach der Junge plötzlich mit einer für ein Kind ungewöhnlich ernsten Stimme und ließ Lesia verblüfft aus der Wäsche gucken. *„Ich habe Prinzessin Orelias ausgebrannten Blitzer zufällig unter dem Holzboden in ihrem Schlafgemach gefunden. Wie durch ein Wunder öffnete er sich ein letztes Mal und offenbarte – für einen kurzen Moment – wahllos Bilder aus ihrer Erinnerung. Ich sah den König und meine Herrin. Sie kämpften. Mit einem unermesslichen Zorn richtete er seine Wunschkräfte gegen sie. Meine Herrin konnte seiner Macht nicht standhalten. Er lähmte sie schmerzvoll und riss ihr eine schwarze Schriftrolle aus der Hand.*

Ich warte ungeduldig auf Eure Rückkehr!

Eure Ada

P.S.: Könnte es die Schriftrolle sein, von der Ihr gesprochen habt?"

Wie aus einem Tagtraum erwacht schaute sich der Junge verwundert um. Es schien, als könnte er sich nicht erinnern, je in die Bibliothek hineingegangen zu sein. Zudem war ihm die alte Frau hinter dem Pult, die ihn so seltsam anstarrte, nicht ganz geheuer. Er machte auf dem Absatz kehrt und rannte aus der Bibliothek hinaus.

Lesia blickte sich rasch verstohlen im Lesesaal um. Doch die Blindgänger von Menschlingen hatten nicht den blassesten Schimmer, was gerade in ihrem Beisein passiert war. Auf die Menschlinge war eben Verlass!

Sie widmete sich unauffällig wieder ihrer Arbeit. Doch so ruhig sie auch nach Außen hin wirkte, pulsierte sie im Inneren vor Aufregung. Wie war es Prinzessin Orelia gelungen, die Schriftrolle ausfindig zu machen? Auch wenn diese sich wieder im Besitz von Borgarus befand, war Lesia ungemein von dem Gedanken beflügelt, dass Orelia sie im Alleingang gefunden hatte. Es bedurfte also gar keiner Heerschar von Feen! Lesia spürte förmlich, wie die Neuigkeit aus Fantasia sie wiederbelebte.

In derselben Nacht verschickte Lesia sieben Papiervögel in alle Himmelsrichtungen.

Des Nachbarn süsses Monster

Feline hatte sich von ihrem Fieber in jener Nacht schnell wieder erholt. Aber das Rätseln um das fremde Mädchen, das ihr in letzter Sekunde das Leben gerettet hatte, nahm kein Ende. So sehr sie das Gefühl nicht los wurde, seine dunkelgrünen Augen irgendwo schon einmal gesehen zu haben, wollte es ihr einfach nicht einfallen. Es war gewiss eine Fee gewesen. Aber wer war sie? Und was machte sie auf der Erde? Gab es noch andere Feenkinder, die eine Tarnprüfung ablegen mussten?

Feline war verwirrt. Oder hatte sie halluziniert und der Wind, der sich in jener Nacht zusammengebraut und sie abgekühlt hatte, war zufällig aufgekommen?

Minna hatte kein Wort mehr über diese schreckliche Nacht verloren. Der Schreck saß ihr noch tief in den Knochen. Und immer noch plagte sie ihr schlechtes Gewissen, so nachlässig gewesen zu sein. Ein zweites Mal würde sie es nicht zulassen, dass Feline ihre Lebensenergie ausschöpft.

Nach einem strengen Ausflugsplan suchte sie mit Feline nun jeden zweiten Tag wenig besuchte Parks in London auf. Sie machten sich erst bei Anbruch der Abenddämmerung auf den Weg, damit sie niemandem begegneten. Denn Felines außergewöhnliche Liebe zur Natur hätte sicherlich für großes Aufsehen gesorgt. Trotz Kälte und selbst an verschneiten Abenden tänzelte sie barfuß von Baum zu Baum, wobei sie jeden einzelnen lachend in die Arme schloss. Sie tollte herum, schlug Purzelbäume auf den Wiesen und demonstrierte Minna, mit welcher Leichtigkeit sie auf Bäume hinaufklettern oder sogar spielerisch von Spitze zu Spitze springen konnte. Die kahlstämmigen rutschte sie – wofür sich ihre neuen Jeanshosen hervorragend eigneten – wie an einer Feuerwehrstange elegant herunter.

So lud Feline, soweit es ihr die Natur auf der Erde ermöglichte, ihre Lebensenergie immer wieder auf. Aber dennoch hielt sie ihre Wunschkräfte auf Sparflamme, nicht zuletzt, um Minna vielleicht doch noch zu überreden, sie mit in die Schule zu nehmen.

Wie von Mr Dwain vorhergesehen, hatten die Anwohner ihre Straße mit Sägen und Rasenmähern in weniger als einem Tag vom Urwald befreit. Schnitt für Schnitt erlangte die Wainstreet ihr akkurates Erscheinungsbild zurück. Und als wäre alles nie geschehen, gingen die Anwohner ihrem gewohnten Alltag nach. Aber mit der zurückgewonnenen Ruhe und Ordnung kehrte auch wieder Langeweile in ihre Leben ein. Die einzige Aufregung, die ihnen geblieben war, war die morgendliche Alarmbereitschaft, wenn das vermummte Mädchen bei den Dwains abgegeben wurde. Jetzt, wo sie von keinen schrecklichen Ereignissen mehr heimgesucht wurden, konnten sie ihre volle Aufmerksamkeit wieder dem fremden Mädchen widmen. Inzwischen hatten sich in der Gerüchteküche zwei Fronten aufgetan. Während die einen weiterhin in Mr Dwain einen Schwerenöter sahen, der sich ungeachtet seines hohen Alters in eine Affäre gestürzt hatte, dichteten die anderen Minna an, aus Torschlusspanik ein Kind adoptiert zu haben. Es war zu aufregend, um dieser Sache nicht eifriger nachzugehen. Und diesmal zeigten sie mehr Einsatz!

Sie lauerten Mrs Dwain in Grüppchen auf und versuchten, ihr die Einladung zu einem morgendlichen Teekränzchen abzuschwatzen, damit ihnen endlich wieder Einlass ins Haus gewährt wurde. Und nicht selten entdeckte Mrs Dwain ihre aufdringlichen Nachbarn, wie sie ums Haus herumschlichen, um durch eines der Fenster einen Blick auf Feline zu werfen. Selbst das klirrend kalte Winterwetter konnte sie nicht daran hindern. Mrs Dwain zog jedes Mal die Vorhänge zu oder versperrte ihnen „zufällig" die Sicht. Und an Tagen, an denen das Haus von mehreren Nachbarn gleichzeitig und strategisch ausgekundschaftet wurde, hechtete die alte Dame von einem Zimmer ins nächste und brachte sich in Position. Sie tat dies inzwischen immer weniger für ihren Ruf.

Sie versuchte vielmehr, Feline vor dem hysterischen Gekreische und den erschrocken dreinschauenden Gesichtern der Nachbarn zu schützen – so nämlich stellte sie sich die Reaktionen auf Felines unaussprechliche Hautkrankheit vor. Das arme Mädchen war immer noch so hässlich wie am ersten Tag – ohne eine Spur von Genesung.

Mrs Dwain jedoch kümmerte sich seit dem ersten Bissen von Felines Kürbis-Schokoladen-Mango-Kuchen nicht mehr um ihr Aussehen. Sie hatte ihre Lieblingskonditorin, auch wenn diese verantwortlich für ihre dazugewonnen Pfunde war, schwer ins Herz geschlossen. Sie mochte Feline so sehr, dass sie keine Sekunde daran dachte, Minna an die längst abgelaufenen drei Monate zu erinnern, für die sie und ihr Ehemann sich als Babysitter zur Verfügung gestellt hatten.

Aber über das nicht enden wollende Afrikaprojekt von Felines Rabenmutter, die ihre Tochter sogar an Weihnachten alleine ließ, wunderte sie sich trotzdem.

Feline freute sich auf ihr erstes Weihnachtsfest. Sie hatte von Minna so viel darüber erfahren und konnte – im Gegensatz zu ihr – kaum mehr die Weihnachtstage abwarten. Der einzige Wermutstropfen: Sie würde ihr erstes Fest der Liebe ohne ihre Mutter verbringen.

Sie erinnerte sich wehmütig an die Jahreszeitenfeste in Fantasia. Zusammen mit ihrer Mutter und ihren Geschwistern schmückte sie zur Begrüßung jeder neuen Jahreszeit traditionell den großen Schlossgarten. Ihre Mutter sagte immer, dass ein schön geschmückter Garten eine prachtvolle Jahreszeit mit sich bringt. Sie behängten für den Sommer die Baumkronen mit fluoreszierenden Blumengirlanden. Den Winter begrüßten sie mit baumhohen

Eisglöckchen, deren riesige Blüten die wundersamsten Töne durch die winterliche Luft erklingen ließen. Für den Frühling übersäten sie den Boden mit Krokussen in den verschiedensten Farben, die teilweise aussahen wie Korallen; und mal errichteten sie für den Herbst zahlreiche hohe Türme aus großen, gelben Kürbissen und steckten lange, bunte Zapfenspieße in den Boden.

Und so ähnlich ging es bei den Dwains zu. Während Mr Dwain schnaubend große Kartons mit Weihnachtsdekoration heranschleppte – mit einer Unterbrechung von zwei Stürzen und einer Beulenbehandlung am Kopf – schmückten Feline und Mrs Dwain mit strahlenden Gesichtern von oben bis unten das ganze Haus. Wohin sie auch ihre Köpfe drehten, sprangen ihnen leuchtende Rentiere, Schneekugeln und rote Socken mit ihren Namen darauf entgegen.

Und als schließlich der dekorierte Weihnachtsbaum – umringt von glänzenden Geschenkpaketen mit bunten Schleifen – in der Mitte des Wohnzimmers seinen Platz eingenommen hatte, war das Werk vollendet.

Feline und Minna waren über die Weihnachtstage bei den Dwains eingeladen. Am Weihnachtsmorgen kamen sie fast völlig eingeschneit zur Tür hinein.

„Fröhliche Weihnachten, meine Weihnachtsmäuschen“, strahlte Mr Dwain mit dem Rentierkopf auf seinem roten Wollpullover um die Wette und eilte zu Hilfe. „Gebt mir eure Mäntel. Ihr seht ja aus wie zwei kleine Schneemänner.“

„Die ganze Stadt ist eingeschneit“, erzählte Minna munter und setzte ihm zur Begrüßung einen Schmatzer auf die Wange. „Wir können froh sein, dass die Busse noch fahren und wir nicht im Verkehrschaos steckengeblieben sind.“

„Der Busfahrer hat nur gegrummelt“, erzählte Feline aufgeregt und gab ihm auch einen Schmatzer. „Er sagte, dass es an Weihnachten immer dann schneit, wenn er Fahrdienst hat.“

Mr Dwain lachte. „Da hat der Busfahrer wohl dieses Jahr wieder Recht behalten“, kicherte er amüsiert und folgte ihnen ins Wohnzimmer, wo sie von einer gutgelaunten Mrs Dwain empfangen wurden.

„Da seid ihr ja!“, rief sie erfreut und steuerte mit ausgebreiteten Armen auf ihre zwei Lieblinge zu. „Lasst euch drücken.“

In ihrer pinken Wollstrickjacke mit großer Strassschließe und dem Rentiergeweih auf dem Kopf sah sie ebenso festlich aus wie das ganze Haus. Sie schloss die beiden fest in ihre Arme. „Es ist so wunderbar, dass wir zusammen Weihnachten feiern.“

„Und darauf stoßen wir an!“, sagte Mr Dwain gut gelaunt und servierte den Erwachsenen seinen berühmten Eierpunsch, während Feline einen Kinderpunsch bekam. „Auf ein ruhiges und fröhliches Weihnachtsfest!“

Sie prosteten sich mit erhobenen Gläsern zu.

„Ich habe alles vorbereitet“, legte Mrs Dwain nach einem kräftigen Schluck sogleich los. „Ihr werdet das Weihnachtsmenü lieben, aber du, meine Kleine“, sie wandte sich an Feline, „du wirst das Menü mit einer himmlischen Nachspeise vollkommen machen.“

„Mach bitte deinen Chili-Kirsch-Schokosahnekuchen“, warf Minna voller Vorfreude ein. „Ihr habt so etwas Leckeres noch nicht zwischen die Zähne bekommen. Das könnt ihr mir glauben.“

Feline ging nach ihrem Punsch in die Küche und machte sich sofort an die Arbeit. Als erstes legte sie sich eine Schürze um, wie es sich in Mrs Dwains Küche gehörte. Die fuchsige Dame hatte nicht versäumt, Feline während der gemeinsamen Backmomente in die üblichen Küchenmanieren einzuweisen. Und das hatte sich ausgezahlt: Feline konnte inzwischen so umsichtig backen, dass kein Klecks mehr daneben ging.

Sie stellte munter die Zutaten für den Chili-Kirsch-Schokosahnekuchen zusammen, als sie überrascht feststellte, dass die Butterdose leer war. Und da Feline wusste, dass Mrs Dwain in ihrer Küche alles auf Vorrat hielt, machte sie sich auf die Suche nach der Butter. Sie durchstöberte den Kühlschrank, klopfte alle Schränke ab und krempelte den Vorratsraum um. Feline mochte es kaum glauben: Mrs Dwain hatte tatsächlich keine Butter mehr! Da sie es sich angewöhnt hatte, Probleme wie ein Menschling zu lösen, ging sie ins Wohnzimmer, um ihre Notlage zu schildern. Aber Mr Dwains berühmter Eierpunsch schien Minna schläfrig und die Dwains aktiv gemacht zu haben. Während Minna sich für ein Nickerchen auf die Couch verzogen hatte, lief Mrs Dwain mit geröteten Wangen kokett vor Mr Dwain her, der höchst vergnügt versuchte, sie unter einen der zahlreichen Mistelzweige zu ziehen. Diese hatte er, um sich jederzeit ein Küsschen von ihr zu ergattern, überall im Haus aufgehangen.

Um ihre fröhliche Schmuserei nicht zu unterbrechen, musste sich Feline schnell etwas einfallen lassen. Und schon kam ihr auch eine tolle Idee.

Sie ging unbemerkt an den Dwains vorbei in die Diele, warf sich ihren Wintermantel über und verließ am hellichten Tag, zum ersten Mal ohne Schal und ohne Mütze, das Haus. Warum sollte sie es nicht den Menschlingen nachmachen und einfach bei den Nachbarn nach Butter fragen? Schließlich hatten sie alle Mrs Dwains nachbarschaftliche Hilfe des öfteren in Anspruch genommen.

Es hatte aufgehört zu schneien. Die ganze Straße war von einer dicken, unberührten Schneeschicht bedeckt, auf der Feline als erste ihre Fußspuren hinterließ. Sie tippelte schnurstracks über die Straße und klingelte bei Mrs McDonald.

„Guten Tag!", sagte Feline mit einem freundlichen Lächeln, als Mrs McDonald nichts ahnend die Tür öffnete und prompt erstarrte. „Haben Sie Butter?"

Mrs McDonald traute ihren dicken Brillengläsern nicht. Langsam und vorsichtig begann sie, wie eine nervöse Taube mit ruckartigen Kopfbewegungen das mysteriöse Mädchen aus dem Hause der Dwains zu beäugen. Monatelang hatte sich Mrs McDonald über den Grund seiner Vermummung den Kopf zerbrochen, aber mit einem derartigen Ausmaß an Hässlichkeit hatte selbst sie nicht gerechnet. Sie öffnete den Mund, als wollte sie etwas sagen, brachte aber kein Wort heraus. Verunsichert und völlig verstört schnappte sie schließlich zweimal laut nach Luft und ließ die Tür ins Schloss fallen.

An der nächsten Tür versuchte Feline ihr Glück mit noch mehr Freundlichkeit.

„Guten Tag, haben Sie Butter?", sagte sie und präsentierte fast alle ihre großen Zähne mit einem noch breiteren Lächeln.

Mrs Jensons, die bei ihrem Anblick innerhalb weniger Sekunden kreidebleich wurde, wechselte ihre Gesichtsfarbe durch einen plötzlich ausbrechenden nervösen Husten in ebenso kurzer Zeit in ein knalliges Rot. Da der nicht enden wollende Hustenanfall sie daran hinderte, sowohl ein Wort zu sagen, als auch die Butter aus der Küche zu holen, rückte Feline leicht verlegen ab und begab sich zum nächsten Haus. Noch bevor Feline Mrs Wellington nach Butter fragen konnte, stieß diese einen lauten Schreckensschrei aus und mit einem einstudierten „Wir kaufen nichts!" knallte sie schleunigst die Tür vor Felines Nase zu.

Feline ging unermüdlich und unbedarft weiter von Haus zu

Haus, ohne den geringsten Verdacht zu schöpfen, dass ihr Aussehen für diese Reaktionen der Nachbarn verantwortlich war. Sie wunderte sich lediglich darüber, warum die gesamte Wainstreet so mit Butter geizte.

Die Dwains und Minna hatten nicht bemerkt, dass Feline hinausgegangen war. Erst als Mrs Dwain den kalten Luftzug, der durchs Wohnzimmer zog, bis in die Diele zurück verfolgte, fand sie die Haustür angelegt vor.

„Nanu", sagte sie verblüfft, „warum ist die Tür offen?"

Gerade als sie lauthals schreiend einen möglichen Einbruch verkünden wollte, kam Feline mit einer vor Kälte geröteten Nase zur Tür herein. Mrs Dwain schlug sich vor Schreck die Hand vor den Mund.

„Grundgütiger!", nuschelte sie und trat entgeistert einen Schritt zurück. „Kind, wo warst du?"

„Bei den Nachbarn", antwortete Feline besonnen und zog ihren Mantel aus.

Mrs Dwain hatte plötzlich das Gefühl, den Boden unter ihren Füßen zu verlieren. Ihr Herz rutschte schlagartig hoch und pochte wild in ihrem Hals weiter.

„Bitte, wa… was?", stotterte sie fassungslos und spürte förmlich, wie sich langsam ihre Nackenhaare aufrichteten.

„Wir haben keine Butter mehr, also habe ich bei allen Nachbarn geklingelt und nach Butter gefragt", erzählte Feline unbefangen auf dem Weg in die Küche und rief noch hinterher: „Und da ich keine bekommen habe, mache ich jetzt Ingwer-Honig-Kastaniensahneschnitte."

Mrs Dwain blieb wie paralysiert alleine in der Diele zurück. Jede Pore ihres Körpers schlug höchsten Alarm.

„B...bei allen!?", stotterte sie verdattert vor sich hin und konnte ihren Unterkiefer kaum mehr kontrollieren. „O... ohne Schal und o... ohne Mü... Mütze?!"

Für einen Moment fing alles um sie herum an, sich zu drehen, und sie drohte auf der Stelle das Bewusstsein zu verlieren. Aber das musste noch warten! Sie riss sich rasch zusammen, stolperte hektisch zur Tür, die sie vorsichtig und ganz langsam einen kleinen Spalt öffnete, und spähte hinaus. Zu ihrem Erstaunen entdeckte sie keine in Panik versetzte Nachbarn, die mit ihrem Hab und Gut die Flucht ergriffen. Die Wainstreet war verdächtig ruhig. Aber der Schein trügte, denn nur einen kurzen Augenblick später schrillte das Telefon und ließ Mrs Dwain erneut die Haare zu Berge stehen.

„Feline hat was?", prustete Minna, die von ihrer Mutter geweckt wurde, um sich für den bevorstehenden Ansturm der Nachbarn vorzubereiten. Sie sprang von der Couch auf. „Und dir fiel nichts besseres ein, als die ganze Nachbarschaft zu uns einzuladen? Heute? An Weihnachten?"

„Kind, was hätte ich denn tun sollen?", sagte Mrs Dwain aufgewühlt. „Feline muss sie alle zu Tode erschreckt haben. Sie wirkten am Telefon alle so aufgelöst und wollten wissen, warum das kleine Mädchen so hässlich ist. Einige bezeichneten sie sogar als ein kleines Monster. Aber was wissen die denn schon?! Ich musste sie einladen, um ihnen zu zeigen, wie entzückend Feline trotz ihrer Hyper ... äh, ach ... trotz ihrer Krankheit ist."

„Haben eure Nachbarn denn an Heiligabend nichts besseres zu tun, als zu uns zu kommen?", fragte Minna entnervt.

„Da kennst du aber unsere Nachbarn schlecht", erzählte Mrs Dwain. „Sie haben sich monatelang ihre Hälse verrenkt, um einen Blick auf Feline zu erhaschen. Das lassen sie sich jetzt nicht nehmen. Am liebsten wären sie sofort herübergekommen. Ich musste sie überreden, den frühen Abend abzuwarten."

Sie blickte mürrisch zu Mr Dwain, der neben ihr stand und köstlich amüsiert mithörte. „Jetzt hör auf zu kichern!", sagte Mrs Dwain gereizt und fuhr ihren Ellbogen gegen ihn aus. „Wir haben gleich eine Meute Schaulustiger im Haus und du vergnügst dich darüber."

„Macht euch keine Sorgen", gluckste er, „alles wird gut. Es ist nur so herrlich. Während ihr beiden alles gegeben habt, sie zu verstecken, marschiert unsere Kleine einfach hinaus und zeigt sich der Welt. Ich hab's euch schon immer gesagt. Sie ist selbstbewusster, als ihr denkt. Ihr ist es schnuppe, wie sie aussieht und was andere von ihr halten."

Mrs Dwain presste ihre Lippen zusammen. Sie ärgerte sich immer noch darüber, dieses eine Mal nicht auf der Hut gewesen zu sein. Wie konnte ihr das nur passieren? Ihr war zwar in den Sinn gekommen, dass womöglich eines Tages ein Nachbar ins Haus gelangen und Feline sehen würde, aber nicht, dass Feline wie ein Sternsinger von Tür zu Tür wanderte.

„Ob das eine so gute Idee war, sie alle einzuladen?", meldete sich Minna skeptisch wieder zu Wort. „Ich mache mir Sorgen um Feline. Sie werden sie wie ein exotisches Tier im Zoo anstarren und über sie tuscheln."

In diesem Moment zog der neue, außergewöhnliche Duft von Felines Ingwer-Honig-Kastaniensahneschnitte in Mrs Dwains Nase, die ihn genüsslich tief inhalierte.

„Vielleicht aber auch nicht", sagte sie dann in einem auffällig gelassenen Ton. Ihre Augen leuchteten plötzlich, als hätte sie einen glänzenden Einfall. „Ich glaube, ich weiß jetzt, wie wir dies verhindern können."

Mrs Dwain hatte den raffinierten Plan, lästernde Mäuler mit leckerem Kuchen zu stopfen. Und nichts würde sich besser dafür eignen, als eine von Feline zubereitete Ingwer-Honig-Kastaniensahneschnitte mit extra viel Sahne. Denn eines wusste Mrs Dwain ganz gewiss: Niemand konnte auch nur annähernd so gut backen wie Feline. Niemand! Jede ihrer Kreationen hatte sie förmlich vor Genuss, mit Tränen in den Augen, dahinschmelzen lassen. Und genau das sollte auch ihren Nachbarn widerfahren. Sie sollten vor Genuss zergehen, damit keiner von ihnen in der Lage wäre, auch nur ein böses Wort ihrer Kleinen gegenüber zu äußern.

Um Punkt fünf Uhr klingelte es an der Tür. Mrs Dwain hatte ihr Rentiergeweih abgelegt, um die Nachbarn mit ihrer herkömmlichen, seriös aufgeplusterten Haartracht zu empfangen. Sie zupfte ihren Rock zurecht, atmete nervös aus und öffnete gleichzeitig mit dem nächsten Atemzug schwungvoll die Tür.

Wie für ein Gruppenfoto standen alle ihre Nachbarn in festlicher Kleidung regungslos in Reih und Glied da und lächelten sie erwartungsvoll an. Alle waren gekommen: die Jensons, die Wellingtons, die Greenbirds, die Moores mit ihrem grunzenden Sohn und auch der Rest der Wainstreet. Und unübersehbar blinzelte sie aus der ersten Reihe Mrs McDonald an.

Kaum trat die Gastgeberin einladend einen Schritt zur Seite, strömte die Horde von Neugierigen unaufhaltsam in das nach Honig und gerösteten Kastanien duftende Haus hinein. Ein lautes Raunen ging durch die Menge, als sie die vielen mit Ingwer-Honig-Kastaniensahneschnitte beladenen Tortenständer entdeckten, die überall und für jeden schnell erreichbar emporragten.

„Die hat Feline zubereitet", verkündete Mrs Dwain. „Sie ist ein ganz entzückendes Mädchen und sie macht die leckersten

Süßspeisen. Vertraut mir." Dabei wuselten Mr Dwain und Minna freundlich lächelnd durch die staunende Menge und verteilten Teller und Gabeln, um schnellstmöglich das große Naschen zu eröffnen. Mrs Dwain hatte die Sahneschnitten so geschickt geteilt, dass jeder unweigerlich ein großes Stück bekam.

„Bitte, bedient euch!", forderte Mrs Dwain ihre Nachbarn freundlich auf. „Es ist genug für alle da."

Und mit dem Zugreifen der Weihnachtsgäste war das Ablenkungsmanöver eingeleitet.

Nichts ahnend von Mrs Dwains „Schlemmerplan" kümmerte sich Feline durch die Küche jagend um Nachschub. Schließlich sollten die Nachbarn nach all den Streichen, die sie ihnen gespielt hatte, mit reichlich Sahneschnitten entschädigt werden.

Aber über Mrs Dwains Sinneswandel war sie nach wie vor überrascht: Diese hatte bislang in Felines Anwesenheit nicht *einen* Menschling ins Haus hineingelassen und ausgerechnet an Weihnachten, wo sie doch so auf ein ruhiges Fest gehofft hatte, lud sie plötzlich die komplette Nachbarschaft zum Kuchenessen ein. Weihnachten musste fürwahr ein Fest der Nächstenliebe sein!

Als Feline sich mit zwei weiteren, voll bepackten Tortenständern durch die Menge wuselte, erklang ein erfreutes Geraune. Die schmatzenden Gäste empfingen sie mit strahlenden Gesichtern. Ihre neueste Kuchenkreation schien allen zu schmecken!

„Köstlich!", rief Mrs Wellington ihr zu. Sie hatte inzwischen nicht nur die Gabel, sondern auch ihre guten Manieren abgelegt und aß mit den Fingern.

„Echt cool!", nuschelte der Nachbarsjunge mit vollem Mund.

„Mhhh … Mhhh …", stöhnten die Greenbirds und die Jensons

durcheinander, während die anderen Feline mit ihren Tellern und Gabeln zuprosteten. Mit jedem Bissen reisten sie alle noch tiefer ins Schlaraffenland.

Gerade als Feline auf Minna und die Dwains zusteuerte, stellte sich die alte Mrs McDonald wie eine heruntergelassene Bahnschranke vor sie. Sie schaute sie mit kleinen, aber hinter den dicken Brillengläsern weit aufgerissenen Augen an. Minna und ihre Eltern bekamen einen Schreck. Sie befürchteten, dass die neugierige Dame sich nach dem Grund für Felines fürchterliches Aussehen erkundigen würde. Doch Mrs McDonald fragte sie lediglich – schmatzend und sich die Lippen leckend – nach dem Rezept aus.

Mrs Dwain strahlte bis über beide Ohren. Genau so hatte sie es sich vorgestellt. Niemand starrte auch nur im Entferntesten Felines struppige Haare, ihre große Nase oder ihren breiten Froschmund an. Von nun an würden sie in Feline lediglich das entzückende, kleine Mädchen sehen, das ihnen an Weihnachten die unvergesslich süße Ingwer-Honig-Kastaniensahneschnitte gebacken hatte.

Das Treffen der sieben Schwestern

Nachdem Lesia von Orelias unglaublichem Fund erfahren hatte, konnte sie nichts mehr daran hindern, die Schwesternschaft der Wahrheit auch ohne die Weiße Physiax wieder ins Leben zu rufen. Nach anfänglicher Zurückhaltung stimmten alle ihre sieben Schwestern, die es in die verschiedensten Winkel der Erde verschlagen hatte, einem Treffen in London zu. Was hatten sie denn zu verlieren? Sie waren Verbannte, die als Menschlinge getarnt ein kümmerliches und frustriertes Leben führten, dessen sie überdrüssig waren.

Am Silvesterabend kamen sie aus allen Himmelsrichtungen herbei und strömten wie dunkle Rauchschwaden leise durch den Hintereingang in die Bibliothek. Sie trugen ihre alten Feengewänder und darüber schwarze, schwere Umhänge, unter deren großen Kapuzen sie sich scheu versteckten. Nach mehr als sieben Jahrzehnten ohne ihre Bäume schienen sie kaum noch Lebensenergie zu haben und wirkten schwach und gebrechlich – wie Lesia vor ihrer Begegnung mit Minna.

Lesia ging, ihre neuerrungene Lebensenergie unter ihrem Umhang versteckend, gekrümmt voran. Sie verhielt sich ebenso geschwächt wie ihre leise vor sich hin grummelnden Schwestern. Sie geleitete sie eine steile, feuchte Steintreppe hinunter, die tief unter die Bibliothek führte. Mit jeder Stufe wurde die Luft ein bisschen kälter und die Feen immer stiller. Bis sie in eine geheime Kammer eintraten, die Lesia vor einigen Jahren zufällig entdeckt hatte. Es war ein alter, verfallener Lesesaal mit dicken Steinmauern, zwischen denen ihre Geheimnisse sicher sein würden. Und genau hier, umgeben von all den zerfallenen Bücherregalen, verstaubten und vergessenen Büchertürmen, sollte die Schwesternschaft der Wahrheit wiederauferstehen.

„Warum habt Ihr uns gerufen, Fee Lesia?“, flüsterte eine raue Stimme griesgrämig in die Dunkelheit, ohne zu sehen, welche der dunklen Gestalten Lesia war.

„Warum?“ – „Warum?“, tuschelten wiederum andere Feen unter ihren Kapuzen.

Lesia hielt sich immer noch unter ihrem Umhang versteckt. Ihr ganzer Körper pulsierte vor Aufregung. Ihr war bewusst, dass dieses Treffen ihre einzige Chance war, die Schwestern davon zu überzeugen, vereint die Suche nach der Schriftrolle wieder aufzunehmen. Andernfalls wäre alles verloren. Denn sie waren die letzten ihrer Art, die die Wahrheit kannten!

Lesia streckte ihre Hand in die Höhe und entlud einen kleinen Energieball, den sie hell über ihren Köpfen schweben ließ. Vom Licht geblendet traten die Feen raunend einen Schritt zurück. Sie starrten den leuchtenden Energieball wie hypnotisiert an und warfen nach und nach ihre Kapuzen zurück. Lesia blickte unter ihrem Umhang verstohlen in die eingefallenen Gesichter ihrer Schwestern. Es war erschütternd, wie alt und abgezehrt die einst stärksten und gefürchtetsten Feen Fantasias aussahen. Sie wirkten wie Feengeister, die nach Lebensenergie lechzten.

„Wie ist das möglich?“, staunte Bambeli, eine kleine, aufgeweckte Fee, die mit ihren hundertsiebenundsiebzig Jahren die jüngste und auch die korpulenteste unter ihnen war. „Eure Lebensenergie dürfte dafür nicht ausreichen. Ihr seid wie wir schon viel zu lange ohne Euren Baum.“

Lesia legte langsam ihren Umhang ab und richtete sich imposant auf. Sie überragte ihre ehrfürchtig zurückweichenden Schwestern um fast zwei Köpfe und glänzte mit jungem Aussehen. Von ihrer kraftvollen Aura umgeben fühlten sich die Feen schlagartig noch älter und schwächer. Sie erinnerten sich schwermütig daran, vor ihrer Verbannung ebenso mächtig gewesen zu sein.

„Ich war in Fantasia!“, verkündete Lesia mit lauter und durchdringender Stimme. „Ich habe meine Lebensenergie wiedergewonnen.“

In der Feenschar rumorte es.

„Ich kenne den reinen Menschling!“, unterbrach Lesia die aufgebrachten Feen mit der frohen Botschaft. „Ihr werdet alle nach

Fantasia zurückkehren. Auch Ihr werdet wieder eins mit Euren Bäumen sein und Eure Wunschkräfte wiedererlangen."

Es wurde still, als hielten alle vor Spannung den Atem an. Mit geweiteten Augen starrten sie Lesia halb skeptisch, halb überglücklich an. Der reine Menschling bedeutete die Befreiung aus der Verbannung, auf die sie nicht mehr zu hoffen gewagt hatten.

„Wann?", rief Bambeli so ungeduldig wie schon lange nicht mehr. „Wann kehren wir zurück nach Hause?"

„Wenn wir uns im Namen der letzten, wahren Königin Kressinda wieder vereinen", sprach Lesia stolz und fast fordernd. „Wenn Ihr alle bereit seid, die Suche nach der Schriftrolle wieder aufzunehmen und Borgarus zu stürzen. Wie wir es einst geplant hatten."

Die Feen blickten sich verdutzt an. Hatten sie sich verhört? Für einen Moment herrschte sprachlose Verwirrung, bis Pahlya, eine kleine, immer skeptisch dreinblickende Fee vor Lachen losprustete.

„Habt ihr das gehört? Wir …", sie zeigte glucksend auf sich und die anderen Feen, „wir sollen uns vereinen und den mächtigen König stürzen. Wir acht?"

Sie lachte so herzlich, dass auch die anderen sich davon anstekken ließen. Eine nach der anderen stimmte in das Gelächter ein.

„Guter Witz!" – „Guter Witz!" – „Guter Witz!", schoss es hintereinander aus den Mündern der Drillinge heraus, die sich normalerweise nie einig waren.

„Wir haben doch kaum Kraft zum Lachen", spöttelte Poktah, eine große, spindeldürre Fee, mit tiefer Stimme.. „Wie sollen wir denn in eine Schlacht ziehen?"

Sie schaukelten sich gegenseitig weiter hoch und gackerten immer lauter. Auch wenn ihnen anfangs nicht danach zumute gewesen war, schüttelten sie nun ihre schwachen Körper vor Lachen ordentlich durch.

Lesia wartete geduldig ab. Denn anders als bei ihrer Begegnung mit der Weißen Physiax war sie diesmal vollends entschlossen und überzeugt: Sie würde sich niemals von ihrem Vorhaben abbringen lassen! Niemals! Den Feen fehlte womöglich nur der richtige Anreiz.

„Ihr habt wohl vergessen, wie es sich anfühlt, eine Fee zu sein?“, rief Lesia bestimmt, als sich die Schwestern allmählich beruhigten. „Ich kann es Euch sagen: Es fühlt sich fantastisch an! Ich fühle mich mächtiger und stärker denn je und so werdet Ihr Euch alle fühlen, wenn Ihr Eure Bäume umarmt. Es wird Euch den Atem rauben, wenn Ihr die Lebensenergie Eures Baumes mit all seiner Kraft spürt. Wille und Mut werden Euch erfüllen und nicht mehr zulassen, dass Ihr Angst vor dem falschen König habt.“

Niemand lachte mehr. Sie schauten Lesia schmachtend an, während sie in Gedanken in die glorreichen Zeiten zurückkehrten, als sie gemeinsam für die Wahrheit gekämpft hatten. Wie mächtig, unbeugsam und verschworen sie gewesen waren! Bei der Vorstellung, wieder vor Lebensenergie überzuquellen, schlugen ihre Herzen schneller. Nur Pahlya blieb skeptisch.

„Wie sollen wir das ohne die Weiße Physiax schaffen?“, fragte sie und gab wieder Grund zum Zweifeln. „Ich kann sie hier nicht sehen. Warum ist sie nicht gekommen?“

Die Feen drehten gleichzeitig ihre Köpfe zu Lesia und schauten sie fragend an.

„Weil sie ihren Verstand und – noch schlimmer – ihren Mut irgendwo im Lebenswald verloren hat“, antwortete Lesia in einem strengen Ton und versuchte, ihre Enttäuschung zu verbergen. „In ihrem Zustand ist sie wahrlich keine Hilfe.“

„Aber wie sollten wir …“, fuhr Pahlya nachbohrend fort, „wir, die mit der Weißen Physiax, der mächtigsten Fee des Landes als

Anführerin, von Borgarus so gnadenlos aufgerieben wurden, auch nur den Hauch einer Chance haben?“

Wieder drehten die Feen ihre Köpfe erwartungsvoll zu Lesia.

„Wir brauchen die Weiße Physiax nicht!“, platzte diese wütend heraus und ließ einige der Schwestern zusammenfahren. „Wenn wir nichts unternehmen, geht die Wahrheit mit uns für immer unter. Wollt Ihr das? Soll der Tod abertausender, mutiger Feen umsonst gewesen sein? Was nützt uns unsere neugewonnene Lebensenergie, wenn wir Borgarus auf seinem Thron verweilen lassen? Wir werden uns bis in alle Ewigkeit vor ihm verstecken müssen. Oder wollt Ihr Eure Bäume umarmen und weiter auf der Erde verweilen? Ich denke nicht. Ihr wisst genauso gut wie ich, dass wir und das Feenvolk niemals frei sein werden, solange der falsche König an der Macht ist. Und außerdem …“, sie machte einen bedrohlichen Schritt auf die eingeschüchterten Feen zu, „konnte die Schriftrolle schon einmal gefunden werden. Und das von nur einer einzigen Fee!“

Diese Nachricht versetzte die Feen in eine kurze Starre. Sie waren baff! Wären sie nicht schon so bleich gewesen, wären sie vor Fassungslosigkeit erblasst.

„A… aber das ist unmöglich!“, stotterte Pahlya entgeistert, als sie ihre Stimme wiedergewonnen hatte. „Wir sind die letzten Überlebenden der Schwesternschaft. Niemand außer uns weiß von der Existenz der Schriftrolle. Wer hat sie also gefunden?“

So langsam lösten sich auch die anderen aus ihrer Starre und umschwärmten Lesia wie die Motten das Licht.

„Wer hat sie gefunden?“, erkundigte sich der erste Drilling neugierig. „Erzählt es uns.“

„Ja, erzählt es uns“, drängten auch ihre beiden Schwestern.

Lesia war erleichtert über die plötzliche Beschwingtheit, die ihre Schwestern erfasst hatte. Fast in einem Atemzug berichtete sie stolz über Prinzessin Orelia, die es irgendwie geschafft hatte, die Schriftrolle zu finden, aber für ihren Mut, die Wahrheit verkünden zu wollen, einen schrecklichen Tod erleiden musste. Sie erzählte, dass König Borgarus, nachdem er die Schriftrolle wieder an sich gerissen hatte, den Gorlock aus der Unterwelt heraufbeschwor, um Orelia und ihre Familie kaltblütig zu ermorden. Und dass die jüngste Prinzessin überlebt hatte und bis zu ihrer Verwandlung auf der Erde verweilen musste, um kein jähes Ende durch ihren Onkel zu erfahren.

Die Feen hörten gebannt zu. Teils mit offenen Mündern, teils mit Tränen in den Augen. Sie durchlebten eine emotionale Achterbahnfahrt: Sie erschauderten über den Gorlock, waren zornig über Borgarus Gräueltat, traurig über Orelias Tod und erfreut über Ferbeljulindas Rettung.

Als Lesia zu Ende erzählt hatte, war für die Feen die Entscheidung bereits gefallen.

„Ich bin dabei!“, schoss es aus Bambeli heraus, die wie ein großer Hüpfball auf und ab sprang und nun kaum mehr abwarten konnte, die Schriftrolle zu finden.

„Ich auch“, rief Poktah, die ebenfalls unruhig hin und her wippte, in die Runde.

„Einen Versuch ist es nun allemal wert“, sagte Pahlya beflügelt. „Wenn sie *einmal* gefunden wurde, kann sie auch ein *zweites* Mal gefunden werden!“

„Ich weiß nicht, wie es Euch geht“, knatterte Ferula, die sich bisher zurückgehalten hatte, mit rauer Stimme. Sie war die älteste der Feen und einst die beste Freundin der Weißen Physiax. „Aber mir ist es lieber, in der Schlacht *einmal* zu sterben als *tausendmal* in der Verbannung. So möchte ich nicht mehr weiterleben.“

Auch die Drillinge willigten durch Kopfnicken wie drei Kriegerinnen mit mutigem Blick und geschwellter Brust in das gefährliche Unterfangen ein.

Lesia lächelte ihre tapferen Schwestern stolz an und streckte ihre Hände nach ihnen aus. Sie schlossen sich händchenhaltend zu einem Kreis zusammen. Lesia hatte es geschafft: Die Schwesternschaft der Wahrheit war wieder vereint! Und, um ihnen einen kleinen Vorgeschmack auf das alte, neue Leben zu geben, das auf sie wartete, ließ sie einen kleinen Teil ihrer Lebensenergie durch ihre Körper hindurch fließen. Wie durch warmes Lebenselixier wiederbelebt seufzten die Feen unisono glücklich auf. Eine für sie fast vergessene, wohltuende Leichtigkeit erfasste sie, als wäre die ewige Last der Verbannung von ihren Schultern genommen worden. Umso schwerer fiel es Lesia, ihre Hände aus Bambelis und Ferulas festem Griff zu lösen. Sie musste sich regelrecht von ihnen losreißen. Eine Weile taumelte jede vor Glück vor sich hin, bis sich ihre Körper wieder schwer und leer anfühlten. Nur ein leichtes Kribbeln blieb in ihren Fingerspitzen zurück.

Pahlya erholte sich als erste von dem kurzen Rausch.

„Verratet uns, wo sie ist", sagte sie schon fast fordernd, als wollte sie sogleich mit der Suche beginnen. „An welchem geheimen Ort hat Borgarus die Schriftrolle diesmal versteckt?"

„In der Schlucht von Citrin?", fragte Poktah neugierig. „Oder im Gebiet der schrecklichen Münfras?"

„Oder habt Ihr keine Spur und glaubt, dass wir nach Fantasia spazieren und einfach drauflos suchen? Dafür würde unser aller Feenleben nicht ausreichen", witzelte der dritte Drilling und sorgte für Gelächter.

Eigentlich war genau das Lesias Plan. Ihr war durchaus bewusst, dass die Suche nach der Schriftrolle – zu acht und ohne jede Spur –

Jahrzehnte oder noch länger dauern könnte. Aber hatten sie denn eine Wahl? Um die Feen nicht in ihrer Euphorie zu bremsen, ließ Lesia sie in dem Glauben, das Versteck zu kennen.

„Ihr werdet noch früh genug erfahren, wo er sie verborgen hält", sagte sie selbstsicher und beließ es dabei. „Wir haben vorerst Wichtigeres zu tun: Beim nächsten Vollmond werde ich Euch den reinen Menschling vorstellen, mit dem wir zusammen nach Fantasia zurückkehren werden. Macht Euch also bereit."

Die Feen nickten entschlossen. Sie würden Lesia bedingungslos bis ans Ende Fantasias folgen – komme was wolle.

Fast im selben Augenblick hörten sie durch das dicke Gemäuer des Lesesaals das dumpfe Knallen der Silvesterraketen, mit denen die Menschlinge das alte Jahr verabschiedeten und den dunklen Nachthimmel taghell erleuchteten. Es war Neujahr!

Kapitel 3

Die Einschulung

So sehr das Leben auf der Erde Feline auch gefiel, flüchtete sie dennoch vor dem Einschlafen in Gedanken stets zu ihrer Mutter. Die Wut, die sie anfangs ihr gegenüber empfunden hatte, war längst verflogen. Sie vermisste sie nur noch. Sehr sogar. Sie lag schlummernd in ihrem Himmelbett, das sie sich direkt über Minnas Bett gewünscht hatte, und stellte sich vor, wie ihre Mutter ihr mit strahlenden Augen zuhört, während sie von ihren Abenteuern bei den Menschlingen erzählt. Sie dachte auch an ihre Geschwister, wie sie grün vor Neid werden, wenn ihre jüngste Schwester ihnen Fee Lesia als Lehrmeisterin präsentiert. Nicht mehr lange … und sie würde sie alle wiedersehen!

Aber zunächst musste sie den schwierigsten Teil der Tarnprüfung, den sie als eine besondere Herausforderung empfand, bestehen: die Schule! Sie war nun so weit. Seit ihrem Fieber hatte sie nicht ein einziges Mal in der Wainstreet gewünscht. Auch sonst hielt sie ihre Kräfte brav im Zaum, so wie es Minna von ihr für die Einschulung verlangt hatte. Eines stand also für Feline fest: Nach den Winterferien würde sie Minna als die neue Drittklässlerin in die Schule begleiten!

Doch es gab da ein klitzekleines Problem. Minna schien sich – einen Tag vor Schulbeginn – nicht mehr an die Abmachung halten zu wollen.

„Aber du hast gesagt, dass ich eine zweite Chance bekomme

und in die Schule darf, sobald ich meine Wunschkräfte unter Kontrolle habe."

„Ich bin mir da nicht sicher", erwiderte Minna, die seit ihrem letzten Gespräch mit Bedacht kein Wort mehr darüber verloren und klammheimlich gehofft hatte, dass Feline das Schulthema auf sich beruhen lassen würde. „Anfangs ist dir das nun gar nicht gelungen, ich erinnere dich nur an den Dschungel, der die Wainstreet überwuchert hat."

„Bitte, Minna, ich möchte so sehr in die Schule", sagte Feline flehend. „Ich habe mich gebessert. Wenn ich lernen soll, mich wie ein Menschling zu verhalten, dann muss ich auch Menschlingskinder beobachten und unter die Lupe nehmen. Und das kann ich am besten in der Schule."

„Sie werden merken, dass du anders bist als sie", zweifelte Minna und tat beschäftigt. Sie setzte sich an den Schreibtisch, um sich für den ersten Schultag vorzubereiten.

„Das werden sie nicht", protestierte Feline mit stampfendem Fuß. „Ich werde so unauffällig wie möglich sein. Niemand wird etwas bemerken."

Das glaubte ihr Minna in der Tat! Sie hatte wohl Notiz davon genommen, wie zurückhaltend Feline mit ihren Feenkräften umging. Aber das änderte nichts an der Tatsache, dass sie so hässlich war. Sie würde wie eine Vogelscheuche alleine auf dem Pausenhof dastehen und von ihren Mitschülern ausgelacht werden. Denn auch wenn die Begegnung mit den Anwohnern der Wainstreet glimpflich ausgegangen war, würde Feline nach wie vor wie ein rosafarbener Elefant im Supermarkt auffallen. Hinzu kam, dass Feline ein gefundenes Fressen für den alten Griesgram Mr Smees sein würde.

„Schau, du hast es doch fast geschafft", sagte Minna und versuchte sie umzustimmen. „Nicht mehr lange, dann kommen sie dich holen und du kannst zurück nach Fantasia. Niemand wird deine Tarnung bemerkt haben. Du hast die Tarnprüfung doch so gut wie bestanden."

„Aber das ist nicht genug", nörgelte Feline, die sich über Minnas Beharrlichkeit immer mehr wunderte. „Ich will sie auch in der Schule bestehen. Außerdem kann ich dort so viel lernen und Freunde finden. Meine Mutter würde es mir erlauben. Sie würde wollen, dass ich die Herausforderung annehme. Bitte, Minna, nimm mich mit in die Schule, bit-teee."

Minna fühlte einen schmerzvollen Stich im Herzen wie jedes Mal, wenn Feline ihre Mutter erwähnte, und sie bekam abrupt ein schlechtes Gewissen.

„Ada und Lesia haben gesagt, wir sollen nicht auffallen", sagte sie in strengem Ton und plötzlich missgelaunt. „Und das können wir nur, wenn wir so weiter machen wie bisher. Wenn die Schule morgen wieder beginnt, verbringst du den Tag bei meinen Eltern und ich gehe in die Schule. Das Thema ist hiermit beendet."

Feline war verärgert. Sie lag noch mitten in der Nacht wach in ihrem Bett und dachte nach. Die Vorfreude auf die Schule hatte Minna ihr schön vermasselt. Warum war sie nur so stur? So sehr sie die Dwains auch mochte und gerne Zeit mit ihnen verbrachte, wollte sie unbedingt Menschlingskinder kennenlernen. Und wer weiß, vielleicht würde sie sogar Freunde finden. Sie musste nur einen Weg finden, Minna zu überzeugen, wie ernst es ihr mit der Schule war.

Am nächsten Morgen war Feline so freundlich wie immer, als wäre zwischen ihr und Minna nichts vorgefallen. Sie quasselte während der ganzen Busfahrt darüber, wie sehr sie sich auf die Dwains freute, die sie seit Weihnachten nicht mehr gesehen hatte.

Die Dwains öffneten die Tür gemeinsam. Sie hatten das Ende der Ferien kaum abwarten können, um ihre Ziehenkelin endlich wieder in die Arme schließen zu können.

Feline begrüßte sie mit einer herzlichen Umarmung, verabschiedete sich von Minna und ließ die drei an der Tür auf ein Schwätzchen allein. So wie sie es die ganze Zeit geplant hatte!

Sie eilte auf Zehenspitzen schnurstracks in die Küche und schlich sich heimlich zur Gartentür wieder hinaus. Sie ging leise ums Haus und legte sich hinter der Hecke auf die Lauer. Als die Dwains die Tür schlossen und Minna sich schnellen Schrittes auf den Weg machte, nahm Feline die Verfolgung auf, die sie direkt in die Schule führen sollte. Sie folgte Minna in die Linie 12, die wieder zurück in die Stadt fuhr. Von der letzten Reihe aus versuchte sie, durch einen schmalen Schlitz zwischen Mütze und Schal, Minnas Spur nicht zu verlieren, was sich aber schnell erübrigte. Denn je näher sie der Schule kamen, umso mehr füllte sich der Bus mit kreischenden, wild durcheinander erzählenden Menschlingskindern, die alle an der siebzehnten Haltestelle ausstiegen. Feline schloss sich der Schar unauffällig als letzte an und folgte ihr bis zum Haupteingang der Sir-Alex-Ferguson-Grundschule. Auf dem Schulhof tobte ein lärmendes Wiedersehen zwischen den Schülern. In heller Aufregung fanden sie sich in den gewohnten Freundesgruppen wieder ein, berichteten lauthals über ihre Weihnachtsferien und prahlten mit ihren Weihnachtsgeschenken.

Während immer mehr Mitschüler durch das große Gittertor auf den Pausenhof gelangten, blieb Feline am Eingang stehen. Sie wartete geduldig die Schulklingel ab, die schon bald mit schrillem Ton den Unterrichtsbeginn einläutete und die Schüler in das große, orangefarbene Gebäude mit den vielen Fenstern hineinströmen ließ. Als Feline schließlich die Schule betrat, war weit und breit niemand mehr zu sehen. Es war still.

„Wo mag sie wohl sein?“, flüsterte sie vor sich hin und begab sich auf die Suche nach Minna, deren Fährte sie seit ihrer Ankunft an der Schule verloren hatte. Feline hüpfte amüsiert durch die Gänge, deren Wände mit knallbunten Bildern behangen waren, und lauschte an allen Klassentüren. Hinter der dritten Tür hörte sie Minnas vertraute Stimme, die soeben ihre Schüler bat, die Bücher aufzuschlagen. Feline hielt kurz inne. Im Angesicht ihrer bevorstehenden Überraschungsaktion wurde sie langsam nervös. Sie nahm Mütze und Schal ab und atmete tief durch, bevor sie dann leise an die Tür klopfte. Auf Minnas freundliches „Herein“ öffnete Feline beschwingt die Tür und mit einem großen Satz stand sie mitten im Klassenzimmer. Minna hielt sich am Lehrerpult fest, um nicht umzukippen. Die gesamte Klasse 3A rutschte vor Schreck auf ihren Stühlen nach hinten. Es wurde mucksmäuschenstill, so wie es sich im Unterricht gehörte. Mit offenen Mündern starrten sie Feline erschrocken an, die mit abstehenden, struppigen Haaren und einem breiten Froschmundlächeln vor ihnen stand.

Minna verließ mit Gepolter das Pult und stakste hektisch zu Feline.

„Wa... was machst du hier?“, flüsterte sie nervös und versuchte, Feline, die keineswegs ahnte, in welche Situation sie sich da hineinmanövriert hatte, so schnell wie möglich wieder hinauszuführen.

„Ich ... ich wollte dir nur zeigen ...“, erklärte Feline aufgeregt, während Minna sie immer weiter zur Türe drängte, „wie wichtig mir die Schule ist und ...“

Doch kurz bevor sie Feline über die Schwelle geleitete, erschallte hinter ihren Rücken ein langes „Iiiiiiii!“. Feline schaute sich überrascht um. Ein dicker Junge aus der zweiten Reihe war aufgesprungen und zeigte mit seinem kurzen Wurstfinger auf sie.

„Guckt mal, wie hässlich sie ist", grunzte er vergnügt.

„Iiiiii, die ist ja super hässlich", quäkte ein anderer Junge, dem noch weitere Schüler mit lauten „Iiiiis" und „Bahhhs" zustimmten.

Minna stellte sich wütend vor ihre Klasse. „Ruhe!", schrie sie empört mit durchdringender Stimme. „Wie könnt ihr nur so gemein sein? Jeder, der jetzt noch etwas sagt, bekommt Strafarbeiten. Habt ihr mich verstanden?"

Felines trauriger Blick, kurz bevor sie sich umdrehte und aus dem Klassenzimmer hinausrannte, brach Minna das Herz. Es war genau das geschehen, was sie die ganze Zeit befürchtet hatte! Sie übergab die Aufsicht der Klassensprecherin und lief Feline schnell hinterher.

Sie hörte Feline bitterlich in der Mädchentoilette weinen und stürzte besorgt hinein.

„Ach, meine Prinzessin, komm her", sagte Minna mitfühlend und nahm Feline, die zusammengekauert auf dem Boden neben dem Waschbecken saß, ganz fest in die Arme. „Warum sind die so gemein zu mir?", fragte Feline schluchzend und zog die Knollennase hoch. „Ich dachte, das wird lustig in der Schule, aber hier sind alle gemein. Die haben *super hässlich* zu mir gesagt. So etwas Schlimmes hat noch nie jemand zu mir gesagt. Woher können die das denn wissen, ohne mich kennengelernt zu haben?"

„Das ist es ja", versuchte Minna sie aufzumuntern. „Sie kennen dich nicht einmal, darum darfst du das nicht persönlich nehmen. Wenn die wüssten, was für ein liebenswertes, tolles Mädchen du bist, dann würden sie alle deine Freunde werden wollen und dein Aussehen wäre ihnen gleichgültig."

Feline hörte schlagartig auf zu weinen.

„Wie bitte?“, näselte sie erstaunt, als könnte sie ihren Ohren nicht trauen. „Du meinst, sie haben mich nur wegen meines Aussehens als super hässlich bezeichnet?“

Minna runzelte die Stirn.

„Ja“, antwortete sie leicht irritiert und verstand nun gar nichts mehr. „Was dachtest du denn?“

Feline begann zu kichern. „Und ich dachte, die finden meinen Charakter hässlich“, klärte sie sichtlich erleichtert das Missverständnis auf. „In Fantasia werden die Feen als hässlich bezeichnet, die gemein und hinterhältig sind und nichts Gutes an sich haben. Ob jemand unser Aussehen hässlich findet, ist uns Feen völlig egal. Jedes Feenkind weiß doch, dass es nur auf das innere Wesen ankommt.“

„Warte mal, jetzt bin ich ein wenig verwirrt“, fasste Minna grübelnd zusammen. „Du bist vor ihnen weggelaufen, weil du dachtest, sie finden dich böse?“

Feline nickte lächelnd.

„Und dir macht es nichts aus, dass sie sich über dein Aussehen lustig gemacht haben?“

Auf Felines Kopfschütteln kicherte diesmal Minna los. Sie hatte sich also die ganze Zeit völlig unnötig den Kopf über Felines Aussehen zerbrochen?! Ungläubig und vor Stolz gerührt schaute sie Feline an. Auch wenn die kleine Feenprinzessin hässlicher als jedes Menschlingskind war, besaß sie umso mehr Selbstbewusstsein!

„Weißt du was?“, sagte Minna überzeugt und froh, nun doch ihr Wort zu halten. „Ich sehe keinen Grund mehr, warum wir dich nicht heute noch offiziell einschulen sollten.“

Nach dem Unterricht gingen sie geradewegs zum Direktor der Schule. Mr Crowly war ein liebenswerter, aber schnell aufbrausender Schuldirektor. Sein Kopf lief immer rot an, wenn er den Störenfrieden, die aus den Klassenzimmern verwiesen und zu ihm geschickt wurden, eine Standpauke hielt. Doch so aufgebracht er auch schien, ließ er letzlich jeden reuigen Unruhestifter mit einer Ermahnung und ohne Strafarbeit davonkommen.

Mr Crowly, kaum größer als ein Viertklässler, saß entspannt in seinem viel zu großen Drehsessel hinter dem noch größeren, auf Hochglanz polierten Schreibtisch, als Minna mit Feline in sein Büro hereinplatzte.

„Guten Morgen, Mr Crowly!“, begrüßte Minna ihn. „Das ist Feline. Ich möchte sie für die dritte Klasse anmelden.“

„Miss Dwain!“, rief Mr Crowly, der vor Schreck aus seinem Sessel gesprungen war. „Seit wann klopfen wir in dieser Schule nicht mehr an? Und seit wann melden wir Schüler mitten im Schuljahr a … a … a …“

Mr Crowly blieb der Mund offen stehen, als er Feline erblickte. Er lehnte sich so weit über den Tisch, dass seine Füße den Boden nicht mehr berührten, und starrte Feline aus nächster Nähe an. Es war nicht von der Hand zu weisen: Das kleine Mädchen, das ihn unentwegt anlächelte, war das hässlichste Kind, das er je gesehen hatte. Dann schaute er wieder zu Minna.

„Können Sie mir das erklären, Miss Dwain?“, fragte er skeptisch und deutete mit kreisendem Finger unauffällig auf Felines Gesicht.

Minna setzte ihn rasch über Felines seltene Hautkrankheit ins Bild und versicherte ihm, dass sie bald gesund werden würde.

„Das arme Mädchen wird sicherlich nur gehänselt werden“, sagte er leicht besorgt. „Wollen Sie nicht lieber warten, bis sie gesund ist?“

Minna und Feline schüttelten gleichzeitig den Kopf.

„Mhhh … was mache ich nur?“, nuschelte Mr Crowly und

lehnte sich, ohne den Blick von Feline abzuwenden, nachdenklich in seinen Sessel zurück. „Und Sie sind sich da ganz sicher, Miss Dwain? Sie wissen, wie grausam Kinder sein können."

Noch ehe Minna antworten konnte, trat Feline einen Schritt näher an den Tisch.

„Machen Sie sich darüber keine Sorgen, Mr Crowly", sagte sie forsch. „Ich werde mit denen schon fertig."

Der Schuldirektor machte große Augen.

„Uiiii, das gefällt mir! So ein zähes Mädchen", sagte er und sprang erneut von seinem Sessel auf. Er stellte sich vor Feline, die er in diesem Moment zu seiner Lieblingsschülerin auserkoren hatte. „Dann verrate mir mal, warum du dir da so sicher bist?"

„Wissen Sie, ich habe acht Geschwister", prahlte Feline ungeniert. „Ich bin geübt in Rauferei und habe mir ein dickes Fell gegen dumme Kommentare zugelegt. Ich weiß sehr wohl auf mich aufzupassen."

Mr Crowly schnaubte amüsiert. „Du erinnerst mich an mich", sagte er. „Ich habe nämlich auch Geschwister. Vier Brüder genauer gesagt, von denen jeder bevorzugt auf mir, dem kleinsten und schmächtigsten, herumhackte. Da ich gegen sie nicht ankam, tat ich das, was ich am besten konnte: weglaufen! Immer wenn sie mich piesackten, lief ich ihnen davon. Ich hab zwar kurze Beine, aber glaub mir, ich bin so schnell wie der Wind. Das kam mir auch während meiner Schulzeit zugute."

Erleichtert und zugleich überzeugt, das Richtige zu tun, tätschelte er Felines Kopf. „Ich bin mir sicher, dass auch du einen Weg finden wirst, die Rüpel fern von dir zu halten. Also gut, sag deinen Eltern, sie sollen morgen vorbeikommen, damit wir den lästigen Papierkram erledigen können. So ein aufgewecktes und cleveres Mädchen wie dich können wir hier gut gebrauchen."

„Ähm … Mr Crowly“, meldete sich Minna schnell zu Wort. „Es ist nur so: Felines Mutter, sie kann morgen nicht, weil … ähm …“

„Sie ist in Afrika und leitet dort ein Schulprojekt“, übernahm Feline das Reden. „Aber die unterschriebenen Anmeldeformulare hatte sie Miss Dwain zukommen lassen, die ja, was Sie noch nicht wissen, meine Patentante ist. Die Formulare sind in ihrer Tasche.“

Sie stubste Minna von der Seite leicht an.

„Äh, ja, Formulare … hier“, sagte Minna leicht verwirrt und begann, hastig in ihrer Tasche zu stöbern. „Die müssten hier irgendwo sein … ich hab sie gleich … und da sind sie.“

Sie zückte einen Stapel frisch herbeigewünschter Papiere und reichte sie in einem Schwung dem Schuldirektor. Minna war beeindruckt von Felines genialem Einfall und gab ihr dies durch Augenzwinkern zu verstehen. Mr Crowly durchblätterte den Stapel mit geübtem Blick.

„Ich habe alles hier, was ich brauche“, sagte er zufrieden lächelnd. „Anmeldeformular, Vollmacht und den restlichen Krimskrams. Da bleibt mir nur noch zu sagen: Herzlich Willkommen an unserer Schule, Feline!“

Rübennase, Koboldfresse und Dino-Troll – das waren nur einige von vielen einfallsreichen Spitznamen, die Feline bereits in der ersten Woche von ihren Mitschülern verpasst bekommen hatte. Jeden Morgen, sobald sie auf der Bildfläche erschien, stand die Schule Kopf. Eine Attraktion, die niemand verpassen wollte. Überall, wohin sie auch ging, wurde sie stets von einer Traube stumpfsinniger Menschlingskinder verfolgt, die tuschelnd und lachend über sie herzogen.

Die Hartgesottenen ließen Feline selbst im Unterricht nicht in Ruhe. Einer von ihnen war Simon Bolt, der Junge mit den kurzen Wurstfingern. Er zog im Unterricht ständig Grimassen und flüsterte Feline zu, wie hässlich sie doch wäre. Anfangs kümmerte es Feline nicht, sie ignorierte ihn und tat so, als wäre er nicht da. Aber so langsam nervte es sie, ständig im Unterricht gestört zu werden. Und da sie keine Petzliese war, andererseits aber Simon niemals von alleine aufhören würde, musste sie, ohne dass jemand davon etwas mitbekam, das Problem wie eine Fee lösen.

Es passierte in der Kunststunde bei Mrs Humphry. Die eifrige Kunstlehrerin war bekannt dafür, alles an die Tafel zu malen. Simon nutzte hinter ihrem Rücken jede Gelegenheit, sich über Feline lustig zu machen und den Rest der Klasse zu unterhalten. Nicht ahnend, dass Felines Geduldsfaden gerissen war, drehte sich Simon erneut spöttelnd zu ihr um, als er fast im selben Moment – völlig unbeabsichtigt und ganz laut – einen fahren ließ … *fffrrttt* …

Das stinkende Lüftchen versetzte die ganze Klasse in große Aufruhr. Während Mrs Humphry panisch zum Fenster stolperte, um es aufzureißen, vergrößerten die Schüler fluchtartig den Radius um Simon und lachten ihn aus sicherer Entfernung aus. Mit gerötetem Kopf blieb Simon als einziger an seinem Platz sitzen. Wie konnte ihm das nur passieren? Er hatte seinen eigenen Pups nicht kommen sehen.

Als die frische Luft die Situation im Klassenzimmer allmählich entspannte, fuhr Mrs Humphry mit dem Unterricht fort. Simon löste den Stinker-Alarm noch zwei Mal aus, bis ihn die Kunstlehrerin fuchsteufelswild zum Schulleiter dirigierte. Felines Flatulenzia-Infernalis-Wunsch hatte Wirkung gezeigt.

Mit dem Ertönen der Pausenklingel polterten die Schüler zur Tür, um schnellstmöglich dem Gestank von Pups-Simon – das war sein neuer Spitzname – zu entkommen.

Im Gewühl tippte jemand Feline auf die Schulter.

„Simon ist ein Trottel", sagte Lucy mit einem freundlichen Lächeln. Ihre Freundinnen Emma, mit vorlautem Mund und schwarzer Kastenbrille, und Chloé, die Sportskanone, lächelten sie ebenfalls an. „Es ist so witzig, dass er sich zum Gespött der Schule gemacht hat. Die nächste Zeit wird er viel um die Ohren haben, also hast du deine Ruhe." Feline war baff: Die ersten Menschlingskinder, die nett zu ihr waren!

„Hi, ich bin Lucy. Und das sind meine Freundinnen …"

„… Emma und Chloé", vollendete Feline ihren Satz. „Ich weiß, wer ihr seid."

Mit ihren obligatorischen Pferdeschwänzen, Jeanshosen und Turnschuhen gehörten sie zu der Sorte Mädchen, die selbst bei Jungs beliebt waren.

„Und wir wissen, wer du bist", meldete sich Emma zu Wort. „Seit Wochen gibt es kein anderes Thema mehr an der Schule als Feline hin und Feline her. Findest du das nicht auch langweilig?"

Feline lächelte sie breit an. „Und wie", witzelte sie augenrollend. „Wenn sie sich wenigstens etwas Neues einfallen lassen würden."

Feline war verwirrt und erfreut zugleich, dass die beliebteste Mädchenclique sie auf den Pausenhof begleitete. Die neugierigen und verachtenden Blicke ihrer Mitschüler störten die drei überhaupt nicht. Ganz im Gegenteil: Lucy, Emma und Chloé waren in Plauderlaune und schienen froh zu sein, das hässliche Mädchen mit der unglaublichen Coolness endlich kennengelernt zu haben.

„Wie machst du das eigentlich?", fragte Lucy beeindruckt. „Die sagen ständig so schlimme Sachen zu dir und du tust so, als hättest du Kopfhörer auf und würdest Musik hören. Das kann nicht jeder."

Feline fühlte sich geschmeichelt. „Ach, das ist einfach", sagte sie vergnügt. „Ich kann Idioten einfach ausblenden. Was die meinen, interessiert mich kein bisschen."

„Ich muss sagen, ich finde dich irgendwie … cool“, antwortete Lucy. Und alle drei nickten bewundernd die Köpfe.

Und einfach so hatte Feline neue Freundinnen gefunden, die ihr die erste große Pause ohne spöttelnde Mäuler bescherten.

Felines neugewonnener, von Hänseleien freier Schulalltag fand ein schnelles Ende, als Bronco Dozer sie plötzlich auf dem Kieker hatte. Er war ein halbstarker Viertklässler mit großer Klappe und einer schnittigen Borstenfrisur. Bronco war nicht nur der meistgefürchtetste Junge in der Schule, sondern auch der allerdümmste. In seiner sechsjährigen Schulkarriere hatte er es nur bis in die vierte Klasse geschafft. Er trug immer eine schwarze Bomberjacke und krempelte ständig seine Ärmel hoch, als wäre er allzeit für eine Prügelei bereit.

Als eines Tages Feline und Lucy nach der Pause in ihrer Klasse eintrudelten, stellte sich Bronco wie ein Brocken vor die offene Klassentür. „Hey, du da!“, rief er laut, so dass alle anderen Schüler auf dem Flur ihn auch hören konnten. Sein bedrohlich ausgestreckter Arm zeigte auf Feline. „Dich meine ich. Du bist zu hässlich für den Unterricht, du kommst hier nicht rein!“

Während Lucy eingeschüchtert versuchte, Feline aus der brenzeligen Situation wegzuziehen, machte diese einen reflexartigen Schritt auf Bronco zu.

„Ach, ja?“, antwortete Feline frech und erschrak über ihre gelassene Stimme, die sie mutig erscheinen ließ. „Dann dürftest du aber nicht einmal das Schulgelände betreten.“

Bronco, der selten eine Erwiderung bekam, über die er nachdenken musste, war verwirrt. „Hä, wie meinst du das?“, fragte er mit einem dummen Gesichtsausdruck. „Aber ist auch egal. Du kommst hier trotzdem nicht rein.“

„Ich möchte gerne in meine Klasse hineingehen“, sagte Feline freundlich und schaute ihn furchtlos an. „Geh mir bitte aus dem Weg.“

Aber Bronco dachte nicht daran. Er verschränkte die Arme vor seiner Brust und sah gemeingefährlich aus. „Du bist so hässlich, dass mir schon vom Hingucken die Augen wehtun“, sagte er höhnisch und fühlte sich von seiner albern kichernden Truppe, die sich köstlich zu amüsieren schien, bestätigt.

Zu Bronco gehörten: Darla, ein Schwergewicht von einem Mädchen, das zwei Schüler gleichzeitig am Kragen packen und zusammenknallen lassen konnte, während sie in aller Ruhe Kaugummiballons blies. Weiterhin die Zwillinge Tim und Tom, zwei drahtige und schnelle Rotschopfe, die für das Einfangen von Schülern zuständig waren, wenn diese versuchten, Broncos Hieben zu entkommen. Zudem waren die beiden für ihre schlechten Witze bekannt. Wehe, wenn niemand lachte, dann schnappten sie sich den Erstbesten und wuschen seinen Kopf mit Toilettenwasser. Und dann war da noch Cedric Schmidt, der als Kontrast zu seinen hellblonden Haaren immer schwarz gekleidet war. Er war der eigentliche Drahtzieher, der Kopf der Bande. Aber im Gegensatz zu Bronco und den anderen legte Cedric nie selbst Hand an, er stand lediglich daneben und beobachtete. Aber da war stets etwas Düsteres an ihm, wenn er dem gemeinen Treiben seiner Truppe zufrieden zusah.

Feline ließ sich weder von Cedric noch von seiner Trottelbande einschüchtern.

„Geh mir bitte aus dem Weg“, wiederholte sie in strengem Ton mit Blick auf Bronco, der provozierend zurückkläffte.

„Das kannst du vergessen! Komm her und zwing mich doch, du hässliche Kröte.“

Es war eine der berühmten Situationen, in denen man eine Stecknadel hätte fallen hören. Feline schaute in die erstarrten Gesichter der Mädchen und Jungen, die um sie herum standen – teils besorgt, teils bespaßt und teils einfach nur erleichtert, nicht an Felines Stelle zu sein. Dann fiel ihr Blick wieder auf Cedric, der die Sekunden bis zu ihrer Reaktion ungeduldig zu zählen schien.

Feline saß in der Zwickmühle. Sie musste sich schnell etwas einfallen lassen. Ihre Wunschkräfte vor so vielen Zuschauern einzusetzen, wäre leichtsinnig gewesen. Das war ihr klar. Auf Broncos nicht vorhandene Einsichtsfähigkeit und Vernunft zu spekulieren, wäre naiv gewesen. Ihm einfach den Rücken zu kehren und wegzugehen hätte ihn nur ermutigt, sich ihr immer wieder in den Weg zu stellen. Und außerdem war sie kein Feigling!

Sie wusste, was sie zu tun hatte. Ohne ein Wort zu sagen, drehte sich Feline um und ging davon, als wollte sie sich verängstigt davonschleichen.

„Na, wer sagt's denn“, rief ihr Bronco siegessicher hinterher. „Eine Gesichtsbaracke weniger an der Schule. Geh nach Hause und komm nie mehr wieder.“

Doch Feline, die eigentlich nur Anlauf nehmen wollte, sprang auf einmal herum und lief mit grün funkelnden Augen auf ihn los.

„Aaaaaaaaaaaaaa …“

Broncos Reaktionszeit war beeindruckend lang. Er blieb wie gelähmt und hilflos auf der Schwelle stehen und hatte immer noch nicht begriffen, dass Feline in die Offensive gegangen war. Wie ein Rammbock stieß sie Bronco um, der benommen rückwärts in das Klassenzimmer strauchelte und zusammengeklappt nach hinten umfiel. Die Schüler konnten ihren Augen nicht trauen: Der seit sechs Jahren unangefochtene Prügel-Champion war geschlagen! Sie rissen allesamt die Arme hoch und jubelten Feline zu.

Feline ging, gefolgt von klatschenden Mitschülern, die ihre neue Heldin feierten, unbekümmert in die Klasse hinein und nahm auf ihrem Stuhl Platz.

„Hey, das war eben echt cool", sagte Cedric, der Feline nach dem Unterricht auf dem Flur abfing. „Du hast was drauf, Kleine."

„Ich habe mich nur gewehrt", antwortete Feline kalt und wusste, dass sie ihm kein bisschen trauen durfte. „Jeder hätte so gehandelt."

„Nein, eben nicht!", widersprach er aufgeregt, während er neben ihr herlief. „Niemand hat bisher so gehandelt. Du hast ihn, ohne mit der Wimper zu zucken, angegriffen. Das nenn ich Courage! Ich würde es nicht glauben, wenn ich es nicht mit eigenen Augen gesehen hätte. Ich bin wirklich schwer beeindruckt."

„Schön für dich", fasste sich Feline kurz. „Und was willst du?"

„Nichts!" Cedric zuckte mit den Achseln. „Ich wollte dir nur gratulieren."

Das war der Gipfel der Dreistigkeit!

„Gratulieren?", wiederholte Feline ironisch und blieb abrupt stehen. „Du hast mir das Ganze doch erst eingebrockt."

„Hu, was bist du kratzbürstig", scherzte Cedric. „Was hab ich denn bitte damit zu tun?"

„Sehr viel, weil du den Ton angibst", sagte Feline überzeugt. „Ich habe euch beobachtet, dich und deine Trotteltruppe. Du sagst ihnen, wo es lang geht, und sie hören auf dich wie kleine, dumme Hundebabys. Bronco hast *du* auf mich gehetzt. Da bin ich mir sicher."

„Bronco ist ein Schlägertyp", konterte Cedric besserwisserisch, „den muss man nicht auf jemanden hetzen, er macht es von alleine. So ist nun mal seine Natur."

„Dann verrate mir mal", Feline verschränkte ihre Arme, „warum so ein Schlägertyp, dessen Instinkte ihn bereits am ersten Tag zu mir hätten führen müssen, sich mehr als zwei Wochen Zeit lässt?“

„Vielleicht, weil er etwas besseres zu tun hatte, als sich um dich zu kümm…“

„Blödsinn!“, schnitt Feline ihm das Wort ab. „Es gibt nur eine Erklärung dafür: Du hast ihn bewusst zurückgehalten. Warum auch immer, ich weiß es nicht. Aber halt mich das nächste Mal aus deinem bescheuerten Spiel heraus.“

Cedric war für einen kurzen Moment sprachlos. Sie hatte ihn tatsächlich durchschaut! Mit so viel Scharfsinn hatte er bei einem Mädchen nicht gerechnet.

„Wow!“, stieß er beeindruckt aus. „Du hast deine Hausaufgaben gemacht, Kleine. Ich bin schon wieder beeindruckt.“

Feline rollte die Augen und ging entnervt weiter.

„Hey, warte!“ Cedric eilte ihr hinterher und hielt sie am Arm fest. „Ist ja gut. Komm jetzt mal runter. Okay, du hast Recht, ich bin ihr Anführer und ich spiele meine Spielchen. Aber … nur im Namen der Wissenschaft. Weil Bronco und seine Kumpels eh als Hobby gnadenlos Schüler bearbeiten, mache ich sie wenigstens nützlich für meine Experimente. Sonst habe ich mit den Trotteln nichts am Hut.“ Er zwinkerte ihr zu.

„Was für Experimente?“, fragte Feline.

„Damit du es weißt. So wie du *mich* habe auch ich *dich* beobachtet. Mir ist vom ersten Tag an aufgefallen, wie cool du mit den Hänseleien umgegangen bist. Und das machte mich neugierig. Ich wollte wissen, ob du wirklich so cool bist oder nur so tust. Also wartete ich eine Zeit lang. Und genau dann, als du dachtest, das Schlimmste sei überstanden, setzte ich dir Bronco vor die Nase, um zu sehen, wie du reagierst, wenn du Angst hast. Ich meine, wenn es wirklich drauf ankommt. Das teste ich bei fast allen Schülern.“

„Und warum machst du armer Schwachsinniger so etwas?“, fragte Feline ihn mit vorgespieltem Mitleid.

Cedric konnte sich ein Schmunzeln nicht verkneifen – für gewöhnlich himmelten ihn die Mädchen an.

„Ich will herausfinden, ob ein Schwächling zum Mutigen werden kann, wenn er Angst hat“, antwortete er amüsiert. „Und da hier an der Schule alle Angst vor Bronco haben, setze ich ihn ein. Er knöpft sich die Schwächlinge vor und ich schaue zu, was passiert. Natürlich hat bisher niemand Bronco niederstrecken können wie du, aber es war jedesmal interessant zu beobachten, was passierte, wenn jemand wütend wurde. Denn auf Angst folgt die Wut, Kleine. Und Wut kann ungeahnte Kräfte in einem zum Vorschein bringen. Und manchmal, um die Angst bei einigen zu verstärken, mache ich mir ihre Schwachstellen zunutze. Wenn sich jemand vor der Dunkelheit fürchtete, sperrte ihn Bronco in die Besenkammer ein. Hatte jemand Angst vor Spinnen, gingen wir mit ihm in die Gerätekammer der Turnhalle, in der es vor Spinnen nur so wimmelt. Mochte jemand keine Bohnen, wurde er in der Kantine zum Bohnen essen gezwungen. Und glaub mir, Kleine, es gab einige, die durch Wut ihren Mut entdeckt haben und sich plötzlich wehrten. Zum ersten Mal in ihrem Leben! Und das verdanken sie nur mir.“

Feline brodelte innerlich vor Wut. Wie konnte jemand nur so überheblich und arrogant sein?

„Du denkst, du tust ihnen einen Gefallen?“, fragte sie ihn sarkastisch und schüttelte fassungslos den Kopf. „Weißt du was? Du bist ein Egomane und ein Idiot obendrein. Und nenn mich nicht nochmal ‚Kleine‘.“

Sie entfernte sich schnellen Schrittes und ließ Cedric halb verblüfft, halb fasziniert zurück. So ein schlagfertiges Mädchen hatte er noch nie getroffen! Wenn sie jetzt noch Fußball spielen könnte, wäre sie perfekt. Und ihr Aussehen … war ihm völlig egal.

Der krachende Zwischenfall hatte Feline zum Liebling aller Schüler und Schülerinnen gemacht. Niemand lästerte mehr über ihre struppigen Haare oder ihre zu großen Nasenlöcher und alle hörten auf, ihr Spitznamen zu geben. Sie wurde von allen einfach nur Feline genannt. Minna war stolz auf ihre kleine Fee, die sich tapfer durchgeschlagen und innerhalb weniger Wochen ihren Platz in der Schule gefunden hatte. Selbst im Lehrerzimmer wurde sie gefeiert.

„So ein taffes Mädchen!", lobte Mrs Dolly, die kleine, kugelrunde Musiklehrerin amüsiert. „Es wurde aber auch Zeit, dass der Rüpel eins auf den Deckel bekommt."

„Herrlich, ich kann wieder ungestört unterrichten", freute sich Mrs Whitebread, die Biologielehrerin, die mit ihrem ungewöhnlich langen Hals den Überblick bis in die hinterste Reihe behielt. „Ständig ärgerte dieser Grobian seine Mitschüler, aber jetzt ist endlich Schluss damit."

Während die anderen Lehrer nickend und die Kaffeetassen erhebend zustimmten, biss sich Mr Smees auf die Lippen und sagte nichts. Es gefiel ihm ganz und gar nicht, dass das hässliche Mädchen solch einen Ruhm einheimste – und das trotz eines Verstoßes gegen die Schulordnung. Schließlich hatte sie dem armen Jungen ihren Kopf in den Bauch gerammt. Ach, wäre er der Schuldirektor gewesen, hätte diese Ungehörigkeit vor allem Miss Dwain, die nicht in der Lage war, ihr sogenanntes *Patenkind* zu kontrollieren, großen Ärger eingebracht. Wie konnten seine Kollegen nur so naiv sein? Sie alle hatten ihr diese hanebüchene Geschichte – Patentante dieses seltsamen, wie aus dem Nichts aufgetauchten Mädchens zu sein – abgekauft. Doch so einfach ließ sich Mr Smees nicht hinters

Licht führen. Er würde diese offensichtliche und dreiste Lüge aufdecken. Somit wäre Miss Dwain endgültig aus dem Weg geräumt und der Posten des Lieblingslehrers für ihn zum Greifen nahe.

Schon am nächsten Tag nahm er Felines Fehlverhalten zum Vorwand, um sie zum Nachsitzen zu verdonnern. Er wollte dem hässlichen Ding mal auf den Zahn fühlen und die Wahrheit ans Licht bringen.

Aber trotz Einsatzes seiner besten Einschüchterungsmaschen (bedrohliches Umkreisen, rechthaberisches Hochziehen der Augenbrauen, verärgertes Zischeln mit erhobenem Finger oder wütendes Anstarren durch zwei kleine Schlitze) bekam er nichts aus der neunmalklugen Göre heraus. Ohne rot zu werden, erzählte sie ihm wortgetreu immer und immer wieder Miss Dwains Lügengeschichte und langweilte ihn mit einem ausgiebigen Bericht über das Afrikaprojekt ihrer Mutter.

Feline amüsierte sich herrlich. Natürlich hatte Minna sie vor dem Griesgram gewarnt, der nichts unversucht lassen würde, sie in die Mangel zu nehmen. Darauf gefasst sorgte sie jedes Mal mit ihren betont gelassenen und sich ständig wiederholenden Antworten für hektische Zuckungen in Mr Smees' Gesicht.

Feline ließ sich den Schulalltag nicht trüben: Weder von Mr Smees, der sie aus fadenscheinigen Gründen noch weitere Male zum Nachsitzen beorderte, noch von Bronco, der sie stets aus sicherer Entfernung grimmig beobachtete. Und schon gar nicht von Cedric, der sich – von seiner Trottelbande abgekapselt – ständig in ihrer Nähe aufhielt.

Doch während Feline versuchte, ihn zu ignorieren, stellte sie zu ihrer Überraschung immer mehr fest, dass alle Mädchen, egal welchen Jahrgangs, für Cedric schwärmten. Jede für sich schmolz förmlich dahin, wenn er lässig und düster dreinblickend über die Gänge schluffte, sich durch die goldblonden Haare fuhr oder in der großen Pause seine Fußballkünste aufs Parkett legte. Die Mädchen stellten sich in Reihe auf, um ihm beim Tricksen zuzuschauen. Er dribbelte mal links, mal rechts und schoss unter tosendem Beifall ein Tor nach dem anderen. Er galt als der Fußballstar der Schule … bis er eines Tages an die falsche Gegenspielerin geriet.

„Hey, Kleine", rief Cedric plötzlich in die Mädchenmenge hinein, die sich auf dem Pausenhof versammelt hatte, um ihm beim Fußballspielen anzuhimmeln. „Hast du Lust, gegen mich zu spielen?"

Die Mädchen hielten alle den Atem an. Cedric hatte endlich eine von ihnen angesprochen. Aber wen? Auf der Suche nach der Glücklichen schauten sie sich neugierig um.

„Ich?", fragte dann Clara, eine Zweitklässlerin mit fester Zahnspange, die jeden Tag aufs Neue hoffte, von Cedric bemerkt zu werden. Sie zeigte nervös auf sich und wirkte mit ihrer schrillen Stimme vor Freude leicht überdreht.

„Nein, nicht du", rief Cedric. „Du da."

„Wer, ich?", rief diesmal Mimi und machte aufgeregt einen Schritt nach vorne. Sie war die Schulschönheit aus der vierten Klasse, bei der die Jungs Schlange standen, nur um ihre Schultasche tragen zu dürfen. Aber auch sie hatte nur Augen für Cedric. „Ich würde gerne spielen …"

„Nein, du auch nicht", unterbrach Cedric sie leicht entnervt und schlug ihr Angebot mit einer Handbewegung ab. „Ich meine die da." Er zeigte mit dem Finger auf seine Auserwählte.

„Feline?", staunten seine Verehrerinnen im Chor. So sehr sie sich an ihre hässliche Freundin gewöhnt hatten, wäre keines der Mädchen auf die Idee gekommen, dass sich auch nur *ein* Junge für sie interessieren würde. Und erst recht nicht Cedric.

Feline blickte Cedric fragend an.

„Ja, genau!“ Cedric nickte lächelnd. „Dich meine ich. Kannst du Fußball spielen?“

Die enttäuschten Seufzer ihrer Freundinnen, denen Feline gerne den Vortritt gelassen hätte, waren nicht zu überhören. Sie verstand den Wirbel nicht, der um so einen Idioten und obendrein Angeber erster Klasse gemacht wurde.

Selbstverständlich hatte Feline noch nie Fußball gespielt, aber sie gab sich keine Blöße.

„Ja, klar kann ich Fußball spielen“, antwortete sie selbstsicher. „Aber ich habe keine Lust.“

„Na, komm schon. Ich kann dir sicherlich noch etwas beibringen“, prahlte Cedric und winkte sie zu sich.

„Na los, geh schon!“, flüsterten die Mädchen hinter ihr und drängten sie in seine Richtung. Aber Feline blieb stehen. Idiot, dachte sie, nun versucht er, mich auf diese Weise bloßzustellen.

„Wie willst du mir etwas beibringen?“, rief sie spöttisch zurück. „Du kannst doch selber kaum spielen.“

Beeindruckt von Felines Schlagfertigkeit und gleichzeitig perplex über ihren Leichtsinn, Cedric einen Korb zu geben, stießen die Mädchen ein langes „Uuuhhh“ aus.

Cedric schmunzelte. Felines Konter gefiel ihm. Amüsiert und betont großkotzig fuhr er fort.

„Ach, meinst du, ja? Wenn du dich traust, dann komm her und ich beweise dir, wer hier Fußball spielen kann. Und ich wette, du hast noch nie gegen einen Ball getreten, Kleine.“

„Uuuhhh!“, riefen diesmal die Jungs beeindruckt und schlugen sich auf Cedrics Seite.

Mit festen Schritten ging Feline schnurstracks auf Cedric zu. Sie hatte ihm wegen ihrer Freundinnen so oft beim Fußball spielen zusehen müssen, und so schwer schien ihr das gar nicht zu sein. Dem würde sie es zeigen.

Neugierig und voller Anspannung kesselten die Jungs und Mädchen die beiden Kontrahenten ein.

„Also, das ist ein Ball“, alberte Cedric herum und hielt ihr den Ball vor die Nase. Die Meute von Jungs lachte lauthals los. „Wir nennen ihn auch manchmal Pille, Kirsche, Leder …“

Unbeeindruckt schaute Feline ihn mit verschränkten Armen an.

„Willst du hier Geschichten erzählen oder Fußball spielen?“, unterbrach sie ihn lässig. „Nun gib ihn schon her.“

„Hier hat es wohl jemand eilig zu verlieren“, er schaute kurz über die Schulter zu seinen Kumpels, die ihm grinsend zustimmten. „Also gut, hier die Regeln: Wir spielen eins gegen eins. Du bekommst als erste den Ball und versuchst, mich auszudribbeln. Wenn du es schaffst, an mir vorbeizukommen …“, dabei lachte er sich kurz ins Fäustchen, „dann gibt's einen Punkt für dich. Das machen wir im Wechsel, bis einer – also ich – drei Punkte hat. Noch Fragen?“

Feline schüttelte den Kopf.

„Ach Kleine, noch etwas“, fügte Cedric scherzend hinzu, „du darfst den Ball nur mit den Füßen berühren. Die Hände behältst du schön bei dir.“

Und wieder gluckerten die Jungs los und motivierten ihren Superstar. Unbeeindruckt von seinen Sticheleien schnappte sich Feline den Ball und ging einige Meter zurück.

„Du wirst schon sehen, wer hier die Kleine ist“, murmelte sie verbissen und legte sich den Ball vor den Fuß. Alle Augen waren auf sie gerichtet. Auch Bronco und seine Truppe wollten sich Felines große Blamage nicht entgehen lassen und grienten sie aus der ersten Reihe an. Niemand traute ihr auch nur einen Punkt zu.

Cedric stand lässig da und spielte durch vorgetäuschtes Gähnen den Gelangweilten. Und gerade als Feline von seinem Gehabe entnervt die Augen schloss, um sich für ihren ersten Angriff kurz zu sammeln, geschah wieder das Unerwartete: Wie neulich in Mrs Dwains Küche die Backideen, schwirrten ihr diesmal die Fußballtricks, die sie bei Cedric gesehen hatte, plötzlich durch den Kopf.

Und mit einem Mal rollte sie sich den Ball gekonnt auf den Spann und begann, ihn spielerisch hochzuhalten … dreimal … viermal … dann lief sie los. Den Ball meisterhaft vor sich herführend näherte sie sich Cedric, der wie alle anderen mit großen Augen dumm aus der Wäsche guckte. Feline täuschte kurz links an und machte einen blitzschnellen Schlenker nach rechts. Und eh sich Cedric versah, war Feline an ihm vorbeigezogen.

Niemand klatschte oder jubelte, den Zuschauern stand die Verblüffung ins Gesicht geschrieben. So leicht war es noch keinem von ihnen gelungen, Cedric auszudribbeln.

Lucy, Emma und Chloé feierten Felines Glanzleistung als erste und rissen lauthals die Arme hoch, gefolgt von den anderen Mädchen. Die Jungs hingegen kamen aus dem Staunen nicht heraus: Cedric lag 0:1 hinten!

Feline wunderte sich ebenfalls über ihre neugewonnenen Fußballkünste, die sich zweifelsohne sehen lassen konnten. Dafür, dass sie noch nie gegen einen Ball getreten hatte, war ihr das Austricksen bestens gelungen.

„Gut gemacht, Kleine“, gratulierte Cedric applaudierend. So peinlich ihm das auch war, reagierte er mit übertriebener Gelassenheit. „Aber damit du es weißt, ich wollte dir nur einen Vorsprung geben. So leicht wirst du keinen Punkt mehr machen. Jetzt bin ich an der Reihe, her mit dem Leder.“

Feline sagte nichts. Sie drückte ihm sichtlich vergnügt den Ball in die Hände und ging wieder auf ihren Platz zurück.

Cedric hielt den Ball mit dem Kopf hoch, dann abwechselnd rechts, links mit den Schultern, legte ihn sich mit der Brust vor und rannte los. Er versuchte es mit seinem Lieblingstrick: einem Lupfer! Dabei wollte er den Ball im hohen Bogen über sie heben, zügig an ihr vorbeilaufen und ihn hinter ihr wieder annehmen. Doch Feline durchkreuzte seinen Trick. Sie stieg mit einem kräftigen Sprung elegant in die Luft, höher als er es je schaffen würde, und köpfte den Ball weit aus dem Schülerkessel hinaus. Cedric war an ihr vorbeigelaufen und ging hinter ihr leer aus. Die Hände auf die Hüften gestützt starrte er dem Ball fassungslos hinterher.

Während Feline von ihren Freundinnen erneut bejubelt wurde, schlenderte Cedric unter den mitleidigen Blicken seiner Mitschüler kommentarlos zurück. Er ärgerte sich darüber, den Ball nicht höher gelupft zu haben. So ein dummer Patzer!

Den Balljungen spielte Alfred, ein schmächtiger Zweitklässler. Er war sogleich losgelaufen, um den Ball zu holen, und überreichte ihn Feline keuchend. Er konnte kaum abwarten, dass es weiterging. Noch nie war ein Duell auf dem Schulhof so spannend gewesen, vor allem nicht, wenn ein Mädchen mitgespielt hatte.

Kaum brachte sich Cedric wieder in die Abwehrposition, legte Feline ein grandioses Dribbling hin … tänzelnd … sich drehend … und immer schneller werdend. Irritiert von ihren schnellen Bewegungen nahm Cedric den Ball erst dann wieder wahr, als er ihm durch seine Beine rollte. Feline hatte ihn getunnelt!? Sie sprintete an ihm vorbei und eroberte den Ball. Feline führte 2:0!

Es war unglaublich, die Schülermenge tobte. Diesmal klatschten sogar einige Jungen aus der vierten Klasse. Das sollte schon was heißen.

„Ähm, ich danke dir für den Vorsprung, aber du solltest langsam anfangen zu spielen“, witzelte Feline und passte ihm den Ball zu. „Sonst wird das hier peinlich für dich.“

„Anfängerglück!“, antwortete Cedric selbstherrlich und ließ sich nicht unterkriegen. „Auch ein blindes Huhn findet mal ein Korn. Das kommt schon mal vor. Aber freu dich nicht zu früh, das Spiel ist noch nicht vorbei.“

Cedric musste sich alle Mühe geben, sich den Jubelschreien seiner Mitschüler nicht anzuschließen. Er war überwältigt von Felines spielerischer Klasse. Woher konnte sie nur so gut kicken? Noch nie war es einem Mädchen gelungen, ihn auszutricksen.

Kinderleicht gelang es Feline, auch Cedrics nächsten Angriff zu vereiteln. Sie lief aus ihrer Deckung heraus, rutschte über den Boden und grätschte elegant in ihn hinein. Ohne ihn zu berühren eroberte sie den Ball.

Und wieder war das Publikum außer sich vor Freude, aber diesmal grölten die Jungs am lautesten.

„Er ist hier“, flachste Feline, während Cedric sich nach dem Ball umschaute. Sie jonglierte den drehenden Ball auf ihrem Zeigefinger. „Du musst dir schon Mühe geben, Cedric. Nur noch einen Punkt und ich gewinne. Ich wette, damit hast du nicht gerechnet.“

Cedric war von Felines Sprücheklopferei, was für gewöhnlich zu seiner Masche gehörte, so sehr amüsiert, dass er sich nicht einmal mehr über sein miserables Spiel ärgern konnte. Sie hatte jedes Recht, sich über ihn lustig zu machen.

Auf das Schlimmste gefasst – eine 3:0-Klatsche gegen ein Mädchen – eilte Cedric auf seinen Platz zurück. Die Schüler warteten gespannt auf Felines letzten Trick. Niemand sagte auch nur ein Wort.

Feline blickte entschlossen zu Cedric und rannte los. Er wollte nichts unversucht lassen und startete eine Grätsche, um ebenfalls an den Ball zu kommen. Doch Feline kickte den Ball mit einem Hackentrick in die Luft, übersprang Cedric, der schon fast liegend über den Boden angerutscht kam, und nahm den Ball auf der anderen Seite wieder an. Cedric schlitterte ins Leere und sie gewann das Fußballduell 3:0.

Die Zuschauer waren außer sich. Feline hatte das Unmögliche möglich gemacht: Der seit vier Jahren unangefochtene Fußball-Champion war geschlagen!

Zufrieden schlenderte Feline zu Cedric, der alle Viere von sich gestreckt auf dem Boden lag. Sie beugte sich über ihn.

„Weißt du was?“, sagte sie vergnügt. „Das wäre alles nicht passiert, wenn du mich nicht *Kleine* genannt hättest.“

Sie zwinkerte ihm zu und verließ das Spielfeld, während sie sich ihren Weg durch die applaudierende Schülermenge bahnte.

Den restlichen Tag schwärmte die ganze Schule lauthals von Felines unglaublichen Fußballkünsten, die auch Minna zu Ohren kamen.

„Wie hast du es geschafft, Cedric beim Fußball zu schlagen?“, forschte Minna skeptisch nach, als sie nach der Schule zusammen nach Hause gingen. „Jeder hier weiß, dass er der beste Spieler ist. Du hast doch nicht etwa gewünscht?“

„Das war nicht nötig“, antwortete Feline prahlerisch. „Ich habe das ohne meine Wunschkräfte geschafft. Irgendwie konnte ich plötzlich Fußball spielen. Ich hatte ihm schon oft beim Spielen zugesehen und heute habe ich einfach alles nachgemacht, woran ich mich erinnerte. Ich habe ihn also mit seinen eigenen Tricks geschlagen.“

Sie machten einen Schlenker durch den Potpourri-Garden, der im Frühling berühmt für seine Tulpenmagnolienbäume war. Die hellrosafarbenen Blüten sahen aus wie tausende von Schmetterlingen, die auf den Ästen saßen. Feline war entzückt, der Anblick erinnerte sie an Fantasia. Sie seufzte wehmütig.

„Was ist mit dir?", fragte Minna. „Woran denkst du?"

„In drei Monden ist es so weit", murmelte Feline, „dann kehre ich zurück nach Fantasia. Ich freue mich wirklich sehr darauf, meine Familie wiederzusehen, aber ich werde dich und meine Freunde schrecklich vermissen, das weiß ich ganz gewiss."

Erschrocken und überrascht zugleich ertappte sich Feline dabei, dass sie an Cedric dachte.

„Ach, meine Prinzessin." Minna legte aufmunternd den Arm um ihre Schulter. „Mach dir darüber mal keine Sorgen, wir werden das schon irgendwie klären. Du kannst doch Fee Ada und Fee Lesia darum bitten, uns auf der Erde besuchen zu dürfen. Sie werden es dir sicherlich erlauben."

„Ähm … du meinst meine Mutter", korrigierte Feline leicht irritiert. „Warum sollte ich die Feen um Erlaubnis bitten? Meine Mutter Prinzessin Orelia wird darüber entscheiden."

„Na…natürlich, deine Mutter ", stotterte Minna verlegen. „Du bittest deine Mutter um Erlaubnis."

Minna war entsetzt. Wie konnte sie nur so unüberlegt daherreden? Sie hatte bisher bewusst vermieden, über Prinzessin Orelia zu sprechen, um Feline nicht immer wieder aufs Neue anlügen zu müssen.

„Du hast Recht", antwortete Feline zuversichtlich. „Meine Mutter wird es mir sicherlich erlauben. Warum denn auch nicht, schließlich war es ihre Idee gewesen, mich auf die Erde zu schicken."

Minna spürte eine Beklommenheit, die ihr die Kehle zuschnürte. Und je näher der Tag rückte, an dem Feline erfahren würde, was mit ihrer Mutter und ihren Geschwistern geschehen war, wurde dieses Gefühl stärker. Aber wie immer ließ sich Minna nichts anmerken und wechselte rasch das Thema.

„So, jetzt erzähl mir mal", sagte sie neugierig und mit vorgetäuschter guter Laune, „wie hat Cedric reagiert?"

„Du hättest es sehen müssen", strahlte Feline wieder sorglos. „Er hat so hilflos ausgesehen, manchmal wusste er nicht einmal, wo der Ball war. Ehrlich gesagt, hat er mir sogar ein bisschen leid getan. Er hätte mich lieber nicht herausfordern sollen. Das hat er nun davon."

„Cedric hat dich herausgefordert?", fragte Minna überrascht. „Das ist mir ja ganz neu, dass Cedric gegen Mädchen Fußball spielt. Für gewöhnlich ignoriert er sie. Interessant."

Feline schaute sie fragend an.

„Was? Was ist so interessant?"

„Ach nichts", sagte Minna neckisch. „Ich frage mich nur, warum er unbedingt gegen dich spielen wollte? Der muss dich ja wirklich gernhaben."

„Gernhaben?", schoss es empört aus Feline heraus. „Cedric ist ein Egomane, er hat nur sich selbst gern, glaube mir. Er wollte mich nur blamieren, so wie er es versucht hatte, als er Bronco auf mich hetzte. Er ist einfach ein Idiot, das ist alles."

Doch Minnas wahnwitzige Anmerkung brachte Feline ordentlich ins Grübeln. Cedric konnte sie doch unmöglich „gernhaben". Wie konnte Minna nur so etwas denken? Er hatte nichts anderes gewollt, als sie vor der ganzen Schule bloßzustellen. Oder?

In Gedanken versunken schlenderten Minna und Feline stillschweigend nach Hause.

Die metallische Stimme

In dieser Nacht lag Minna schlaflos und tief betrübt in ihrem Bett. Das Gespräch mit Feline ging ihr einfach nicht aus dem Kopf. Wie oft hatte sie sich, vom schlechten Gewissen geplagt, vorgenommen, Feline alles über den Tod ihrer Mutter und ihrer Geschwister zu erzählen – um sie endlich trösten zu dürfen, um sie fest in ihre Arme zu schließen und ihr dann sagen zu können, wie sehr sie mit ihr trauerte. Aber sie durfte – Ada hatte sie strikt davor gewarnt – Felines Verwandlung nicht gefährden. Sie musste also warten und war entschlossen, Ada bei ihrem nächsten Treffen nahezulegen, Feline die schreckliche Nachricht selbst zu übermitteln, – auch wenn sie sich davor fürchtete, dass Feline ihr die Unaufrichtigkeit niemals verzeihen würde. Aber Minna wollte für sie da sein in ihrer schwersten Stunde. Alles andere wäre falsch und feige gewesen!

Am nächsten Tag, nach sich quälend hinziehenden Unterrichtsstunden, trat Minna, noch müde von der vergangenen Nacht, den Pausenhofdienst an. Keine leichte Aufgabe. Zumal die Schüler ihr irgendwie wilder und unruhiger vorkamen als sonst. Ständig wurde sie angerempelt und das ohrenbetäubende Gekreische brachte sie an den Rand eines Hörsturzes.

Am meisten strapazierte Bronco ihre Nerven, der nach seiner Niederlage gegen Feline langsam wieder zu alter Form zurückfand. Er hörte trotz mehrmaliger Ermahnungen nicht auf, seinen „Charme“ zu versprühen. Das Opfer war diesmal Alfred, der schmächtige Balljunge. Er war so dünn, dass er gerade mal ein Fünftel von Bronco hergab und nicht einmal im Traum wagen würde, sich mit ihm anzulegen. Bronco hatte ihn mit einem

Springseil umwickelt und versuchte, ihn wie einen Kreisel zum Drehen zu bringen.

„Bronco, wie oft soll ich dir noch sagen, dass du Alfred in Ruhe lassen sollst“, ermahnte Minna ihn mit strenger Stimme, während sie Alfred aus dem Strick befreite. „Beim nächsten Mal gibt's Strafarbeiten. Hast du mich verstanden?“

„Aber Miss Dwain, boah, ich habe doch nichts gemacht, der hat mich pro...pro...viziert.“

„Pro-vo-ziert. Und das soll ich dir glauben?“ Minna schaute ihn erzürnt an. „Wenn du mich noch einmal anlügst, dann kannst du bis zum Jahresende nachsitzen.“

„Äh, das ist nicht fair“, protestierte Bronco jammernd. „Immer krieg ich alles ...“

Bronco erstarrte plötzlich. So wie er war. Mitten im Satz.

„Bronco?“ Minna runzelte die Stirn und stupste ihn leicht an. „Broncooo?“

Aber Bronco reagierte nicht. Wie eine Puppe stand er leblos vor ihr und starrte sie mit offenem Mund an. Minna bekam eine Gänsehaut, als sie die Stille wahrnahm, die sie plötzlich umgab. Schaudernd ließ sie ihre Augen über den Schulhof gleiten. Der Anblick raubte ihr den Atem: Die gesamte Schülerschaft war wie eingefroren! Keiner bewegte sich mehr. Als hätte jemand auf die „Pausetaste“ gedrückt und sie angehalten. Auch Feline, die augenscheinlich im Begriff war, ihren Freundinnen gestikulierend etwas zu erzählen, stand die Arme in die Luft gestreckt wie versteinert da. Minna fröstelte.

„Was ist hier los?“, murmelte sie besorgt, während sie sich durch die erstarrte Schülermenge bewegte.

„Hallo, Menschling!“ Eine ihr bekannte Stimme tauchte wie aus dem Nichts auf.

Minna erkannte sofort Lesias scharfen Ton und fühlte sich schlagartig erleichtert. Ihr Puls raste nun vor Freude. Sie blickte sich nervös um, konnte Lesia aber nicht entdecken.

„Fee Lesia! W…wo sind Sie?“, stotterte sie verwundert. „Warum kann ich Sie nicht sehen?“

Lesias Stimme lachte vergnügt. „In gewisser Weise bin ich in deinem Kopf“, antwortete sie. „Wir Feen besitzen die Fähigkeit, bei Menschlingen den Echo-Transportatis-Wunsch anzuwenden. Wir können jederzeit auf Entfernung mit euch kommunizieren und das ganz ohne Telefon. Mit dem Effekt, dass alles drumherum zum Stillstand kommt.“

„Ich bin so froh, dass Sie sich melden“, ergriff Minna das Wort. „Ich muss mit Ihnen über Feline reden … äh, ich meine Prinzessin Ferbeljulinda. Ich mache mir Sorgen …“

„Das werden wir, Menschling“, unterbrach Lesia sie verständnisvoll. „Aber nicht jetzt. Komme heute Nacht in den Cherry-Tree-Garden. Dort werde ich auf dich warten. Wir müssen einen kleinen Ausflug nach Fantasia machen. Aber komme allein, die Prinzessin darf von diesem Treffen nichts erfahren.“

„Ich werde kommen“, stimmte Minna mit einem Kopfnicken zu und fast im gleichen Augenblick lösten sich alle Schüler aus ihrer Starre. Ein ohrenbetäubender Lärm erfüllte wieder den Schulhof. Sie machten alle dort weiter, wo sie angehalten worden waren. Und niemand konnte sich an irgendetwas erinnern. Nur Bronco war leicht irritiert darüber, dass seine Lehrerin, die gerade noch vor ihm gestanden hatte, verschwunden war, als hätte sie sich in Luft aufgelöst. Aber wie alles andere hinterfragte sein Moskitohirn auch das nicht. Hauptsache, sie war weg und ersparte ihm den Ärger.

Minna stand mit rasendem Herzen und einem freudestrahlenden Gesicht mitten auf dem Pausenhof. Sie war wie ausgewechselt, für einen Moment spürte sie weder Kummer noch Müdigkeit. Noch heute Nacht würde sie wieder nach Fantasia gehen! Die aufkommende Freude raubte ihr fast den Atem.

Minna brachte Feline nach der Schule zu ihren Eltern und flunkerte ihnen von einem Klassentreffen vor, das ihre ehemaligen Mitschüler spontan auf die Beine gestellt hätten. Feline freute sich auf die Dwains, die sie seit ihrer Einschulung nur noch selten besuchen konnte. Auch die Dwains waren glücklich über das außerplanmäßige Wiedersehen.

Als Minna am Abend ohne Feline in ihre Wohnung zurückkehrte, bereitete sie sich auf das langersehnte Feenabenteuer vor. Als erstes holte sie ihren dicken Wintermantel mit der pelzigen Kapuze, der sogar für eine Nordpolexpedition geeignet gewesen wäre, aus dem Kleiderschrank. Sie hatte die bittere Kälte des Lebenswaldes nicht vergessen. Dann stieg sie in ihre Gummistiefel, um besser durch den Matsch stapfen zu können, packte Adas Umhang in ihre Umhängetasche und machte sich im Eiltempo zum Treffpunkt auf.

Im Park war es ungewöhnlich dunkel. Die Baumwipfel waren wie Flechten zusammengewachsen und überdeckten den gesamten Park; auch die Laternen waren ausgeknipst. Das war eindeutig Lesias Werk. Minna tastete sich im schwachen Mondlicht langsam auf dem Fußweg vor, der sie geradewegs immer tiefer in den Park hineinführte. Nicht in allzu weiter Ferne entdeckte sie schließlich eine dunkle, in einen Umhang gehüllte Gestalt.

„Da ist sie“, flüsterte Minna nervös und legte einen Schritt zu. Doch als sie näher kam, entdeckte sie am Wegesrand noch jemanden. Sie blieb ruckartig stehen. Was ging da vor? Rechts und links tauchten weitere düstere Schatten auf, die sich alle in ihre Richtung bewegten. Minna starb tausend Tode. Sie verharrte wie angewurzelt, während die dunklen Gestalten sie einkesselten. Der Kreis zog sich wie eine Schlinge immer enger zusammen. Alles in Minna verkrampfte sich, sie konnte kaum noch atmen, geschweige denn einen Hilfeschrei ausstoßen. Und weil sie keinen Ausweg sah, kniff sie panisch die Augen zusammen und erwartete das Schlimmste ...

Aber es passierte nichts. Angespannt zählte Minna innerlich bis zehn, dann traute sie sich vorsichtig zu blinzeln.

„Fee Lesia!!!“, kreischte sie erleichtert, als sie Lesia erblickte, die direkt vor ihr stand und sie anlächelte. „Ich hatte schon die Befürchtung, von blutrünstigen Vampir-Feen überfallen zu werden.“

„Du bist mutiger, als ich dachte, Menschling!“, sagte Lesia beeindruckt von ihrer Kühnheit. „Die meisten deiner Spezies wären schreiend davongelaufen.“

„Ja!“ – „Ja, genau!“ – „Mutig, mutig“, flüsterten die dunklen Gestalten unter ihren Umhängen. Sie standen immer noch im Kreis um sie herum.

„Ich möchte dir meine Schwestern vorstellen“, verkündete Lesia und zeigte auf die Feen, die nacheinander ihre Kapuzen in den Nacken fallen ließen. Minna erschrak. Sie stand mitten in einem Zirkel von Greisinnen, die sie mit bleichen Gesichtern und einigen Zahnlücken wie Honigkuchenpferde anstrahlten. Lesia führte sie zu den Drillingen mit den grauen Lockenköpfen.

„Das sind die Feen Sila, Silah und Silahr. Weil ihre Namen des öfteren für Verwirrung gesorgt haben, nennen wir sie einfach erster, zweiter und dritter Drilling. Äußerlich kannst du sie nur durch ihre Muttermale unterscheiden, die sich bei jeder an einer anderen Stelle im Gesicht befinden.“

Sie bewegten sich weiter in der Runde.

„Vor dir steht Fee Pahlya. Lass dich nicht von ihrem netten Lächeln täuschen, sie ist die Skeptische von uns. Für gewöhnlich schaut sie grimmig drein und hat an allem etwas auszusetzen. Aber gerade freut sie sich sehr, dich, den reinen Menschling zu treffen."

Sie wandten sich Bambeli zu. Doch ehe Lesia sie vorstellen konnte, schmiss sich die kleine, füllige Fee um Minnas Hals.

„Ich danke dir für dein Kommen!", prustete sie heraus. „Ach, was habe ich mir Sorgen gemacht, dass du den Weg hierher nicht finden könntest oder dass du es dir anders überlegst. Aber du bist gekommen. Danke!"

Rasch schritt Lesia ein. „Ihr werdet sie noch erdrücken, bevor wir einen Fuß nach Fantasia gesetzt haben", ächzte sie, während sie Minna aus Bambelis Fängen befreite.

„Sie müssen mir nicht danken", nuschelte Minna, die sich nach dem liebevollen Überfall Haare und Kleidung wieder herrichtete. „Ich bin nun mal der reine Menschling."

„Das ist übrigens Fee Bambeli, die Jüngste im Bunde", meldete sich Lesia wieder zu Wort. „Wie du miterleben durftest, ist sie sehr ungestüm und ungeduldig. Ganz im Gegensatz zu Fee Ferula."

Lesia geleitete Minna weiter zu der ältesten Fee.

„Sie ist die Weiseste von uns", fuhr Lesia fort. „Sie ist sehr besonnen und unsere Ratgeberin in allen Lebenslagen."

„Es ist mir eine Ehre, dich kennenzulernen, Minna", sagte Ferula mit rauer Stimme und schaute sie sanftmütig an. „Lesia hat gar nicht erwähnt, was für ein hübscher und junger Menschling du bist."

Minna schaute sie geschmeichelt an. „Danke! Sehr freundlich. Sagen Sie das mal meiner Mutter", witzelte sie verlegen.

„Den Kreis schließt Fee Poktah", sagte Lesia und führte Minna zu ihr. „Sie kann sekundenschnell Gefahren abschätzen. Wundere dich nicht über ihre kühle und distanzierte Art Fremden gegenüber. Gib ihr noch ein wenig Zeit, bis sie sich an dich gewöhnt hat."

Lesia wandte sich nun wieder Minna zu.

„Ich habe dich gerufen, Menschling, weil meine Schwestern deine Hilfe brauchen", sagte sie mit ernstem Blick. „Sie müssen noch heute Nacht nach Fantasia, wo sie hingehören."

Minna riss verdutzt die Augen auf.

„Hei...heißt das, ich muss mi...mit allen zusammenprallen?", stammelte sie zaghaft und dachte an die zahlreichen Knochenbrüche, die sie womöglich erleiden würde. „Und Sie sind sich sicher, dass ich das überleben werde?"

Davon war Lesia überzeugt und nickte bedächtig, aber sie war nicht sicher, ob die Feen Minnas Tollpatschigkeit überleben würden. Sie schmunzelte.

Nach einer kurzen Bedenkzeit erklärte Minna sich bereit. „Also gut, ich mache es! Aber unter einer Bedingung."

Reihum verschwand das Lächeln aus den Gesichtern der Feen und sie warfen sich besorgte Blicke zu.

„Pah ... eine Bedingung?", äußerte sich Lesia überrascht und kräuselte die Stirn. „Was für eine Bedingung?"

„Ich möchte erfahren, was hier vor sich geht", antwortete Minna selbstbewusst – sie saß ja am längeren Hebel. „Was haben Sie und Ihre Schwestern nur angestellt, dass Sie hier auf der Erde festsitzen und nicht ohne mich nach Fantasia zurückkehren können? Sie müssen mich schon einweihen, damit ich Ihnen helfe."

Aufgeregt zogen die Feen Lesia in ihre Mitte und eine heiße Diskussion entflammte. Von dem Getuschel verstand Minna kein Wort, aber sie wusste genau, dass die Feen regelrecht darauf brannten, nach Fantasia zurückzukehren, und sie mit allen Mitteln versuchten, Lesia zu überreden.

„Es ist entschieden", verkündete Lesia nach kurzer Zeit und streckte ihren Kopf aus der Schar hervor. „Du sollst alles erfahren."

Die Feen stellten sich wie Chorsängerinnen auf und begannen hitzig, eine Kurzversion zu erzählen … abwechselnd und sich gegenseitig ergänzend. Angefangen von der Schriftrolle, über ihre Verbannung bis hin zur Wiedervereinigung der Schwesternschaft der Wahrheit mit dem Ziel, den herrschenden, finsteren Feenkönig um jeden Preis vom Thron zu stoßen.

Minna hörte gefesselt zu. Es war das spannendste Märchen, das ihr je erzählt worden war, aber mit jedem Atemzug stieg ihre Sorge um Feline.

„Fantasia ist zu gefährlich für die Prinzessin", äußerte sich Minna beunruhigt, als die Feen zu Ende erzählt hatten und einige sich bereits mit Dehnübungen auf den Zusammenprall vorbereiteten. „Lasst sie bei mir auf der Erde, bis es vorbei ist, bis die Schriftrolle gefunden worden ist."

„So lange kann die Prinzessin nicht warten", erwiderte Lesia rasch und trat aus der Gruppe wieder hervor. „Sie muss nach ihrer Verwandlung nach Fantasia zurück. Ihre neuen Wunschkräfte werden unstillbar nach Lebensenergie verlangen, um sich entfalten zu können. Dafür reichen die Erdbäume beim besten Willen nicht aus. Sie braucht den Lebenswald. Außerdem wird der Drang, ihre neuen Kräfte auszuprobieren, ins Unermessliche steigen. Darum muss sie rasch unterrichtet werden und lernen, mit ihren Kräften umzugehen, bevor sie sich oder andere gefährdet."

Die Feen rumorten vor Ungeduld.

„Genug geredet" – „Zu viele Fragen", zischten der erste und der zweite Drilling dazwischen. „Wir müssen los."

Eilig packte Lesia Minna an den Schultern.

„Menschling, eines verspreche ich dir“, sagte sie mit durchdringendem Blick. „Ich werde Prinzessin Ferbeljulinda, solange ich lebe, beschützen. Ich werde nicht zulassen, dass der König ihr etwas zuleide tut. Aber wir haben jetzt keine Zeit, das zu besprechen – wir müssen uns auf Fantasia konzentrieren. Meine Schwestern haben viel zu lange gewartet. Es ist endlich an der Zeit, sie nach Hause zu bringen.“

Sie ließ von Minna ab und drehte sich schwungvoll zu ihren Schwestern.

„Wer will als Erste?“, fragte Lesia und versetzte damit alle in freudigen Aufruhr. Wie strebsame Schülerinnen, die zur Lösung einer Aufgabe an die Tafel drängten, streckten die Feen alle gleichzeitig die Hände in die Luft.

„Ich, ich“, rief Bambeli mit den Fingern schnipsend und hüpfte sogleich an den grummelnden Feen vorbei. „Ich bin die Ungeduldigste von uns allen, das wisst Ihr doch. Bitte habt Verständnis.“

Minna musste kurz schlucken, als das Schwergewicht sich bei ihr und Lesia einfand; Bambeli war mindestens doppelt so breit und dreimal so schwer wie sie.

„Also, hört mir gut zu“, sprach Lesia energisch. „Sobald Ihr im Lebenswald ankommt, lauft Ihr zu Eurem Baum.“ Dabei sah sie Bambeli an, die mit großen Augen und schnaufend zuhörte. „Dann tankt Ihr Eure Lebensenergie auf und kehrt wieder zurück auf die Erde, wie wir es besprochen haben. Es wird nicht leicht sein, Euch von Eurem Baum zu trennen, aber Ihr dürft Euch keinesfalls darin verlieren. Ihr müsst Fantasia heute Nacht wieder verlassen. Und nehmt Euch vor den Smorgas in Acht. Ada zufolge wimmelt es seit einiger Zeit im Lebenswald nur so von ihnen und es herrscht Ausgangssperre.“

„Was sind Smorgas?“, fragte Minna überrascht.

„Das sind Feen ohne Seele“, plauderte Bambeli los. „Der König setzt sie als Späher ein, die ihm alles aus dem Lebenswald berichten. Sie können aufrecht gehen, aber auch auf allen Vieren krabbeln. Du wirst nicht glauben, was für grässliche gelbe Augen sie haben und …“

„Ich denke, sie hat es verstanden“, ging Lesia dazwischen und wandte sich an Minna, ehe diese es sich anders überlegen konnte. „Vergiss, was sie gesagt hat. Sobald du in Fantasia bist, konzentriere dich genau auf diese Stelle hier.“ Sie stampfte mit dem Fuß auf den Boden. „Und du wirst sofort zurückkehren, ehe die Smorgas dich bemerken. Aber gib dir Mühe, sonst landest du irgendwo anders und wir stehen hier wie bestellt und nicht abgeholt.“

Minna nickte reflexartig und war in Gedanken noch bei den „gelben Augen“.

„Begebt Euch nun auf Eure Plätze“, forderte Lesia die beiden auf und lief zu den Feen hinüber. „Auf mein Zeichen geht es los.“

Sogleich gingen Bambeli und Minna auf Distanz.

„Du darfst dir keinen Patzer erlauben, Minna“, murmelte Minna nervös vor sich hin, während sie mit großen Schritten rückwärts ging. „Nicht vor dem Feenpublikum. Es gibt keinen Grund zur Aufregung, gaaanz ruhig. Vergiss nicht, du bist der reine Menschling. Du darfst nur nicht die Augen schließen. Das ist alles.“

Sie blieb stehen und schaute Bambeli an, die in der Ferne wie ein dicker Flummiball auf und ab wippte, als wäre sie allzeit bereit loszurollen.

Wie ein Blitz zuckte Lesias „Los!“ durch Minna und Bambeli, die sich wagemutig in Bewegung setzten. Mit jedem Schritt wurden sie schneller und Bambelis Schnauben immer lauter.

Lesia und ihre Schwestern fieberten mit. Angespannt und erwartungsvoll beobachteten sie, wie sich die beiden immer näher kamen. Nur noch wenige Sekunden … drei … die Feen zählten wie hypnotisiert mit … zwei … Minna legte einen Zahn zu … eins … Bambeli stieß einen Schrei aus … und … *rumms* … sie stießen krachend zusammen und fielen zu Boden. Ein lautes Raunen ging durch die Feenmenge.

„Alles ist gut, meine Schwestern", flüsterte Lesia und hoffte, überzeugend zu klingen. „Beim ersten Mal klappt es nie. Ich spreche aus Erfahrung. "

Wie zwei gefallene Boxer rappelten sich Minna und Bambeli auf und gingen angeschlagen auf ihre Plätze zurück. Aber so energisch sie auch erneut aufeinander zuliefen, beförderte sie der zweite Zusammenprall ebenfalls nicht nach Fantasia. Dieser sorgte nur für noch mehr Unruhe bei den Feen.

Lesia gab das dritte Startzeichen. Aber bereits nach den ersten Metern des zum Scheitern verurteilten neuen Versuches – Minna und Bambeli torkelten viel mehr, als dass sie geradeaus rannten – gaben die Feen kopfschüttelnd jegliche Hoffnung auf einen erlösenden Zusammenknall auf. Einige drehten ihnen den Rücken zu, um sich den niederschmetternden Anblick zu ersparen. Aber gerade jetzt, als sie es am allerwenigsten erwarteten, passierte es. Ein schwarzer Energieball blähte sich plötzlich zwischen Minna und Bambeli auf, in den sie … *blubb* … hineinrannten und wie im Nichts verschwanden.

„Ha, sie sind weg", hauchte Pahlya überrascht. „Es hat funktioniert." Mit verwunderten Gesichtern starrten die Feen entzückt ins Leere und begannen vergnügt zu kichern.

„Schsch, Ruhe, wir müssen abwarten", fispelte Lesia angespannt und ließ die Stelle, an der Minna wieder auftauchen müsste, nicht aus den Augen. „Erst wenn der reine Menschling zurückkommt, haben wir einen Grund zur Freude."

Die Feen rückten nervös zusammen und fassten sich an den Händen. Die Sekunden verstrichen im Schneckentempo. Als ihnen allen drohte, vor Anspannung in eine Starre zu fallen, tauchte Minna plötzlich wieder auf, und zwar genau an der Stelle, an der sie verschwunden war.

Jubelnd und mit ausgelassenen Luftsprüngen rannten die Feen gleichzeitig los und umschwärmten den reinen Menschling.

„Na, wer sagt's denn", krächzte Ferula stolz und schloss Minna fest in die Arme. „Wir werden alle nach Hause gehen."

„Ich wusste, dass du es schaffst" – „Ich auch" – „Und ich auch", schoss es nacheinander aus den Drillingen heraus, die vor Glück um die Wette strahlten.

„Beruhigt Euch!" Lesia kam aufgelöst dazu und pickte sich Minna aus der Menge heraus. „Du bist einfach fantastisch! Bravo."

„Ich hab's geschafft, Lesia", sagte Minna befreit. „Ich bin wieder hier. Es fühlt sich gut an. Lasst uns sofort weitermachen. Wer ist die nächste?", rief diesmal Minna und blickte in die vor Freude taumelnde Feenmenge.

„Ich", tönte Pahlya mit schriller Stimme und begab sich in Startposition. „Ich kann es kaum mehr abwarten."

Als sie auf Lesias Zeichen losrannten, war sich Minna ihrer Sache sicher. Wenige Sekunden später gelangte auch schon die zweite Fee nach Fantasia. Und Minna, die kurz danach wieder auftauchte, wurde von den Feen unter tobendem Beifall empfangen.

Unermüdlich beförderte Minna nach und nach alle Feen nach Fantasia, bis nur noch Lesia übrigblieb.

„Du musst nur noch mich nach Fantasia bringen", sagte Lesia. „Dann kannst du nach Hause gehen."

„Ich komme mit", erwiderte Minna überzeugt. „Ich muss mit Ada reden. Es ist wichtig."

Lesia beäugte sie verwundert. Minna wirkte irgendwie verändert, als wäre sie durch die Begegnung mit den Feen selbstbewusster geworden. Widerspruch war sinnlos. Lesia nickte und entfernte sich für den Anlauf …

Während Minna von Lesia durch den Lebenswald gezogen wurde, versuchte sie vergeblich, irgendetwas zu erkennen. Es war dunkel und vom Lichtkugelkäfer fehlte jede Spur. Aber es machte ihr nichts aus, ebensowenig wie die eisige Kälte, der sie in Gedanken die Zunge rausstreckte, während sie in ihren dicken Mantel eingemummelt war.

Als Lesia urplötzlich die Richtung änderte und sie in einen dicht bewachsenen Seitenpfad einbogen, wurde der Mantel allerdings schnell zum Verhängnis. Wie eine riesige Stoffklette blieb Minna ständig im Dickicht hängen. Also wünschte Lesia ihn kurzerhand weg und Minna kam nach einem beschwerlichen Weg schnaufend, zerzaust und ohne Mantel am anderen Ende des Pfades wieder heraus.

Sich an den Händen haltend gingen sie geräuschlos weiter. Lesia war ständig vor den Smorgas auf der Hut, die überall sein konnten. Entdeckt zu werden, wäre fatal gewesen. Erst als die Stille plötzlich durch ein leises Rauschen abgelöst wurde, atmete Lesia erleichtert auf.

„Das ist der Königinnen-Fluss“, flüsterte sie und legte einen Schritt zu. „An seinen Ufern sind wir vor den Smorgas sicher. Für gewöhnlich meiden sie diese Gegend, weil das Rauschen des Wassers sie nervös macht. Schau in den Horizont, dann kannst du ihn sehen.“ Tatsächlich, Minna entdeckte in der Ferne eine schwache, blauschimmernde Dunstschicht, die sich durch den Lebenswald zu schlängeln schien.

„Warum gehen wir zum Fluss?“, fragte sie keuchend und versuchte, Lesias Lauftempo mitzuhalten. „Treffen wir Ada nicht in ihrem Baum?"

„Wir haben uns am See verabredet. Es schadet nicht, die Treffpunkte zu wechseln. Wir müssen vorsichtig sein."

Den Rest der Strecke brachten sie fast im Spurt hinter sich. Minna kam mit letzter Puste am brausenden Fluss an, der sie sogleich in ihren Bann zog. Ein gewaltiger, wilder, fluoreszierender Wasserstrom bahnte sich seinen Weg durch den Lebenswald. Im glasklaren Wasser zogen in kurzen Abständen die buntesten Fischschwärme an ihnen vorbei, als blickten sie in ein beleuchtetes, gigantisches Aquarium.

„Er ist wunderschön!", schrie Minna überwältigt und konnte durch das ohrenbetäubende Getöse kaum ihre eigene Stimme hören.

Lesia nickte lächelnd und stellte sich ans Ufer. Sie blickte ungeduldig flussaufwärts, als hielte sie nach irgendetwas Ausschau. Gerade als etwas Dunkles, das aussah wie ein riesengroßes Laubblatt, an ihnen vorbeischwamm, beugte sich Lesia vor und hielt es mit aller Kraft an seinem langen Stiel fest.

„Das ist eine Taxiqualle", brüllte sie ächzend. „Wir stellen uns auf sie und im Nu sind wir am See."

Minna wusste nicht, ob sie Lesia durch den Wasserlärm richtig verstanden hatte, aber sie machte sicherheitshalber einen Schritt zurück. Sich auf einer wabbeligen Qualle vom wilden Wasser flussabwärts tragen lassen? Keine Chance!

„Ich werde sicherlich ertrinken!", brüllte Minna zurück und schüttelte den Kopf.

„Keine Sorge, wenn du ins Wasser fällst, tötet dich das Gift ihrer Tentakel, ehe du ertrinkst", witzelte Lesia, während sie sich anstrengte, die auf den Wellen hüpfende Taxiqualle zu bändigen.

„Nun komm schon, spring rauf. Ich kann sie nicht mehr lange halten, sie schwimmt uns gleich davon."

In der Hoffnung, dass Lesia sie weder ertrinken noch vergiften lassen würde, nahm Minna all ihren Mut zusammen, rückte ihre Umhängetasche zurecht und sprang mit gemischten Gefühlen auf den Rücken der Taxiqualle. Zu ihrer Überraschung fühlte sich die Qualle unter ihren Füßen ungewöhnlich fest an, als hätte sie sich vor Schreck zusammengezogen. Lesia folgte ihr. Die Taxiqualle gab sich mit ihren beiden Fahrgästen sogleich wieder der reißenden Strömung hin.

„Halte dich an ihrem Schwert fest", forderte Lesia Minna mit lauter Stimme auf und deutete auf den Stiel. „Damit spießt sie unter Wasser ihre Beute auf, aber über Wasser dient es uns als Ruder."

Fest im Stand konnte Minna, während die Gischt in feinen, fluoreszierenden Tröpfchen über ihr Gesicht sprühte, die wilde Fahrt genießen. Es war atemberaubend! Als würden sie auf fließendem Licht surfen, trug das hellblau leuchtende Wasser sie durch den dunklen Lebenswald.

Als Minna in der Ferne den See entdeckte, der sich am Ende des Flusses wie ein großes, schwarzes Becken ausbreitete, hatte sie Bedenken und Ängste längst über Bord geworfen. Sie blieb ebenso gelassen wie ihre Mitreisende.

Nach einer letzten, turbulenten Stromschnelle glitten sie schließlich in den ruhigen, schwarzen See hinein. Und plötzlich war es wieder dunkel und leise um sie herum … fast. Ein Schwarm von Parlak-Vögeln, aus deren Flügeln rosa glitzernder Staub herunterrieselte, flog just in diesem Augenblick über ihre Köpfe hinweg. Durch die Millionen von schimmernden Partikeln sah Minna alles wie durch einen rosafarbenen Schleier.

Sie drifteten eine Weile ruhig dahin, bis Adas Stimme sie unerwartet zusammenfahren ließ.

„Ihr seid spät dran“, fispelte sie vom Ufer herüber. „Wir müssen uns beeilen, kommt her und holt mich ab.“

Eilig sprang Ada mit einem Satz zu Lesia und Minna auf die Taxiqualle und übernahm das Ruder. Sie lenkte die Qualle weiter auf den See hinaus, während sie sich immerzu nervös umschaute.

Lesia und Minna beäugten sie die Fahrt über skeptisch von der Seite. Ada kam ihnen ängstlich vor, selbst das Plätschern des Wassers schreckte sie auf.

„Nun erzählt!“, flüsterte Lesia ungeduldig, als sie sich weit genug vom Ufer entfernt hatten und nun mitten auf dem See dahintrieben. „Warum hat Borgarus die Ausgangssperre verhängt?“

Ada wandte sich vom Ruder ab und schaute Lesia und Minna an. „Um uns vor dem Gorlock zu schützen“, antwortete sie verächtlich lachend.

Lesia stutzte. „Ist diese Kreatur denn nicht wieder in die Unterwelt abgetaucht?“, hauchte sie entsetzt.

„Doch, aber der König beschwört ihn immer wieder herauf. Niemand außer mir weiß, dass er sich nach Belieben vor den Silberspiegel stellt und das Tor zur Unterwelt öffnet. Für einen Tag versetzt der Gorlock die Feen in Angst und Schrecken, stillt seinen Hunger und verschwindet dann wieder.“

„Ich habe es Euch gesagt“, zischte Lesia beunruhigt, „dass er mit dem Mord an Prinzessin Orelia seine moralische Hemmschwelle überschritten hat und jetzt zu allem fähig ist. Dieser blutrünstige, alte Narr. Was führt er nur im Schilde?“

„Eines ist sicher“, erklärte Ada besorgt, „er schürt bewusst die Angst des Volkes. Die ständige Furcht, vom Gorlock gefressen zu werden, sitzt den Feen ohnehin schon im Nacken. Eltern verbieten ihren Kindern das Spielen im Lebenswald, und auch die Waldmärkte werden nicht mehr besucht, aus Angst, eine große Feenmenge würde die blutrünstige Kreatur anlocken. Also verhängte Borgarus die nächtliche Ausgangssperre – lauthals verkündend, dass er dies nur für das Wohl und die Sicherheit seines Volkes tut. Seither kriechen die Smorgas als Nachtwachen durch den Lebenswald und die Feen gehorchen ihrem König untertänigst und sind ihm ergebener denn je."

Lesia verzog verächtlich das Gesicht. „Weil sie in ihm ihren Beschützer sehen", schlussfolgerte sie mit trauriger Stimme. „Die Angst bindet die Feen noch stärker an ihren Herrscher. Pah, wenn das keine frustrierende Ironie ist!"

Lesia geriet ins Grübeln: Welchen besonderen Grund hatte Borgarus, dass er das Feenvolk noch stärker verängstigte? Um es zu kontrollieren? Um seine Macht zu verstärken?

Unverhofft rührte sich die Taxiqualle unter ihren Füßen, als würde sie langsam ungeduldig werden. Während Minna versuchte, dem leichten Wellengang mit rudernden Armen standzuhalten, schienen die Feen es nicht einmal zu spüren.

„Ich kann nicht länger die Hände in den Schoß legen und tatenlos zusehen", ergriff Ada flüsternd wieder das Wort. „Ich werde den Feenrat um eine Audienz bitten. Sie sollen erfahren, wie grausam Borgarus ist. Wenn wir noch länger warten, wird es zu spät für einen Aufstand sein."

„Seid nicht närrisch", schnitt Lesia ihr streng mit durchdringender Stimme das Wort ab. „Der Feenrat ist sicherlich ebenso verängstigt und ihm hörig wie das Volk. Ihr sagt kein Sterbenswörtchen."

Sie fasste Ada an den Schultern.

„Hört mir nun gut zu. Gerade in diesem Augenblick befinden sich die einst verbannten, mächtigen Feen Fantasias in ihren Bäumen. Sie sind dank des Menschlings in den Lebenswald zurückgekehrt und tanken ihre Lebensenergie auf. Es sind Widerstandskämpferinnen wie ich, die schon einmal Borgarus die Stirn geboten haben und es wieder tun werden. Aber sie brauchen Zeit, sie werden auf der Erde ihre Wunschkräfte trainieren müssen, bis sie wieder zu alter Stärke gefunden haben. Und diese Feen – dies kann ich Euch versichern – werden keine Angst vor Borgarus haben!"

Ada schaute sie beeindruckt an. Eine Widerstandskämpferin! Lesia wirkte plötzlich noch imposanter. Ein Hoffnungsschimmer keimte in Ada auf wie seit Monaten nicht mehr.

„Wie Ihr meint", flüsterte sie schließlich durchatmend. „Ich werde mich gedulden. Und ich gebe Euch mein Wort, dass ich Euch mit all meinen Wunschkräften unterstützen werde."

„So sagt mir dann, habt Ihr eine Ahnung, was Borgarus mit der Schriftrolle gemacht hat, die Ihr in Prinzessin Orelias Blitzer gesehen habt?"

Lesia hoffte auf einen Hinweis. Wie sollte sie ihren Schwestern sonst am Tag ihrer Rückkehr nach Fantasia erklären, dass ihr Plan, die Schriftrolle zu finden, im Wesentlichen daraus bestand, einfach auf gut Glück irgendwo zu suchen? Aber Ada schüttelte ratlos den Kopf.

In diesem Augenblick machte sich die Taxiqualle wieder bemerkbar. Mit ihren zahlreichen Tentakeln, die plötzlich aus dem Wasser hochschnellten und ungeduldig auf die Oberfläche klatschten, gab sie ihren Mitfahrerinnen zu verstehen, dass sie endlich weiterschwimmen wollte … alleine.

„Sie will uns loswerden", flüsterte Lesia, während sie Minna mit festem Griff vor dem Sturz ins Wasser bewahrte. „Das war eine

Warnung. Beim nächsten Mal buckelt sie uns ins Wasser. Wir müssen zurück zum Ufer."

„Bevor wir uns trennen", fispelte Ada in sanftem Ton und wandte sich an Minna, „erzähl mir, Minna, wie geht es Prinzessin Ferbeljulinda? Hält sie sich wacker auf der Erde?"

„Ähm … sie … sie ist wunderbar", stotterte Minna leicht irritiert. Obwohl sie die ganze Zeit darauf gewartet hatte, das Wort an Ada zu richten, war sie auf eine direkte Ansprache nicht gefasst. „Sie geht zur Schule und ist eine der beliebtesten Schülerinnen. Ihr müsstet sie sehen, wie tapfer sie ohne ihre Wunschkräfte auskommt. Sie lässt sich nicht unterkriegen."

„Oh, das glaube ich." Adas Augen füllten sich mit Tränen. „Die Prinzessin lässt sich nicht so schnell einschüchtern. Sie besitzt ein starkes Wesen – wie einst ihre Mutter."

„Fee Ada, ich habe eine dringende Bitte an Sie", flüsterte Minna mit ernster Stimme. „Lassen Sie *mich* der Prinzessin vom Tod ihrer Mutter und Geschwister erzählen. Ich möchte ihr zur Seite stehen können, wenn sie es erfährt. Auch wenn sie mich dafür hassen wird, dass ich es die ganze Zeit wusste."

Ada lächelte sie an.

„Du hast sie ins Herz geschlossen", flüsterte sie mitfühlend. „Das verstehe ich, aber sie sollte es erst erfahren, wenn sie wieder in Fantasia und in Sicherheit ist. Doch wenn du willst und die Gefahren auf dich nimmst, darfst du uns begleiten. Die Prinzessin wird dich sicherlich brauchen."

Minna war verwundert. Bisher war sie davon ausgegangen, dass die Feen ohne sie nach Fantasia zurückkehren würden. Adas Einladung veränderte nun alles!

„Wir müssen jetzt los!", meldete sich Lesia zu Wort und stellte sich ans Ruder. Während sie durch die Dunkelheit auf das Ufer zusteuerten, war Minna in Gedanken versunken. So gefahrenvoll es auch sein mochte, sie würde für Feline da sein … aber was würde dann aus ihrem Leben auf der Erde werden?

Die Taxiqualle spülte sie ans Ufer und tauchte plätschernd ab. Minna erinnerte sich an Adas Umhang, den sie schnell aus ihrer Tasche herausholte und ihr überreichte.

„Behalte ihn, du wirst ihn noch brauchen“, flüsterte Ada und verschwand in der Dunkelheit des Lebenswaldes. Minna legte sich den wärmenden Umhang um, warf die Kapuze über den Kopf und folgte Lesia. Nach einer Weile kamen sie an den alten Fichten an.

„Hier ist die Lebensenergie stark. Hier werden wir übertreten“, murmelte Lesia. „Heute in drei Monden, Menschling, wird sich die Prinzessin um Mitternacht verwandeln. Du wirst sie, ohne Zeit zu verlieren, in die alte Stadtbibliothek von Grindich bringen. Dort werden wir auf euch warten. Aber komme ja nicht auf die Idee, mich vorher dort aufzusuchen. Hörst du?“

Minna nickte.

„Dann verschwinden wir auf drei“, kündigte Lesia an. „Eins … zwei … drei.“

Lesia verschwand auf der Stelle … und Minna … Minna blieb im dunklen Lebenswald alleine zurück. Ihr war es nicht gelungen, sich so schnell auf einen Landeort auf der Erde zu konzentrieren. Sie versuchte es noch einmal, zweimal, aber je mehr sie sich anstrengte, umso mehr verschwammen ihre Gedanken. Minnas Herz schlug immer schneller und langsam wurde sie nervös. So oft sie es auch versuchte, sie kam einfach nicht von der Stelle.

Plötzlich hörte sie ein Rascheln … ganz in ihrer Nähe. Sie erstarrte. Mit weit aufgerissenen Augen stierte sie in die Dunkelheit.

„Wer seid Ihr?“, hauchte jemand mit metallischer Stimme.

Minna bekam schreckliche Angst. Regungslos stand sie da. Als dann zwei schlitzige, gelbe Augen kurz vor ihr aufleuchteten, gefror ihr das Blut in den Adern.

„Wer seid Ihr?", wiederholte das Ding und bewegte sich langsam auf sie zu. Reflexartig machte Minna einen Schritt nach hinten und stolperte dabei über einen Baumstumpf. Das Rascheln wurde lauter. Minna lag auf dem Rücken und versuchte, panisch strampelnd vor dem Ding zurückzuweichen. Doch seine grässlichen, gelben Augen kamen immer näher. Sie spürte bereits seinen heißen Atem, als sie ihre Arme schützend vors Gesicht hob und die Augen zusammenkniff. Dann herrschte Ruhe …

Minna blinzelte. Im gleichen Moment spürte sie den harten Straßenasphalt unter sich und die Anspannung wich aus ihrem Körper. Sie war wieder auf der Erde! Genau dort, wo sie schon das erste Mal mit Feline aufgetaucht war: vor dem Blumenladen. Weit und breit war niemand zu sehen. Sie blieb keuchend auf dem Rücken liegen und verharrte eine Weile. Erst als das Pochen in ihrer Brust leiser wurde, rappelte sie sich wieder auf die Beine und eilte mit wehendem Umhang nach Hause.

Der neue Freund

Noch Tage später lief es Minna kalt den Rücken herunter, wenn unversehens die metallische Stimme in ihrem Kopf erschallte. Sie konnte an nichts anderes mehr denken, als an die dunkle Kreatur mit den gelben Augen und dem heißen Atem. Sogar nachts schreckte sie schweißgebadet aus dem Schlaf. Sie war entdeckt worden, aber von wem? Von einem dieser Smorgas? Wie gerne hätte sie es Lesia erzählt. Aber die Fee hatte ihr verboten, sie in der alten Stadtbibliothek aufzusuchen. Es blieb Minna nichts anderes übrig als abzuwarten.

Feline bekam von Minnas innerer Unruhe nichts mit. Sie war voll und ganz mit einer einzigen Sache beschäftigt: Cedric! Er hatte sich seit seiner fußballerischen Blamage nicht mehr in der Schule blicken lassen. Bereits am ersten Tag seiner Abwesenheit kamen ihre Freundinnen, alle leicht in Panik versetzt, in der großen Pause zu einer Cedric-Konferenz zusammen.

„Womöglich ist es ihm noch peinlich“, sagte Lucy. „Schließlich hat ihn unsere Kleine ganz schön schlecht aussehen lassen.“

„Musstest du ihn unbedingt drei zu null schlagen?“, fragte Emma fast vorwurfsvoll und rückte ihre Kastenbrille zurecht. „Der Arme, ob er sehr leidet?“

„Und was ist, wenn er nie wieder zur Schule kommt?“, fügte Chloé entsetzt hinzu und sprach damit den Albtraum aller Mädchen aus.

„Nun beruhigt euch“, ging Feline dazwischen. „Keine Sorge, er wird schon kommen. Er ist nur ein schlechter Verlierer und ein Idiot, das ist alles.“

Feline blieb ruhig. Sie amüsierte sich sogar darüber, den Sprücheklopfer von seinem hohen Ross heruntergeholt zu haben. Aber als Cedric auch am nächsten Tag nicht in die Schule kam, verging ihr so langsam das Lachen. Und am darauffolgenden Morgen konnte sie nicht schnell genug in der Schule ankommen, um nach Cedric zu schauen, der aber wieder fehlte.

Die Schülerinnen aller Jahrgangsstufen durchlebten eine wahrhaft schwere Woche. Sie schlufften mit hängenden Schultern über die Gänge und in den Pausen vermissten sie es, Cedric dabei zuzusehen, wie er mit dem Ball über den Schulhof peste. Nur Feline ließ sich nichts anmerken, aber sie musste sich widerwillig eingestehen, dass die Schule nur noch halb so viel Spaß machte.

Bronco hingegen war der Spaß nicht vergangen. Er war seit Cedrics Abwesenheit zur Hochform aufgelaufen. Er pöbelte jeden an, der ihm in die Quere kam, aber am liebsten mobbte er Alfred.

Eines morgens vor Unterrichtsbeginn verschleppte Broncos Bande Alfred zu den Mülltonnen hinter dem Schulgebäude, wo kein Lehrer sie stören konnte. Feline hatte es zufällig gesehen, als ihre Blicke den Pausenhof nach Cedric absuchten, und eilte dem schmächtigen Zweitklässler zu Hilfe.

„He, lasst ihn in Ruhe“, rief sie und hielt Bronco, der Alfred bereits für eine Abreibung im Schwitzkasten hatte, in letzter Sekunde zurück. „Er hat euch nichts getan.“

„Boah, was willst du?“, knurrte Bronco augenrollend. „Das hier geht dich nichts an … zieh Leine!“

„Ja, genau, mach dich vom Acker“, pöbelte auch Tom sie an.

„Und wenn ich nicht gehe?“, schoss es übermütig aus Feline heraus. Sie ließ ihren Ranzen fallen und stützte ihre Hände auf die Hüften. „Was passiert dann?“

„Dann knallt's“, rief Tim und schaute Bronco erwartungsvoll an. „Aber diesmal richtig. Stimmt's?“

„Ähm, ähm, genau“, stotterte Bronco verunsichert und ließ langsam von Alfred ab, „dann knallt's, und wie.“

Ihm war bei dem Gedanken, wieder gegen Feline antreten zu müssen, nicht ganz geheuer. Schließlich besaß sie den härtesten Dickschädel, mit dem er es je zu tun gehabt hatte. Aber wenn er es sich recht überlegte – er hoffte sehr, sich nicht verrechnet zu haben – waren er und seine Freunde zu viert und Feline alleine. Sie hatte also keine Chance!

Mit neuem Mut und fies grinsend bewegte er sich, mit jedem

Schritt größer und breiter werdend, auf Feline zu. Tim, Tom und Darla folgten ihm, albern kichernd und laut auf Kaugummis schmatzend. Sie umzingelten Feline.

„Jetzt bist du dran“, nuschelte Bronco, während er seine Hände zu Fäusten ballte. „Du hättest deine dicke Nase nicht in unsere Angelegenheiten stecken sollen.“

Seine hohlköpfigen Freunde lachten lauthals los.

„Ha, dicke Nase … der war gut“, sagte Tim und reckte den Daumen hoch, während die anderen beiden heftig mit dem Kopf nickten.

Feline schaute sie gelassen an. Broncos engstehende und grimmig dreinblickende Augen hätten sie fast zum Lachen gebracht, aber sie riss sich zusammen und gab Alfred, den die Bande inzwischen vergessen hatte, mit einer Handbewegung zu verstehen, dass er verschwinden sollte.

Mit einem leisen „Danke, Feline“ machte Alfred sich auf seinen dünnen Stelzen aus dem Staub.

„Lasst ihn laufen“, befahl Bronco seinen Leuten, die sogleich bereit waren, ihn wieder einzufangen. „Den schnappen wir uns ein ander Mal. Jetzt kümmern wir uns um die Schreckschraube hier. Sooo, wo waren wir?“, er schaute wieder zu Feline und krempelte die Ärmel hoch. „Du Zwerg willst dich also mit mir anlegen?“

Bronco schubste Feline gegen Toms Brust, der sie von hinten an den Armen packte.

„Wenn ihr denkt, ich hätte Angst, dann irrt ihr euch“, sagte Feline furchtlos und machte keinerlei Anstalten, sich loszureißen. „Aber ihr Schwergewichte der Stumpfsinnigkeit seid es ja gewohnt, euch zu irren.“

Irritiert packte Bronco sie am Kragen. „Hast du uns gerade etwa beleidigt?“

Feline nickte lächelnd. Sie spürte ihr Herz schneller schlagen, als würde die Lebensenergie in ihr anfangen zu brodeln. Der Drang, ihre Wunschkräfte wieder einzusetzen, wuchs eh von Tag zu Tag. Sie würde Bronco und seine Trottelbande, die geistig nicht in der Lage waren, sie zu enttarnen, mit dem Stolperwunsch gleichzeitig und in sekundenschnelle zu Boden reißen. Und gerade als Feline daran dachte, dies auch zu tun … kam Alfred mit Verstärkung um die Ecke gerannt.

„He, Leute, was macht ihr da?“, rief Cedric, der nach einer Woche Abwesenheit endlich wieder auf der Bildfläche erschien.

Feline strahlte bis über beide Ohren. Cedric war gekommen, um sie zu retten! Sie war so glücklich, ihn wiederzusehen, dass sie weder an den Stolperwunsch dachte, noch kümmerte es sie, dass Bronco sie noch am Kragen festhielt.

„Äh, hi Cedric“, stotterte Bronco und ließ Feline langsam los. „Äh, nichts, wir wollten nur Gesichtsbara … äh, ich meine, Feline viel Spaß in der Schule wünschen. Also dann, man sieht sich.“

Gefolgt von seiner halbstarken Bagage machte Bronco mit gesenktem Blick einen großen Bogen um Cedric und ging zurück auf den Schulhof.

„Geht es dir gut, Feline?“ Alfred eilte zu Feline, die wie angewurzelt auf der Stelle verharrte und sich im Dahinschmelz-Modus befand. „Ich habe solche Angst gehabt, dass wir zu spät kommen.“

„Äh, das … das ist lieb von dir, Alfred“, stotterte Feline leicht irritiert und kam wieder zu sich. „Aber ich wäre schon alleine mit ihnen fertig geworden.“

„Ach ja?“, mischte sich Cedric ein und kam lächelnd auf sie zu. Feline war zuvor noch nie aufgefallen, dass er Grübchen hatte. Wie süß er aussieht, dachte sie überrascht und hatte das Gefühl, rot zu werden. „Es sah aber so aus, als hättest du in der Klemme gesteckt. Wie gut, dass Alfred mich geholt hat, sonst hätten sie dir noch wehgetan, Kleine."

Feline änderte rasch ihre Meinung: So süß war er doch nicht! Dieser Angeber.

„Für einen Idioten wie dich mag das so ausgesehen haben", antwortete sie patzig. „Aber glaube mir, ich hätte es auch ohne dich geschafft."

„Ah, ich merke schon", konterte Cedric mit einem selbstverliebten Grinsen, „du hast mich vermisst."

„Vermisst? Dich? Mit Sicherheit nicht!" Feline versuchte, so gelassen wie möglich zu klingen. „Pffff, mir ist nicht einmal aufgefallen, dass du weg warst."

Wie erleichtert war sie, als just in diesem Augenblick die Schulglocke zum Unterrichtsbeginn schrillte und sie aus der peinlichen Situation befreite. Alfred rannte sogleich los, um nicht zu spät in die Klasse zu kommen. Feline nahm ihren Ranzen und marschierte schnell an Cedric vorbei, der sich aber nicht abwimmeln ließ.

„Wo hast du eigentlich gelernt, so gut Fußball zu spielen?", rief er ihr hinterher. „Ich gratuliere, das war wirklich cool."

Feline wurde langsamer. Von wegen schlechter Verlierer, dachte sie beeindruckt und drehte sich um.

„Ich habe nun mal eine schnelle Auffassungsgabe, das ist alles", antwortete sie lächelnd rückwärts gehend. „Aber ich freue mich, dass es dir gefallen hat, gegen mich zu verlieren. Beim nächsten Mal gönne ich dir vielleicht einen Punkt."

„Wie wäre es heute nach der Schule im Stadtpark?", fragte Cedric, der ihr in Sachen Schlagfertigkeit in nichts nachstand.

Feline musste schlucken. Cedric wollte sie nach der Schule treffen! Hatte Minna Recht? Mochte Cedric sie etwa doch? Aber die wichtigere Frage war: Warum wurde sie plötzlich so nervös?

„Daraus wird nichts“, antwortete Feline witzelnd und überspielte ihre Aufregung. „Wer soll mich bejubeln, wenn ich gewonnen habe?“

Sie drehte sich rasch wieder um und eilte mit Herzklopfen ins Klassenzimmer.

Um Cedric war es längst geschehen. Er konnte seine Grippe, die ihn eine Woche lang von der Schule ferngehalten hatte, nicht schnell genug loswerden, um Feline wiederzusehen. Sie war das coolste Mädchen, das er kannte. Sie war schlagfertig, frech und hatte witzige Antworten auf Lager. Sie kreischte nicht wie andere Mädchen herum, rannte auch nicht ständig auf die Mädchentoilette, um sich im Spiegel zu betrachten, und konnte Fußball spielen. Was wollte ein Junge mehr?

Cedric ließ nicht locker. Er schlawenzelte in der Schule ständig um sie herum und startete schon bald einen zweiten Versuch.

„Also, was sagst du?“, fragte er ungeduldig, als er sich in der Pause zu Feline und seinem „Fanclub“ stellte. „Sollen wir uns nach der Schule im Park treffen?“

Wie auf Knopfdruck klappten alle Kinnladen herunter. Felines Freundinnen stand die Verblüffung ins Gesicht geschrieben. Als erste kam Lucy wieder zu sich. Sie stieß Feline mit dem Ellenbogen an und zischte aufgeregt:

„Cedric fragt dich, ob du ihn im Park treffen willst, und du überlegst noch?! Nun sag schon ja. Na los!“

Alle Blicke waren erwartungsvoll auf Feline gerichtet. Was sollte sie nur sagen? Eine typische Cedric-Stichelei, die sie mit Leichtigkeit gekontert hätte, wäre ihr lieber gewesen. Aber seine seltsam freundliche Art, die er neuerdings an den Tag legte, brachte Feline in Verlegenheit. In ihrer Aufregung fiel ihr nichts besseres ein, als die Schulglocke zu verwünschen und das Ende der Pause einzuläuten.

Und das machte sie sich zur Gewohnheit. Immer wenn Cedric sie nach einem Treffen fragte, schrillte die Schulglocke. Für eine kurze Zeit herrschte dann ein kleines bisschen Chaos. Mehr als zweihundertvierzig Schulkinder trabten in Reih und Glied in das Schulgebäude hinein und rannten noch schneller wieder hinaus, wenn es hieß: Fehlalarm. Und jedes Mal eilte Mr Dreed, der in die Jahre gekommene Hausmeister, mit Leiter und Werkzeugkasten herbei, um die nicht defekte Klingel zu reparieren. Selbstverständlich ahnte niemand, dass Feline hinter dem Klingel-Tohuwabohu steckte. Außer Minna, die ihre kleine Fee nach einem erneuten Chaos zu sich ins Klassenzimmer dirigierte, um sie unter vier Augen zu ermahnen.

Seit Cedric Feline den Hof machte, verschlechterte sich Broncos Laune von Tag zu Tag. Er vermisste die alten Zeiten, in denen Cedric ihm seine Opfer aussuchte und er sie vermöbeln durfte. Wieviel Spaß er doch beim Punching-Ball, beim Kreiselspiel oder beim einfachen Herumschubsen gehabt hatte. Jetzt verbot Cedric ihm und seiner Bande all dies, nur um Feline zu gefallen. Die Schreckschraube hatte sich einfach so zwischen sie beide gedrängt und ihre Freundschaft zerstört. Wie sehr Bronco darunter litt, schien niemanden zu interessieren … außer Mr Smees, dem dies sogar sehr gelegen kam. Denn Broncos wachsender Unmut war die Lösung für sein Problem. Er sah endlich die Zeit gekommen, um etwas gegen Miss Dwain zu unternehmen. Mit einer Idee, die ihm zum Titel des Lieblingslehrers verhelfen und den dummen Jungen von seiner trüben Stimmung befreien sollte, näherte er sich im Pausendienst seinem neuen Komplizen.

„Warum spielst du nicht mit deinen Freunden, Bronco?“, fragte Mr Smees heuchlerisch. „Schau doch, alle haben Spaß, nur du nicht.“

„Ist mir egal“, brummte Bronco leicht entnervt, ein Lehrer fehlte ihm gerade noch. „Ich langweile mich eben.“

„Liegt es daran, dass dein Freund Cedric dir den Rücken gekehrt hat?“, fragte Mr Smees, den Finger in die Wunde drückend. „Früher habt ihr alles zusammen gemacht. Und jetzt verbringt er nur noch Zeit mit Feline. Da, sieh hin. Er ist ständig in ihrer Nähe.“

Bronco schaute grimmig zu ihnen hinüber.

„Ich kann verstehen, dass du wütend bist“, fuhr Mr Smees mit vorgespieltem Mitgefühl fort. „Es ist bestimmt nicht leicht, seinen Freund zu verlieren. Und wer ist Schuld daran?“

„Feline!“, prustete Bronco wie aus der Kanone geschossen heraus. „Sie hat ihn so gemacht, wie er jetzt ist. Ich wünschte, es wäre alles wie früher, bevor die hässliche Kuh an die Schule kam. Wissen Sie, was ich meine?“

„Absolut“, nickte Mr Smees und stachelte ihn weiter an. „Du armer Junge, du magst nun mal keine Veränderungen. Und was denkst du, müsste passieren, damit es wieder wie früher wird?“

Bronco schaute ihn mit aufgerissenen Augen ratlos an, bis der Groschen endlich bei ihm fiel.

„Feline muss verschwinden!“, sagte er schließlich stolz und mit leuchtenden Augen.

„Sehr gut, mein Junge“, lobte Mr Smees und klopfte ihm auf die Schulter. „Wie scharfsinnig du bist. Und weißt du auch schon, wie du es anstellen willst?“

„Ähm, öhh“, Bronco dachte wieder scharf nach.

„Ich werde dir dabei helfen“, unterbrach Mr Smees ihn, um seine Nerven und Broncos überschaubare Gehirnzellen zu schonen.

„Wenn du mir hilfst, am Ende des Schuljahres Lieblingslehrer zu werden, kümmere ich mich um Feline. Aber das bleibt unter uns, verstanden?“

„Oh Mann, ich würde alles tun, damit diese Nervensäge endlich wieder abhaut“, sagte Bronco aufgeregt. Seine Wangen waren inzwischen knallrot.

Mr Smees warf alle pädagogischen Grundsätze über Bord und engagierte Bronco als „Stimmeneintreiber“. Er sollte heimlich solange Schüler malträtieren, bis diese sich einverstanden erklärten, Mr Smees zum Lieblingslehrer zu wählen. Und damit er ungestört „arbeiten“ konnte, händigte Mr Smees ihm sogar den Schlüssel für die Turnhalle aus. Jeden Tag verschleppte Bronco einen Mitschüler nach dem anderen in die Turnhalle. Unter dem Einfluss drohender Fäuste versprachen alle, Mr Smees ihre Stimme zu geben.

Bronco nahm seine neue Aufgabe sehr ernst. Und weil er so erfolgreich war, belohnte ihn Mr Smees zusätzlich mit Schokolade oder guten Noten – mehr als eine Vier war aber beim besten Willen nicht drin.

So ging es eine ganze Weile. Weder Minna noch Feline ahnten etwas von der Abmachung zwischen dem Dummbeutel und dem bösen Griesgram.

Eines Mittags kam der schmächtige Alfred hastig in die Kantine und lief schnurstracks zu Feline, die in der Essensschlange stand. Er sah verängstigt aus und atmete schwer, als wäre er um sein Leben gerannt. Ohne ein Wort zu sagen nahm er ihre Hand und zog sie hinter sich her. Er führte sie ganz leise in die Turnhalle und blieb vor dem Umkleideraum für Jungen stehen. Feline lauschte an der verschlossenen Tür. Sie hörte ein leises Wimmern und zischendes Geflüster. Bei genauem Hinhören erkannte sie Broncos Stimme.

„Hast du mich verstanden?“, hörte sie Bronco aggressiv fauchen. „Bald werden wir den neuen Lieblingslehrer wählen und du wirst deine Stimme Mr Smees geben. Sonst machen wir Kartoffelbrei aus dir.“

Feline riss die Augen auf. Sie wollte ihren Ohren nicht trauen. Als sie wutentbrannt hineinstürzen wollte, hörte sie Schritte hinter der Tür, die alsbald aufgestoßen wurde. Mit dem Rücken an die Wand gedrückt blieben Alfred und Feline hinter der aufgeflogenen Tür unentdeckt stehen. Bronco und seine Truppe marschierten nichts ahnend hinaus.

„Schreib seinen Namen auf die Liste“, sagte Bronco zu Darla auf dem Weg nach draußen. „Wir müssen alle aufschreiben.“

„Habt ihr gesehen, wie der kleine Hosenscheißer gejammert hat?“, erzählte Tom amüsiert. „Morgen schnappen wir uns die nächsten.“

„Mr Smees will, dass wir Gas geben“, raunte Bronco. „Wir knöpfen uns morgen doppelt so viele vor.“

„Genau, so machen wir es.“

Ihre Stimmen wurden immer leiser, bis sie verschwunden waren. Feline und Alfred eilten in den Umkleideraum. Sie fanden einen weinenden Zweitklässler in einem Mülleimer vor.

Feline war fassunglos. Wie konnte ein Lehrer nur so eine Gemeinheit anzetteln? Sie hätte dem muffeligen Mr Smees so einiges zugetraut, aber das … das sprengte ihre Vorstellungskraft. Sie durfte ihn nicht ungeschoren davonkommen lassen. Alle sollten erfahren, was für ein schrecklicher Lehrer er war. Aber wie?

Der Glücksbringer

Obwohl Mr Smees die ganze Nacht vor Aufregung kein Auge zugemacht hatte, war er am Morgen des langersehnten letzten Schultages prächtig gelaunt. Auf ihn wartete der Titel des Lieblingslehrers. Denn die Namensliste seiner unfreiwilligen Wähler war ellenlang – Bronco hatte ihm 153 Stimmen eingeheimst. Wahrlich gute Arbeit! Dem Anlass entsprechend trug er heute einen orangefarbenen Anzug, statt wie gewöhnlich einen mausgrauen. Er machte sich siegessicher und pfeifend – worin er aber äußerst ungeübt war – auf den Weg zur Schule.

In der großen Aula herrschte reges Treiben. Die Schüler, allesamt in bester Letzter-Schultag-Laune, strömten in Scharen herbei, um an der Abschlussfeier teilzunehmen.

„Erstklässler nach vorne!", wies Mrs Dolly die Schüler, die sich über den breiten Gang zu den Sitzreihen drängelten, mit trällernder Stimme ein. „Kinder, beruhigt euch! Es gibt genügend Plätze für alle."

„Vergesst nicht, eure Stimmzettel hier einzuwerfen", rief Mrs Whitebread über die Köpfe der Schüler hinweg und hielt jedem eine Holzkiste unter die Nase, der ihr über den Weg lief. „Stimmzettel bitte hier einwerfen."

Während Lucy, Emma und Chloé im Gewusel versuchten, Sitzplätze zu ergattern, schaute sich Feline ungeduldig nach Mr Smees um. Sie konnte den alten Griesgram nirgends entdecken. Auch Alfred, der sich tapfer durchkämpfte und an ihrer Seite Platz nahm, hatte Mr Smees noch nicht gesichtet.

„Wo bleibt er?", tuschelte er Feline nervös ins Ohr. „Was machen wir, wenn er nicht kommt?"

„Mach dir keine Sorgen“, beruhigte Feline ihn. „Der wird schon kommen, auf diesen Tag hat er viel zu lange gewartet.“

„Bist du dir sicher, dass dein Plan funktionieren wird?“, fragte Alfred besorgt.

Feline nickte. „Du wirst sehen, er wird alles zugeben und alle werden es hören“, versicherte sie ihm.

„Was flüstert ihr die ganze Zeit?“, fragte Lucy neugierig.

„Ach, nichts … nur so“, sagte Feline rasch. „Alfred ist wegen der Abschiedsfeier so aufgeregt.“

Feline und Alfred hatten niemandem etwas erzählt, weder über den Pakt zwischen Mr Smees und seinem Handlanger Bronco noch von ihrem Plan, die beiden auffliegen zu lassen. Denn es sollte eine Überraschung werden. Widerwillig ließen sie Bronco wochenlang sein Unwesen in der Turnhalle treiben, damit Mr Smees keinen Wind davon bekam, dass sie ihn durchschaut hatten. Aus diesem Grund hatte Feline es selbst Minna nicht erzählt, die vermutlich den alten Griesgram unverzüglich zur Rede gestellt hätte. So dreist wie Mr Smees war, hätte er alles abgestritten und wäre sauber aus der Sache rausgekommen. Außerdem war Minna seit Wochen mit der Organisation der Abschiedsfeier beschäftigt. Feline wollte sie nicht zusätzlich belasten.

„Er ist da“, flüsterte Alfred aufgeregt und stupste Feline mit dem Ellbogen in die Seite. Mr Smees stand wie ein aufgeplusterter, orangefarbener Gockel am Eingang der Aula. Mit gerümpfter Nase schweifte sein Blick über die respektlosen, lauthals quasselnden Schüler, denen er schon bald Manieren beibringen würde. Doch Mr Smees' Autorität wurde durch seinen modischen Farbwechsel, der für heiteres Gekicher sorgte, untergraben.

„Was ist denn mit dem passiert?“, gluckste ein Schüler aus der letzten Reihe. „Der sieht aus wie eine Riesenkarotte!“

Während Mr Smees an den Sitzreihen vorbei den Gang hinunter stolzierte, überholte ihn sein neuer Spitzname „Riesenkarotte" und setzte sich noch vor ihm auf seinen Platz. Nichts ahnend gesellte sich Mr Smees zu seinen Kollegen, von denen einige, wie fast alle Schüler, hinter vorgehaltener Hand kicherten. Feline und Alfred lehnten sich erleichtert und amüsiert zurück – die Show konnte beginnen.

Mit Applaus empfingen die Schüler den Direktor Mr Crowly auf der Bühne. Er federte mit kleinen Tippelschritten zum Pult und stellte sich mit kurzem Gepolter auf ein Podest, das ihm zu den dreißig Zentimetern verhalf, die ihm bis zum Mikrofon fehlten.

„Liebe Schüler, liebe Schülerinnen", sprach er dann feierlich. „Verehrte Kollegen und Kolleginnen, ich heiße sie alle zur diesjährigen Abschlussfeier willkommen. Und wieder geht ein aufregendes Schuljahr zu Ende. Ihr habt das ganze Jahr fleißig gelernt und euch die Ferien verdient."

Die Schüler klatschten und grölten ausgelassen.

„Ich wünsche dem Abschlussjahrgang alles Gute für seine weitere schulische Laufbahn, gratuliere denen, die versetzt wurden, und trauere mit den Sitzengebliebenen."

Dabei blickte er auf Bronco, dessen verbesserte Geschichtsnoten ihn nicht gerettet hatten, und seine Freunde Tim, Tom und Darla.

„So, ich will euch nicht länger warten lassen. Bevor wir zum Bühnenprogramm übergehen, das die großartige Miss Dwain mit Schülern aller Jahrgänge auf die Beine gestellt hat, steht uns die Auszählung der alljährlichen Lieblingslehrerwahl bevor."

Auf die Bühne eilten Mrs Dolly und Mrs Whitebread mit der Holzkiste, die alle zweihundertvierzig Stimmzettel beinhaltete, und stellten sie auf den Tisch neben dem Pult. Mr Smees atmete tief ein und richtete sich auf seinem Stuhl erwartungsfroh auf.

„Wer es auch von den Kollegen werden mag“, sagte Mr Crowly, während er die Kiste aufschloss, „denken Sie daran, Sie treten in große Fußstapfen. Miss Dwain ist eine hervorragende Lehrerin, die ihre Aufgaben mit Bravour gemeistert hat. Sie ist eine vorbildliche Repräsentantin unserer Schule. Dafür will ich ihr noch einmal danken. Und wer weiß, vielleicht bleibt sie in ihrem Amt.“

Während die gesamte Aula Miss Dwain zujubelte, rollte Mr Smees entnervt die Augen und gähnte gelangweilt.

„So, dann wollen wir mal“, sagte Mr Crowly und zog den ersten Stimmzettel.

„Miss Dwain“, rief er ins Mikrofon und die Schüler brachen in Jubel aus. Mrs Dolly führte die Strichliste. Im Sekundentakt griff Mr Crowly in die Kiste und jedes Mal hoffte Mr Smees, seinen Namen durch die Lautsprecher schallen zu hören, aber vergebens. Immer wurde Miss Dwains Name verkündet.

Mr Smees wurde langsam unruhig und sein linkes Auge begann plötzlich wieder zu zucken. Jedes „Miss Dwain“ ließ ihn innerlich an die Decke gehen. Er fühlte, wie ihm das Blut zu Kopfe stieg. Seine Zuckungen wurden immer heftiger und hinzu kam, dass er schlechter Luft bekam. Er lockerte nervös seine Krawatte.

Feline beobachtete ihn mit angehaltenem Atem und wartete auf den Moment, auf den sie bei ihrer Planung gesetzt hatte.

Als auch die achtundachtzigste Stimme Minna gehörte, verlor Mr Smees in einem schwachen Moment die Fassung.

„Aufhören!“, donnerte er und sprang mit einem Satz von seinem Stuhl. „Wo sind *meine* Stimmen?“ Feline und Alfred gaben sich heimlich die Hand und gratulierten sich gegenseitig. Genau darauf hatten sie gewartet.

Alle schreckten zusammen. „Mr Smees, was ist in Sie gefahren?“, fragte Mr Crowly leicht irritiert. „Sie haben bisher leider keine

Stimme bekommen. Aber die Auszählung ist noch nicht vorbei. Vielleicht bekommen sie noch eine."

„So eine Frechheit", schnaubte Mr Smees und stampfte auf die Bühne. „Lassen Sie mich mal sehen." Er griff mit beiden Händen in die Holzkiste und holte einen Batzen Stimmzettel heraus. Hektisch blätterte er sie durch. „Ich muss Ihnen leider mitteilen", verkündete Mr Smees, „dass diese Wahl manipuliert wurde."

„Waaas?", rief Mr Crowly empört. „Haben Sie den Verstand verloren? Wer soll denn eine gewöhnliche Schülerwahl manipulieren?"

„Die da", zischte Mr Smees und zeigte mit einem gehässigen Blick auf Minna, die in der ersten Reihe bei den anderen Lehrern saß. „Sie muss die Stimmzettel ausgetauscht haben."

„Jetzt hören Sie aber auf, das ist doch lächerlich", raunte Mr Crowly. „Sie werden sich jetzt erst einmal beruhigen und wieder Platz nehmen."

„Ach, Papperlapapp, ich will mich nicht beruhigen", schnaubte Mr Smees und machte einen großen Schritt auf Mr Crowly zu, der ihn entgeistert anschaute. „Ich werde es Ihnen beweisen … Bronco, komm her."

Bronco zuckte zusammen. Unter den verwunderten Blicken seiner Mitschüler und Lehrer schluffte er nach vorne auf die Bühne.

„So, jetzt erzähl, wie viele Schüler haben dir versprochen, mich zu wählen?", fragte Mr Smees und zog Bronco an seine Seite.

„Äh … hundertfünfunddreißig", stotterte Bronco.

„Hundertdreiundfünfzig", korrigierte Mr Smees ihn mit einem leichten Schlag auf den Hinterkopf. „Sie haben gehört: einhundertdreiundfünfzig. Wenn wir diese von den insgesamt zweihundertundvierzig Stimmen abziehen, bleiben siebenundachtzig übrig. Das heißt, spätestens die achtundachtzigste Stimme hätte meine sein müssen."

„Was um Himmels Willen erzählen Sie da?“, fragte Mr Crowly entgeistert. Er traute seinen Ohren nicht. So langsam machte ihm Mr Smees Angst. „Welche hundertdreiundfünfzig Stimmen?“

„Menschenskind, Mr Crowly, wollen Sie mich nicht verstehen?!“, polterte Mr Smees los. Seine Augen hatten einen irren Ausdruck angenommen. „Diese Stimmzettel hat Miss Dwain manipuliert. Sie hat meine Stimmen geklaut.“

Mr Crowly wandte sich geschockt an Bronco. „Und warum haben dir die Schüler versprochen, Mr Smees zu wählen?“

„Weil ich sie verprügelt habe“, antwortete Bronco mit Achselzucken. „So wie Mr Smees es mir gesagt hatte.“

Ein Raunen ging durch die Aula. Feline und Alfred lachten sich ins Fäustchen, eine so umfangreiche Beichte hatten sie nicht erwartet.

„Verstehe ich Sie richtig?“, sprach Mr Crowly erzürnt. Sein Kopf wurde langsam rot. „Sie haben diesen Jungen angeheuert, damit er Ihnen die Stimmen der Schüler einholt, indem er sie verprügelt?“

„So ist es“, stieß Mr Smees, der immer noch nicht bei Sinnen war, stolz heraus. „Und hier ist die Liste mit den Namen meiner Wähler.“

Er holte einen Zettel aus seiner Jackentasche und hielt ihn Mr Crowly vor die Nase. Aber der Schuldirektor starrte ihn lediglich mit aufgerissenen Augen an. Mr Smees wandte sich dem Publikum zu. Es herrschte eine gespenstische Stille. Wo blieb der Jubel der Schüler? Er schaute wieder zu Mr Crowly – und wie durch einen Schlag ins Gesicht kam Mr Smees wieder zu sich. Er wurde kreidebleich. Was hatte er nur getan? Er war so besessen von dem Gedanken, betrogen worden zu sein, dass er, um es zu beweisen, sich selbst verraten hatte.

„Ähm …“, stotterte er verstört und steckte die Liste wieder ein, „ich … ähm … ich wollte nur klarstellen, dass es hier nicht mit rechten Dingen zugeht.“

„Allerdings, Mr Smees“, rief Mr Crowly in strengem Ton, als er seine Fassung wiedererlangt hatte. „Hier liegt eine Straftat vor, die Sie begangen haben. Ich werde umgehend ein Disziplinarverfahren gegen Sie einleiten. Sie werden zu spüren bekommen, was es heißt, Kinder verprügeln zu lassen. Und das nur, um den Titel des Lieblingslehrers zu ergaunern. Wissen Sie, wie viele Lichtjahre Sie von diesem Titel entfernt sind?! Sie haben doch den Verstand verloren.“

Mr Smees schaute ihn verächtlich an. „Sieee … ich kann Sie und Ihr Gehabe nicht mehr ertragen“, fauchte er, während er rückwärts schritt. „Sie gehen mir schon lange auf die Nerven! Diese Schule braucht einen *richtigen* Schuldirektor, einen wie mich. Der Titel des Lieblingslehrers hätte mir zu Ihrem Posten verholfen. Und dann wäre ich Sie und Miss Dwain ein für alle Mal losgeworden.“

Die Riesenkarotte sprang von der Bühne und verließ, begleitet von lauten Buh-Rufen, fluchtartig die Aula.

„Laufen Sie nur davon“, schrie Mr Crowly ihm wütend durchs Mikrofon hinterher. „Mal sehen, wie weit Sie kommen. Die disziplinarischen Konsequenzen werden Sie schon einholen.“

Er schaute wütend zu Bronco, der sich geduckt, die Hände in den Hosentaschen vergraben, davonschleichen wollte.

„Und du, mein Freund, du wirst in den Ferien jeden Tag zum Nachsitzen in die Schule kommen. Du wirst dich bei all deinen Mitschülern einzeln entschuldigen und du wirst sie nie wieder anrühren. Und das gilt auch für deine drei Freunde.“ Gemeint waren Darla, Tim und Tom, die sich ebenfalls beschämt auf dem

Weg nach draußen befanden. „Außerdem will ich unverzüglich eure Eltern sprechen."

Mit lauten Jubelschreien verabschiedeten die Schüler ihre Peiniger, vor denen sie sich im nächsten Schuljahr sicherlich nicht mehr zu fürchten brauchten. Die Aula war außer sich, doch Minnas Applaus galt nur Feline, die sich unauffällig mit einem Knicks dafür bedankte.

Zum ersten Mal war Minna nicht verärgert. Ganz im Gegenteil, sie war dankbar, dass ihre kleine Fee ihre Wunschkräfte eingesetzt hatte, um einen so schrecklichen Lehrer zu entlarven.

Felines Plan war aufgegangen. Sie hatte auf Mr Smees' Eitelkeit gesetzt und musste nichts weiter machen, als die Stimmzettel zu verwünschen und darauf zu warten, dass er seine dunkle Machenschaft selbst aufdeckte.

Zur Lieblingslehrerin wurde unter tosendem Beifall Minna gewählt, die ohnehin die meisten Stimmen bekommen hätte.

Nach der Abschlussfeier kamen Feline und ihre Freundinnen auf dem Schulhof zusammen. Lucy, Emma und Chloé waren aufgedreht und planten wild durcheinander plappernd, was sie in den Ferien gemeinsam unternehmen würden. Auch Alfred plauderte freudig mit, der dank Feline zu einem festen Mitglied der Mädchentruppe geworden war und endlich Freunde gefunden hatte. Nur Feline hielt sich zurück. Sie hatte ein schlechtes Gewissen, weil sie, ohne ein Wort zu sagen, einfach aus ihren Leben verschwinden würde. Sie konnte ihren Freunden doch nicht erzählen, dass sie sich um Mitternacht verwandeln und nach Fantasia zurückkehren würde. Und dann war da auch noch Cedric … Und wieder, wie vor ihrer Abreise aus Fantasia, verspürte sie einen schweren Kloß im Hals, der sich nicht herunterschlucken ließ.

Geplagt von Gewissensbissen schleppte sie sich traurig nach Hause und mit jedem Schritt wurde sie trübseliger. Cedric hatte sich nach der Abschlussfeier nicht mehr blicken lassen. Obwohl er ihr wochenlang auf dem Schulhof nachgestellt hatte, um sie zu einem Treffen zu überreden, war er nun einfach so nach Hause gegangen. Was für ein Idiot, dachte sie. Er konnte wohl nicht schnell genug in die Ferien flüchten. Feline ging betrübt davon aus, ihn womöglich nie wiederzusehen. Und während sie sich in Gedanken versunken über Cedric ärgerte, bemerkte sie nicht, dass er genau in diesem Moment bis über beide Ohren grinsend um die Ecke kam, um sie in seine ausgebreiteten Arme hineinlaufen zu lassen. Sie knallten zusammen.

„Cedric!", schrillte Feline halb erschrocken, halb glücklich auf. „Was machst du hier?"

„Ich bin zurückgekommen, um dich noch ein letztes Mal vor den Ferien zu fragen. Hast du jetzt Lust, mit mir abzuhängen oder nicht? Ich kann diese Frage schon selbst nicht mehr hören."

Feline strahlte vor Freude, sie hätte sich diesen Moment nicht besser *wünschen* können.

„Nach so einem aufregenden Tag", sagte sie dann lächelnd, während sie sich aus seinen Armen befreite, „kann ich etwas Langeweile gut gebrauchen."

„Na, wenn das so ist, dann bist du bei mir genau richtig."

Cedric hielt ihr seine Hand hin, die Feline ohne zu überlegen ergriff. Sie spazierten unter der heißen Sonne bis zum Rande des Stadtzentrums und gelangten in den Waldpark, wo es angenehm kühl war. Sie stiegen den Pfad hinauf, der sich um einen gigantischen, alten Erdhaufen schlängelte, der der Sage nach vor Jahrhunderten in der Mitte des Waldparks von einem Kobold aufgeschüttet worden war.

Cedric sprach die ganze Zeit über kein Wort, was ungewöhnlich für ihn war.

„Du hältst dein Wort, Hut ab!", sagte Feline neckisch. „Es ist wirklich langweilig mit dir."

Cedric lächelte kurz und antwortet nicht, irgendetwas schien ihn zu belasten. Als sie am Ende des Pfades ankamen, standen sie auf einer Art Aussichtsplattform mit einer großen Trauerweide und einer Sitzbank. Für gewöhnlich kam Cedric alleine und zum Nachdenken hierher. Es war sein Lieblingsort, der einen fantastischen Rundumblick über die Stadt bot. Feline traute ihren Augen nicht.

„Die Aussicht ist atemberaubend", staunte sie, während sie den Blick über die Stadt schweifen ließ. „Hier war ich noch nie. Ein Berg mitten in der Stadt."

„Streng genommen ist es kein Berg. Vor sehr langer Zeit drang das Meer bis in diese Region vor und lagerte kalkige Sedimente ab. Die Eruptionen taten ihr Übriges und erschufen dieses geologische Phänomen."

„Klugscheißer", sagte Feline beeindruckt, ohne ihren Blick von der Aussicht abzuwenden. Es war seltsam, aber der Platz erinnerte sie an ihren Schirmpilz, ihren Lieblingsplatz auf dem Talkamm.

„Ich muss dir etwas sagen", sprach Cedric plötzlich in ernstem Ton. Feline ließ ihren Blick weiter über die Stadt schweifen.

„Du darfst aber nicht gleich durchdrehen, ok?", vergewisserte sich Cedric kleinlaut. „Du musst wissen, dass es purer Zufall war."

„Einfach raus damit", motivierte sie ihn und genoss weiter die Aussicht.

„Ich habe euch, äh … dich und Miss Dwain neulich zufällig reden hören. Im Klassenzimmer. An dem Tag, als sie dich wegen der Schulglocke zu sich rief."

Feline hielt kurz inne. Dann drehte sie langsam ihren Kopf zu ihm und blickte ihn wie versteinert an. „Und?“, fragte sie fassungslos und fühlte, wie ihr Puls schneller schlug. „Was hast du gehört?“

„Sie machte dich für die defekte Klingel verantwortlich“, fuhr Cedric fort. „Dann erzählte sie etwas von Wunschkräften, die du nicht in der Schule einsetzen solltest, von Lebensenergie und dass schon bald die Feen aus Fantasia kommen, um dich abzuholen. Zunächst dachte ich, dass ihr beide ganz schön einen an der Waffel habt. Aber irgendwie lässt mich das seither nicht mehr los. Ich habe wochenlang nichts gesagt, um dich nicht zu verunsichern. Äh ... ich weiß, es hört sich ganz schön blöd an, aber ich muss es jetzt einfach wissen: Bist du eine Fee?“

Felines Magen zog sich schlagartig zusammen. Sie konnte es nicht fassen, Cedric hatte sie enttarnt!? Und das schon vor einer ganzen Weile. Das bedeutete, dass sie durchgefallen war ... Sie hatte die Tarnprüfung tatsächlich nicht bestanden! Für kurze Zeit schlugen Felines Gefühle Purzelbäume. Sie war zutiefst erschüttert, aber gleichzeitig fühlte sie eine schwere Last von ihren Schultern genommen. Da Cecdric sie durchschaut hatte, gab es für Feline keinen Grund mehr, ihre Wunschkräfte vor ihm zu verbergen.

Sie schaute sich um. Außer ihnen war niemand da. Dann blickte sie Cedric mit funkelnden Augen an und grinste verschmitzt. Cedric lächelte verlegen zurück. Er versuchte, ihrem Blick standzuhalten, aber ein plötzliches, leises Grollen und Donnern lenkte ihn ab.

Er schaute erschrocken hoch. Direkt über seinem Kopf – an einem sonnigen, wolkenlosen Tag mit strahlend blauem Himmel – zog ein Mini-Gewitter auf. Eine kleine Regenwolke, in der sich winzige Blitze entluden, zog sich zusammen und wurde immer dunkler und schwerer.

Cedric kam aus dem Staunen nicht heraus. Er schaute Feline völlig entgeistert an und dann wieder hoch zu der dicken Wolke, die zu zerreißen drohte. Und dann… *wusch* … wie aus einer großen Duschbrause prasselten die dicken Regentropfen auf ihn nieder.

Feline sprang amüsiert einen Schritt zurück ins Trockene und sah kichernd zu, wie Cedric innerhalb weniger Sekunden pudelnass wurde. Er trat einen Schritt zur Seite, um der kalten Dusche auszuweichen, aber die Regenwolke zog hinter ihm her.

„Wow!“, schrie er begeistert. „Das ist der Wahnsinn! Du hast es drauf, Kleine!“ Haken schlagend versuchte Cedric, die Wolke loszuwerden, aber sie ließ sich nicht abschütteln.

„Ich hab's jetzt kapiert“, rief er Feline zu, während es unerbittlich weiter auf ihn niederregnete. „Du bist eine Fee. Du kannst jetzt aufhören.“

Feline lachte und zog ihre Schultern hoch. „Womit denn?“ fragte sie amüsiert.

Abrupt änderte Cedric seine Richtung und kam auf Feline zugelaufen. „Damit“, sagte er und zog sie blitzschnell unter seine Regenwolke. „Oder wir werden zusammen nass.“

Wie auf ein Fingerschnippen hörte es auf zu regnen und die Wolke löste sich in Luft auf. Cedric atmete durch und schüttelte sich das Regenwasser aus dem Haar. „Wow! Ich weiß nicht, was ich sagen soll. Wer … wer bist du?“

„Ich bin Prinzessin Ferbeljulinda aus dem Feenland Fantasia“, stellte sich Feline vor. „Meine Mutter ist Prinzessin Orelia, die Schwester des Feenkönigs Borgarus.“

„Wow!“, stieß Cedric wieder aus und schüttelte ungläubig den Kopf. „Eine Prinzessin.“

„Ich bin hier, um eine Tarnprüfung zu machen, die mir meine Mutter aufgebürdet hat“, fuhr Feline fort. „Meine Aufgabe bestand darin, ein Jahr lang unentdeckt bei euch Menschlingen auf der Erde zu leben. Aber wie es scheint, bin ich schon längst durchgefallen. Du hast mich enttarnt."

„Oh nein, das … das tut mir leid", stotterte Cedric plötzlich schuldbewusst. „Ich wusste nicht …"

„Es ist in Ordnung", unterbrach ihn Feline. „Ich werde nach Fantasia zurückgehen und allen mitteilen, dass ich die Prüfung nicht bestanden habe."

„Wann wirst du zurückgehen?" Cedric musste schlucken.

„Heute um Mitternacht ist das Jahr vorbei", sagte Feline mit trauriger Stimme. „Dann verwandle ich mich und die Feen kommen mich holen."

„Verwandeln?" Cedric konnte seinen Ohren nicht trauen. „Was heißt das?"

„Ich verändere mein Aussehen und erlange meine wahren Kräfte."

„Wow", sagte Cedric noch ein drittes Mal. Er fühlte sich plötzlich so seltsam wie nie zuvor, fasziniert und traurig zugleich. Er wollte nicht, dass Feline wieder aus seinem Leben verschwand. Seine Hand suchte vorsichtig die ihre. So blieben sie eine Weile auf der Aussichtsplattform stehen und richteten ihre Blicke schweigend auf den Horizont.

„Ich muss jetzt gehen", murmelte Feline widerwillig, als es allmählich dunkel wurde. „Minna macht sich sicherlich schon Sorgen."

„Nein, warte …" Cedric hielt sie sanft zurück. Er zog einen alten Schlüssel aus seiner Hosentasche. Der Griff war rund und schnörkelig verziert. „Das ist mein Glückbringer. Nimm ihn, er gehört jetzt dir. Du musst mir aber versprechen, dass wir uns wiedersehen."

Feline nickte. „Heute in drei Monden“, versprach sie, obwohl sie sich nicht sicher war, ob ihre Mutter es erlauben würde, „treffen wir uns wieder hier.“

Sie ließ seine Hand los und eilte nach Hause.

Die Verwandlung

Aufgebracht lief Minna in ihrer Einzimmerwohnung auf und ab. „Wo bleibt sie nur?“, grummelte sie vor sich hin. „Sie wird noch zu ihrer eigenen Verwandlung zu spät kommen.“

Minna hatte die Koffer schon gepackt, ihre Wohnung wie vor jeder großen Reise bis in alle Ecken aufgeräumt und sich Adas Umhang übergeworfen. Sie hatte sich entschieden: Sie würde Feline und die Feen nach Fantasia begleiten. Ihren Eltern und Mr Crowly hatte sie erzählt, dass sie Felines Mutter bei dem Schulprojekt in Afrika unterstüzten und für eine unbestimmte Zeit das Land verlassen musste.

Mit jeder Minute, die verging, wuchs auch Minnas Nervosität. Nicht nur, dass Feline nach Mitternacht vom Tod ihrer Mutter erfahren würde, auch ihrer aller Leben war in Gefahr. Falls die Suche nach der Schriftrolle fehlschlagen sollte, würde der König keine Gnade zeigen und sie töten lassen. Zudem war Minna beunruhigt wegen der Kreatur mit der metallischen Stimme. Sie befürchtete, die ohnehin bedrohliche Situation in Fantasia angeheizt zu haben. Sie hätte unentdeckt bleiben müssen.

Als Feline kurz vor Mitternacht die Wohnung betrat, atmete Minna, deren Wangen vor Aufregung gerötet waren, erleichtert auf.

„Denk ja nicht, dass du um eine Erklärung herumkommst“,

sagte sie hektisch und nahm Feline kurz in die Arme. „Nur jetzt haben wir keine Zeit dafür. Wir müssen uns auf deine Verwandlung vorbereiten. Was soll ich tun?"

Feline sah sie schmunzelnd an, so aufgeregt hatte sie Minna noch nie gesehen. „Du musst nichts machen", antwortete sie überraschend gelassen. „Es geschieht von selbst."

Feline zog schnell ihr altes Feengewand an, das sie für die Rückreise im Schrank aufbewahrt hatte, und warf ihren Umhang über. Ihre Jeans und Turnschuhe und den alten Schlüssel, den ihr Cedric geschenkt hatte, packte sie in eine Tasche. Dann war es fast soweit. Es war eine Minute vor zwölf. Feline stellte sich Minna gegenüber, die sie mit höchster Anspannung, ohne zu blinzeln, betrachtete. Die struppigen Haare standen in alle Richtungen ab, der breite Froschmund lächelte sie an und die Knollennase war unverändert groß … dann schlug es zwölf. Minna konnte nicht glauben, was sie sah: Ganz langsam und gleichmäßig quoll Feline auf wie ein Hefeteig.

„Oh … oh …", rief Minna aufgeregt und sah ungläubig zu, wie Felines Nase noch praller und ihr Kopf größer als ein Medizinball wurde. Auch ihre Hände und Füße nahmen überdimensionale Ausmaße an. Gerade als Minna das Gefühl hatte, Feline würde zerplatzen, wurde diese plötzlich von einem gelben Licht umhüllt, das sie wie eine riesige Glühbirne aufleuchten ließ. Minna riss geblendet die Hand hoch, wandte ihren Blick aber nicht ab. Feline strahlte eine Weile vor sich hin, bis sie sich urplötzlich auf ihre normale Größe zusammenzog und das Licht erlosch.

Feline taumelte. Ihre Augen waren geschlossen. Eine gewaltige Kraft, die sie zuvor noch nie gespürt hatte, verdichtete sich in ihr. Immer mehr durchdrang diese Energie ihren Körper. Bis in die letzte Faser …

Dann öffnete sie die Augen. Minna stand mit tränengefüllten Augen immer noch an derselben Stelle, hielt sich die Hand ungläubig vor den Mund und schaute sie glücklich an.

„Das nenne ich eine Verwandlung!“, nuschelte sie überwältigt. „Feline, du … du bist ja wunderschön. Wie fühlst du dich?“

„Ich fühle mich gut“, sagte Feline. „Da … da ist nur so ein warmes Kribbeln unter der Haut, das ich vorher nicht hatte.“

Minna verschwand ins Badezimmer und kehrte mit einem kleinen Handspiegel zurück.

„Schau dich an, wie hübsch du bist!“, sagte sie aufgeregt und reichte ihr den Spiegel.

Feline warf einen zögerlichen Blick hinein. Ihre pechschwarz glänzenden Haare waren wie glatt gebügelt, keine Strähne stand mehr eigenwillig ab. Ihre Nase war auf eine stupsige Größe geschrumpft. Auch ihr Froschmund war verschwunden. Die Zähne waren klein und ordentlich nebeneinander gereiht. Ihre grünen Augen funkelten sie mächtig an. Feline war überrascht. Diese Augen kannte sie doch! Es waren die des fremden Mädchens, das in jener Nacht im Park, als sie vor Schwäche ohnmächtig geworden war, den Wind heraufbeschworen und ihr so das Leben gerettet hatte. Feline begriff: Sie war es also selbst gewesen. Sie hatte im Nebel ihr verwandeltes Ich gesehen. Aber wie konnte das sein? Hatte sie es unbewusst herbeigewünscht? Keine Fee besaß eine solche Macht. Zumindest hatte Feline niemals davon gehört.

„Wir müssen los“, sagte Minna und war sofort aufbruchbereit. Sie musste Feline unverzüglich in die Bibliothek geleiten, wie Lesia es ihr aufgetragen hatte. „Ich bringe dich jetzt zu den Feen und dann gehen wir nach Fantasia.“

„Du kommst mit uns?“, fragte Feline freudig überrascht.

„Na klar, ich werde dich nicht alleine lassen.“

Sie begaben sich in die warme, sternenklare Nacht und eilten nach Grindich in die alte Stadtbibliothek. Mit jedem Schritt wuchs in Feline die Freude darauf, ihre Mutter und ihre Geschwister nach einem langen Jahr endlich wiederzusehen. Wie sollte sie auch ahnen, dass das für immer ihr sehnlichster Wunsch bleiben würde.

In der Bibliothek brannte kein Licht. Feline und Minna blieben keuchend vor der breiten Steintreppe stehen und schauten zu der bogenförmigen Holztür hinauf. Sie wussten beide, dass ihre gemeinsame Zeit auf der Erde enden würde, sobald sie hineingingen.

„Los, bringen wir es hinter uns“, flüsterte Minna. Sie nahm Feline bei der Hand und sie stiegen Seite an Seite die Treppenstufen hinauf.

Noch bevor sie anklopfen konnten, riss Ada freudig die Tür auf.

„Meine Prinzessin Ferbeljulinda!“, hauchte sie liebevoll mit einem breiten Lächeln. „Ich bin hocherfreut, Euch wiederzusehen. Kommt herein.“

Ada ließ die Tür ins Schloss fallen und wünschte gleichzeitig Glimmfäden herbei, um Feline im Licht zu betrachten.

„Lasst Euch mal ansehen, Prinzessin. Ach, was für eine Schönheit Ihr doch geworden seid. Jetzt zeigt sich Euer inneres Wesen auch nach außen.“

Sie streichelte Feline übers Gesicht und schaute ihr tief in die Augen. „Ihr habt so einen ernsten Blick. Ihr seid stark, ich fühle es. Euer Herz ist groß. Ihr werdet Euch all dem, was Euch das Leben bringen wird, mit erhobenem Haupt stellen. Ihr seid bereit.“

Dann zog sie Feline an sich und drückte sie sehnsüchtig an ihre Brust. Feline erwiderte die Umarmung, ihre anfängliche Wut auf Ada war verflogen.

„Nun folgt mir, ich bringe Euch zu Fee Lesia.“

Sie führte Feline und Minna durch die dunkle Bibliothek. Im schwachen Schein der Glimmfäden entdeckte Feline die deckenhohen Bücherregale, die wie Schatten einer Gebirgskette an beiden Seiten emporragten. Es war, als würden sie eine gefährliche Schlucht, die ins Ungewisse führte, durchschreiten. Dann stiegen sie die schmale Treppe hinab und traten in die Geheimkammer ein.

Im Halbkreis aufgestellt standen acht große Feen wie schwarze Statuen vor ihnen. Feline musste schlucken. Sie sahen alle so viel mächtiger und erhabener aus als die Feen, die sie aus Fantasia kannte. Auch Minna blieb die Spucke weg. Die gebrechlichen Wesen aus dem Park waren zu Ehrfurcht einflößenden Feen geworden.

„Willkommen, Prinzessin", sagte Lesia mit starker Stimme und durchbrach damit die Stille. Sie trat aus dem Halbkreis hervor. „Ihr habt Euch in eine richtige Fee verwandelt und seid nun meine Schülerin. Der Unterricht beginnt bei Sonnenaufgang. Es wird mir eine Ehre sein, Euch in die Geheimnisse der Wunschsprüche einzuweihen. Nun ist es an der Zeit, nach Fantasia zurückzukehren. Ihr braucht die Energie des Lebenswaldes. Meine Schwestern werden uns begleiten."

„Ich … ich habe die Tarnprüfung nicht bestanden", berichtete Feline und gestand selbstbewusst ihr Versagen ein. „Ich verdiene es nicht, Eure Schülerin zu sein. Verzeiht, ich wollte weder Euch noch meine Mutter enttäuschen. Sie hat sicherlich mehr von mir erwartet. "

Urplötzlich fingen die Feen an, lauthals und wild durcheinander zu reden. Feline erschrak fürchterlich. Sie hielt sich die Ohren zu, aber es half nichts. Ihre Stimmen wurden immer lauter und lauter, aber es war unmöglich, auch nur ein Wort zu verstehen. Waren die Feen wegen ihrer verpatzten Tarnprüfung so aufgeregt? Als Feline jedoch ihren Blick auf sie richtete, stellte sie verblüfft fest: Die Feen redeten nicht – keine bewegte auch nur im Ansatz den Mund.

Felines Augen huschten aufgeregt von einer Fee zur nächsten. Sie standen einfach nur da und schauten Feline verdutzt an. Aber woher kamen diese Stimmen? Halluzinierte sie? Als sie ihren Blick zufällig auf einer der Feen ruhen ließ, kristallisierte sich plötzlich deren Stimme heraus und hob sich von den anderen ab. Da erkannte Feline: Sie konnte ihre Gedanken hören!

„Arme Prinzessin!", dachte Bambeli, die sie mit traurigen Augen verstohlen anschaute. „Was wird sie ohne ihre Mutter machen?"

„Sie ist noch so jung, hoffentlich verkraftet sie es", dachte Ferula traurig und senkte ihren Blick zu Boden.

Feline wurde ganz mulmig im Magen. Aufgewühlt fokussierte sie eine andere Fee.

„Ermordet!" – „Vor einem Jahr!" – „Ermordet!", dachten die Drillinge.

Felines Puls raste. Bestürzt sah sie Lesia an, die wie ihre Schwestern nicht ahnte, dass Feline sie in ihren Köpfen belauschte.

„Es ist noch zu früh", überlegte Lesia. „Sie darf vom Tod ihrer Mutter und Geschwister erst erfahren, wenn wir sie in Fantasia in Sicherheit gebracht haben."

Felines Herz zersprang, als hätte jemand einen Amboss darauf fallen gelassen. Totenblässe bedeckte ihr Gesicht. Gleichzeitig überkam sie eine fürchterliche Übelkeit.

„Hört auf! Hört alle auf!", schrie sie plötzlich laut heraus. Der Glanz aus ihren Augen war gewichen. Mit schmerzerfülltem Gesicht starrte sie die Feen schwer atmend an. „Seid still! Ich will kein Wort mehr hören. Schweigt endlich!"

„Prinzessin, beruhigt Euch!", sprach Lesia besorgt. „Hier redet keiner. Niemand hat auch nur ein Wort gesagt."

„Ist es wahr, dass meine Mutter und Geschwister tot sind?", fragte Feline mit hasserfüllter Stimme.

Allen stockte der Atem. Hektisch warfen sich Lesia und die Feen ratlose Blicke zu. Woher wusste das die Prinzessin so plötzlich?

„Ist es wahr?", brüllte Feline.

„Wie habt Ihr es erfahren?", fragte Lesia völlig überrascht.

„Warum habt Ihr es mir verschwiegen, ein ganzes Jahr lang?", wütete Feline weiter. „Ich habe Euch vertraut und Ihr habt mich belogen. Die ganze Zeit über habt Ihr mir etwas vorgemacht. Ich hasse Euch, ich hasse Euch alle."

Minna vergrub das Gesicht in den Händen und wünschte, im Boden zu versinken, um Felines Leid nicht mitansehen zu müssen. Sie fühlte sich schuldig.

„Prinzessin Ferbeljulinda, *woher* wisst Ihr das?", wiederholte Lesia mit donnernder Stimme und fasste Feline an die Schultern. „Wie konntet Ihr es soeben erfahren?"

„Lasst mich los!", fauchte Feline sie an und schüttelte sich frei. „Ich konnte Eure Gedanken hören … eure unheilvollen Gedanken." Dann rannte sie fluchtartig aus der Geheimkammer hinaus.

„Feline!" – „Prinzessin Ferbeljulinda", riefen Minna und Ada besorgt und folgten ihr.

In der Kammer wurde es still. Lesia und die anderen Feen blieben wie versteinert zurück. Sie waren fassungslos.

„Habt Ihr das gehört?", hauchte Lesia fasziniert und drehte sich zu den Feen um, die sich eilig um sie versammelten. „Sie kann unsere Gedanken hören. Das ist …"

„Unglaublich!" – „Wahnsinn!" – „Großartig!", ergänzten die Drillinge begeistert.

„Das muss ihre Urkraft sein", sprach Ferula, „die sich unserer

Prinzessin vorhin offenbart hat. Darum hat sie uns so erschrocken angesehen."

„Ihr meint, sie besitzt eine Urkraft?", fragte Bambeli mit großen Augen. „Zudem eine derart seltene? Die Glückliche."

„Anders kann ich es mir nicht erklären", antwortete Ferula tief durchatmend. „Wie sonst hätte sie unsere Gedanken hören können?"

„Den wenigsten Feen war es bisher vergönnt, Gedanken lesen zu können", sagte Pahlya beeindruckt. „Ich bin noch nie einer begegnet, die diese Gabe besitzt."

Lesia konnte es nicht fassen: Feline war der Schlüssel! Die Antwort auf all ihre Fragen. Erleichterung breitete sich in ihr aus, denn zum ersten Mal schien die Suche nach der Schriftrolle nicht mehr so aussichtslos zu sein. Lesia hatte nun endlich einen Plan!

Ada und Minna kamen hastig in die Geheimkammer zurück.

„Die Prinzessin ist verschwunden", keuchte Ada in heller Aufregung. „Wir haben sie überall gesucht, aber sie ist verschwunden. Schnell, wir müssen sie finden!

Feline lief kopflos durch die Straßen. Sie wollte irgendwohin, wo sie alleine sein konnte, weit weg von den verlogenen Feen und Minna. Wo konnte sie nur hingehen? Als erstes kam ihr Cedrics Lieblingsplatz im Waldpark in den Sinn.

Sie rannte, so schnell ihre Beine sie tragen konnten, den schmalen Pfad hinauf und erreichte keuchend die Aussichtsplattform. Es kam ihr vor, als ob es eine Ewigkeit her gewesen war, dass sie mit Cedric hier gestanden hatte und ihre Welt noch in Ordnung schien. Und nun lag diese in Trümmern. Feline sackte traurig zusammen und begann zu schluchzen.

Nach einer Weile rappelte Feline sich wieder auf. Sie war wütend und entschlossen. Sie würde alleine nach Fantasia gehen. Denn eine Fee, die nicht unter dem Verbannungswunsch stand, konnte auch ohne den reinen Menschling ins Feenland übertreten.

Sie wollte wissen, was mit ihrer Familie passiert war. Und je länger sie überlegte, umso klarer wurde ihr, dass sie eigentlich nur noch einer Person vertrauen konnte: ihrem Onkel König Borgarus. Er war der Einzige, der ihr aus ihrer Familie geblieben war. Sie musste zu ihm gehen. Nur er würde ihr die ganze Wahrheit erzählen.

Feline lief zu der Trauerweide, stellte sich in ihren Schatten und kehrte nach Fantasia zurück.

Kapitel 4

Das geheime Erdloch am Fusse des Okantarbergs

Bei ihrer Ankunft in Fantasia tauchte Feline in Sichtweite des Feenschlosses auf. An dieser Stelle war sie vor ihrer Abreise mit Minna und Lesia vorbeigegangen und hatte ein letztes Mal, in der Hoffnung, ihre Mutter am Fenster ihres Schlafgemachs zu sehen, auf das Feenschloss zurückgeblickt. Aber wie damals brannte dort wieder kein Licht. Sie stapfte schwermütig durch die sumpfige Landschaft, um ihren Onkel für ein bisschen Trost in die Arme zu schließen. Wie sehr müsste er sich darüber freuen, dass sie noch am Leben war.

Aber je näher sie dem Feenschloss kam, umso befremdlicher wirkte ihr altes Zuhause auf sie. Die Türme ragten bedrohlich wie silberne Klingen in den dunklen Himmel und das Schimmern, das das Feenschloss früher umhüllt hatte, war erloschen. Es wirkte kalt und matt.

Als Feline in den Pfad einbog, der über den Schlossgarten zum hinteren Eingang des Palastes führte, stand plötzlich eine kleine Fee vor ihr, als wäre sie so schnell wie ein Rasch-Pilz aus dem Boden geschossen. Feline bekam einen Schreck und blieb abrupt stehen.

„Ausgangssperre! Gefahr!", knarzte die kleine Fee. Sie hatte schrecklich zottelige, lange Haare, die bis auf den Boden reichten.

„Ausgangssperre?", fragte Feline überrascht und versuchte, zwischen den Haaren ein paar Augen auszumachen.

Die Fee kicherte. „Dummes Feenkind“, spöttelte sie. „Eure Unwissenheit wird Euch noch das Leben kosten.“

„Ich möchte nur ins Feenschloss zu meinem Onkel, dem König“, sagte Feline müde und schreckte zurück, als ein blasses, faltiges Gesicht mit spitzer Hakennase aus dem Haargewusel herausschoss. Zwei weit aufgerissene, stahlblaue Augen starrten sie neugierig an.

„Prinzessin Ferbeljulinda?“, flüsterte die kleine Fee sanftmütig mit rauer Stimme. „Seid Ihr es?“

„Woher wisst Ihr, dass ich es bin?“, staunte Feline. „Wer seid Ihr?“

Schwupps … der Kopf der alten Fee verschwand hinter ihrer Haarpracht und sie verwickelte sich in ein kurzes, aber heftiges Selbstgespräch. Feline kräuselte die Stirn. Musste ihr Weg unbedingt den einer verrückten Fee kreuzen?

Dann fuhr das Gesicht wieder heraus.

„Ihr werdet mit mir kommen!“, sprach die verrückte Fee leise und schaute sich unruhig um. „Ich muss Euch in Sicherheit bringen.“

Und ehe sich Feline versah, warf die kleine Fee sie blitzschnell über die Schulter, wünschte ein Schutzprisma herbei, das sie unsichtbar machte, und entfernte sich in Windeseile vom Feenschloss. Wie auf Schienen raste sie ungehindert von Busch und Baum tiefer in den Lebenswald hinein. Feline hing kopfüber herunter und wurde kräftig durchgeschüttelt. Durch das Schutzprisma war ihre Sicht nach außen verzerrt. Sie versuchte vergeblich zu erkennen, wohin die Fee sie brachte. Für einen kurzen Moment glaubte Feline, entführt zu werden.

Unverhofft blieb die verrückte Fee stehen und warf Feline wie einen Kartoffelsack von ihrer Schulter ab. Gleichzeitig mit dem

Aufprall auf dem Boden zerfiel das Schutzprisma und Feline konnte wieder deutlich sehen – blankes Entsetzen erfasste sie.

Die Fee hatte sie zum Okantarberg gebracht. Dieser gefürchtete Felsen sog allem Leben, das sich auch nur in seine Nähe begab, die Energie aus. Feline hatte schreckliche Geschichten über die Macht des Berges gehört und hätte nicht im Traum gewagt, hierher zu kommen. Und jetzt lag sie an seinem Fuße und spürte förmlich, wie seine massive Kraft sie langsam erdrückte. Ihr wurde schwarz vor Augen. Sie hatte das Gefühl, ohnmächtig zu werden, als ihr die Fee rechtzeitig zu Hilfe eilte. Sie steckte Feline mit dem Kopf in ein Bodenloch, das der Eingang in eine unterirdische Höhle war. Der wohltuende, erdige Geruch belebte Feline ein wenig, aber die verrückte Fee hörte nicht auf, sie weiter in den engen Gang hineinzudrücken – bis Feline wie ein Stopfen steckenblieb. Doch plötzlich wurde sie von einem Sog erfasst und flutschte durch den langen und viel zu schmalen Tunnel in die Höhle hinunter.

Es dauerte eine Weile, bis sie schließlich mit einem lauten Schrei auf den fluffigen, laubbedeckten Höhlenboden fiel. Feline rollte sich schnell zur Seite, um der hinter ihr ankommenden Fee Platz zu machen, die direkt neben ihr landete. Die Fee sprang wie ein Gummiball auf und flitzte auf die andere Seite der Höhle zu einer alten Holztruhe, die neben einem Kamin stand. Sie stemmte mit ihren kurzen Ärmchen den Deckel hoch und begann, polternd nach etwas zu suchen.

Inzwischen hatte sich Feline aufgerappelt und betrachtete fasziniert ihre Umgebung. Die Erdhöhle war eine riesige, unterirdische Kuppel, die einst womöglich die Brutstätte eines Drachen gewesen war. Es herrschte ein geordnetes Chaos. Überall stapelten sich staubbedeckte, dicke Feenhandbücher; die hohen Wände waren rundherum mit den seltensten Pflanzenarten Fantasias bewachsen:

Zuckender Grünstern, Einhornglöckchen, Ohrenkätzchendorn, hinterlistige Saalschelle, zweiblättriger Hustenklee, Elfenwurz … Feline kannte all diese Pflanzen aus den Lehrbüchern, aber einige von ihnen hatte sie noch nie zu Gesicht bekommen. Selbst den Thakandhorischen Handelsfeen war es nicht vergönnt, jede dieser Pflanzenarten aufzutreiben.

In der Mitte der Höhle stand ein großer, massiver Tisch aus altem Fichtenholz. Zwölf Stühle mit hohen, verzierten Rückenlehnen standen wie Throne drumherum. Als ob jemand freiwillig die verrückte Fee hier unten besuchen würde, dachte Feline leicht schmunzelnd.

„Ich hab's!", stieß die kleine Fee plötzlich aus. Sie hatte gefunden, wonach sie gesucht hatte. „Kommt her, Prinzessin! Wir müssen reden."

Die kauzige Fee schloss die Holztruhe und nahm darauf Platz. Feline setzte sich zu ihr.

„Erkennt Ihr es?", fragte die Fee und hielt Feline ein goldenes Amulett hin, das sie aus der Truhe gefischt hatte.

„Aber natürlich, meine Mutter und mein Onkel haben so eins. Woher habt Ihr es?"

„Es ist das Wappen unserer Familie", sagte die Fee mit ruhiger Stimme. „Wie meine Geschwister besitze auch ich eins."

Sie klemmte sich die Haare hinter die Ohren und schaute Feline direkt in die Augen.

„Ich bin die Weiße Physiax", fuhr sie fort. „Die älteste Schwester von Borgarus und Orelia und … ich bin deine Tante."

Feline riss die Augen auf.

„Meine Tante?", fragte sie ungläubig. Feline hatte von ihrer Mutter viele Geschichten über die Weiße Physiax gehört, aber darin kam sie nur als die Lehrmeisterin von Fee Lesia vor und nicht als ihre Tante. Feline war verwirrt. Warum hatte ihre Mutter ihr das verschwiegen?

„Ich … ich“, stotterte Feline verlegen, „ich wusste nicht, dass ich eine Tante habe. Wieso habt Ihr uns nie besucht?“

„Na, sagen wir mal, ich bin bei meinem Bruder Borgarus nicht besonders beliebt“, anwortete sie mit einem Räuspern.

„Aber warum?“ Felines Stimme klang traurig, als wäre ihr der jahrelange Verzicht auf eine Tante mit einem Schlag bewusst geworden. „Was ist passiert, dass Ihr all die Jahre vom Feenschloss fernbleiben musstet?“

Die Weiße Physiax schaute Feline liebevoll an. „Ihr seid noch so jung. Ich wünschte, Ihr könntet unbeschwert aufwachsen, aber Ihr lebt in einer Zeit, die von Euch verlangt, schnell erwachsen zu werden. Es gibt so einiges, was Ihr erfahren müsst.“

Felines Augen leuchteten auf.

„Ich bitte Euch, erzählt mir alles“, sagte sie wissbegierig. Sie ahnte, dass das, was ihr die Weiße Physiax erzählen wollte, den Tod ihrer Mutter und Geschwister erklären würde.

Die Weiße Physiax sprang von der Truhe herunter und stellte sich vor den Kamin, in dem ein Feuer loderte.

„Ich habe das Feenschloss vor langer Zeit verlassen“, begann sie zu erzählen, den Blick ins Feuer gerichtet. „Lange bevor Ihr geboren wurdet. Eines Abends belauschte ich ein Gespräch zwischen unserem Vater König Dextorio und Borgarus. Er erzählte Borgarus, dass der Thron mir, seiner erstgeborenen Tochter, zustehen würde, und dass er vorhatte, mir eine Schriftrolle auszuhändigen, die dies bestätigen würde. Er wollte einer alten Ungerechtigkeit ein Ende setzen. Borgarus wurde wütend und beharrte herrisch auf seinem Recht, König zu werden. Sie trennten sich im Streit und nur zwei Tage später starb unser Vater auf mysteriöse Weise bei der Jagd. Der heuchlerisch trauernde Sohn vollzog bereits bei Sonnenaufgang seine Krönung."

„Der Thron steht Euch zu?", fragte Feline ungläubig. „Einer Feenfrau?"

„Ihr seid eine gute Zuhörerin, Prinzessin", sagte die Weiße Physiax beeindruckt und staunte über die Aufgewecktheit ihrer Nichte. „Die Schriftrolle, von der ich sprach, ist eine uralte, schwarze Pergamentrolle. Sie belegt, dass die wahre Herrschaftskette vor Jahrtausenden hinterlistig unterbrochen wurde und der Thron seit Anbeginn der Zeit den Königinnen, also den Feenfrauen, zusteht."

„Wow, das wusste ich nicht", flüsterte Feline ehrfürchtig. „Was ist nach der Krönung meines Onkels passiert?"

Während die Weiße Physiax mit einem Schüreisen im Feuer stocherte, wurde ihr Blick starr, als würde sie in Gedanken in die Vergangenheit reisen. Dann erzählte sie:

„Der Tod meines Vaters ließ mir keine Ruhe. Ich war mir sicher, Borgarus hatte unseren Vater wegen dieser Schriftrolle getötet. Die väterlichen Worte schwirrten mir ständig im Kopf herum. Aber ich wusste damals nicht, was das alles zu bedeuten hatte. Wie konnte der Thron mir zustehen? Das war doch gegen die Tradition! Und von welcher Ungerechtigkeit hatte er gesprochen? Ich suchte nach Antworten. Antworten, die es innerhalb der Schlossmauern nicht zu finden gab. Ich entschied, das Feenschloss zu verlassen.

Doch vorher erzählte ich Orelia von dem Gespräch zwischen Borgarus und unserem Vater und meinem furchtbaren Verdacht. Sie war zutiefst bestürzt. Es fiel ihr schwer zu glauben, dass ihr Zwillingsbruder zu so einer schrecklichen Tat imstande gewesen war. Wir trafen eine Abmachung. Sie sollte im Schloss bleiben und ihn im Auge behalten. Und ich sollte das Schloss verlassen und mich nach der Schriftrolle erkundigen. Ich suchte im ganzen Land nach Feen, die über die Existenz der Schriftrolle Bescheid wussten.

Und so traf ich eines Tages auf die Feen der Schwesternschaft der Wahrheit, einen Geheimbund, der seit vielen Generationen nach der Schriftrolle suchte. Ich erfuhr, dass es sich bei der Schriftrolle um das Vermächtnis unserer letzten wahren Königin Kressinda handelte, die vor mehr als tausend Jahren in Fantasia regiert hatte. Sie war mächtig und wurde vom Feenvolk wegen ihrer Güte und ihres Gerechtigkeitssinns verehrt. Doch ihrem Bruder Prinz Tarantello war Kressindas glorreiche Herrschaft ein Dorn im Auge. Er war argwöhnisch und gierig nach dem Thron. Niemand ahnte auch nur im Geringsten, dass der kränkliche und unscheinbare Feenprinz solch einen unermesslichen Groll gegen seine Schwester hegte. Und genau dieser verborgene Hass stiftete ihn zu jener grausamen Tat an, die das Unheil über uns alle gebracht hat. Er ermordete seine eigene Schwester und ihre Kinder! Wie er es geschafft hat, bleibt bis heute ein Rätsel. Aber damals verdächtigte ihn niemand und so konnte er, weil es keine weiblichen Nachfahren gab, den Thron besteigen. Jedoch …“, die Weiße Physiax hielt das Schüreisen wie einen lehrenden Finger in die Luft, „war es Königin Kressinda gelungen, im Angesicht ihres sicheren Todes durch einen mächtigen Wunsch eine unzerstörbare Schriftrolle zu erschaffen. Diese sollte die wahre Herrschaftskette von Zauberhand weiter fortschreiben, damit die Wahrheit und das Unrecht nicht in Vergessenheit gerieten. Sie hatte einen ewig währenden Beweis geschaffen, der für alle Zeiten wie ein Damoklesschwert über Tarantello und allen künftigen falschen Königen des Feenlandes schweben würde.“

„Was bedeutet das?“, schoss es neugierig aus Feline heraus.

„Die Schriftrolle war und ist die Schwachstelle aller Könige.

Sie besitzt die Macht, der Herrschaft der Feenmänner ein jähes Ende zu setzen, falls sie dem herrschenden König aus den Händen gerissen wird. Und da sie nicht zerstört werden kann, musste die Schriftrolle von König zu König heimlich weitergegeben werden … bis hin zu Borgarus. Denn sie zu besitzen, war der einzige Weg, ihren Thron zu sichern. Sie mussten sie wie ihren allergrößten Schatz hüten. Sie mussten sie verstecken. Irgendwo dort, wo niemand sie finden konnte.

Aber Tarantello wusste auch, dass Feenfrauen von Natur aus mächtiger sind als Feenmänner, und dass sich die stärksten unter ihnen auf die Suche nach der Schriftrolle machen würden. Aus Angst davor ließ er alle mächtigen Feenfrauen des Landes in einem Schauprozess wegen Mordes an seiner Schwester verurteilen und hinrichten. Unter dem Vorwand, einer erneuten Verschwörung gegen königliches Blut zuvorzukommen, änderte er den Lehrplan für junge Feenfrauen. Er wollte sie schwach halten und verbot ihnen, die drei mächtigsten Wunschkräfte anzuwenden. Nach seiner Krönung schaffte er innerhalb kurzer Zeit das Matriarchat in Fantasia ab und gründete mit aller Macht ein Patriarchat, das bis heute anhält. So begann unter seiner Herrschaft für Feenfrauen die Zeit der Unterdrückung."

„Aber wenn die Schriftrolle noch nie gefunden wurde, woher wisst Ihr dann, dass sie existiert?", fragte Feline skeptisch. „Vielleicht haben die Könige einen Weg gefunden, sie zu zerstören."

„Das ist nicht der Fall", sagte die Weiße Physiax und stocherte weiter im Feuer herum. „Mir ist sogar neulich zu Ohren gekommen, dass sie gefunden wurde."

Feline sprang von der Truhe herunter. „Sie ist gefunden worden?", fragte sie verwundert und stellte sich neben die Weiße Physiax vor den Kamin. „Von wem?"

Die Weiße Physiax sah Feline traurig an. „Von Eurer Mutter Prinzessin Orelia. Sie hat sie gefunden."

Feline stiegen die Tränen in die Augen. Sie war stolz auf ihre Mutter und gleichzeitig packte sie wieder eine tiefe Trauer.

„A...aber wenn meine Mutter sie gefunden hat, wa...warum ist sie jetzt tot?", stammelte Feline mit brüchiger Stimme und versuchte, gegen die Tränen anzukämpfen. „Warum konnte sie die Macht der Schriftrolle nicht nutzen?"

Die Weiße Physiax legte das Schüreisen weg, drehte sich zu Feline und blickte sie traurig an. „Bor...Borgarus", stotterte sie und spürte plötzlich, wie schwer es ihr fiel, darüber zu reden. „Borgarus hat es zu verhindern gewusst."

Feline schaute die Weiße Physiax fragend an. Und wie vom Blitz getroffen wurde ihr plötzlich klar, was das bedeutete.

„Nein!!!", stieß sie mit schmerzerfülltem Gesicht aus. „Wollt Ihr mir etwa sagen, dass mein Onkel sie umgebracht hat?"

Die Weiße Physiax presste ihre Lippen zusammen und nickte.

„Es gibt nichts, was ein König nicht tun würde, um seinen Thron zu behalten. Er hat den Gorlock, eine der schrecklichsten Kreaturen der Feenunterwelt, heraufbeschworen und ihn Eure Mutter und Geschwister verschlingen lassen."

Für Feline brach in dieser Nacht zum zweiten Mal eine Welt zusammen. Sie schrie, weinte und fuchtelte wild mit den Armen ... bis sie schließlich erschöpft und kraftlos zu Boden ging und reglos liegenblieb.

Der Weißen Physiax schmerzte das Herz, ihre Nichte so untröstlich leiden zu sehen. Die Wut auf Borgarus, die sie vor langer Zeit tief in ihrem Inneren vergraben hatte, stieg langsam wieder hoch. Ihr Atem wurde schwerer und ihre Hände schlossen sich zu Fäusten zusammen. All die Jahre hatte sie sich gefürchtet, auch nur an ihn zu denken, aber mit einem Mal löste sich ihre Angst auf. Sie fühlte wieder den fast vergessenen Groll, den sie gegen ihn gehegt hatte.

„Falscher König“, zischte sie plötzlich mit klarer Stimme und begann, ein allerletztes Selbstgespräch zu führen. „Ich habe keine Angst vor dir.“

„Aber *ich* habe Angst“, widersprach sie sich dann mit krächzender Stimme. „Er ist so mächtig.“

„Das wird mich nicht mehr zurückhalten“, schnaubte die Weiße Physiax mit klarer Stimme. „Zu viele sind gestorben. Und er wird noch mehr Unschuldige töten.“

„Und wenn er auch mich tötet?“, krächzte es wieder angsterfüllt aus ihr heraus.

„Es reicht!“, unterbrach sie ihr ängstliches Ich. „Hört endlich auf! Ich habe mich entschieden. Ich werde mich Fee Lesia und den Schwestern anschließen. Und Ihr werdet mich nicht davon abbringen. Begreift endlich, die Zeit ist gekommen, etwas zu unternehmen. Wir können uns nicht mehr verstecken. Ich werde alles in meiner Macht stehende tun, um Borgarus zu stürzen.“

Ihr Blick fiel auf Feline, die aufgehört hatte zu weinen und verwundert zu ihr hochblinzelte. „Prinzessin!“, rief die Weiße Physiax aufgebracht und warf sich zu Feline auf den Boden. „Ich weiß, es ist nicht leicht für Euch, aber Ihr müsst jetzt stark sein. Wir müssen zusammenhalten. Verratet mir, wo Fee Lesia und die anderen Feen sich befinden. Ich muss sofort zu ihnen.“

„Ich … ich weiß nicht, wo sie sind“, stotterte Feline müde. „Ich bin weggelaufen, als wir noch auf der Erde waren.“

„Dann werden sie Euch wohl nach Fantasia gefolgt sein“, stellte die Weiße Physiax fiebrig fest. „Aber der Lebenswald ist zu gefährlich und sie dürfen nicht entdeckt werden. Ich muss sie herbringen.“ Ehe Feline etwas antworten konnte, war die Weiße Physiax bereits verschwunden. Feline blieb alleine in der großen Erdhöhle zurück. Sie fühlte sich so endlos müde, senkte ihren Kopf und schlief auf dem Boden ein.

Es war die dunkelste Stunde in Fantasia, als Minna und Lesia als letzte zu den anderen Feen stießen. Sie hatten getrennt nach Feline gesucht und trafen nun am Sammelpunkt an den alten Fichten in der Nähe des Sees ein – bis auf Ada, die sich in ihren Baum zurückgezogen hatte.

„Die Prinzessin ist wie vom Erdboden verschluckt“, flüsterte Lesia aufgebracht. „Wir müssen die Suche abbrechen, sonst werden wir noch entdeckt. Morgen können wir weiter nach ihr suchen.“

„Gute Idee“, flüsterte der erste Drilling. „Ja“ – „Ja“, fügten die beiden anderen Drillinge hinzu.

„Wir dürfen nicht aufgeben“, keuchte Minna verzweifelt. Sie war nach dem Marsch durch den Lebenswald immer noch aus der Puste. „Feline ist allein und schutzlos. Wenn es sein muss, dann suche ich halt alleine weiter.“

„Sei vernünftig!“, fauchte Ferula leise. „Es wird gleich hell. Wenn wir uns nicht sofort zu unserem Versteck begeben, werden wir entdeckt. Wir gehen zu den Fassblumen, die Ada für uns gedeihen ließ, verstecken uns in ihnen und morgen suchen wir weiter.“

Plötzlich raschelte es im Gebüsch. Die Feen schreckten zusammen. Mit angehaltenem Atem blickten sie hektisch umher.

„Wer seid Ihr, dass Ihr es wagt, die Ausgangssperre unseres Königs zu missachten?“, erschallte eine metallische Stimme. Gleichzeitig blinzelten hunderte gelbe Augen aus dem schwarzen Dickicht. Die Smorgas hatten sie umzingelt. Minna erkannte die metallische Stimme wieder, die ihr wie eine scharfe Klinge ins Fleisch schnitt.

Ihr wurde eiskalt. In ihrer Sorge um Feline hatte sie vergessen, Lesia von der Kreatur zu erzählen, die sie bei ihrem letzten Besuch in Fantasia entdeckt hatte. Jetzt saßen sie in der Falle und es war allein ihre Schuld.

„Wir sind Schlossdienerinnen“, meldete sich Lesia mit kraftvoller Stimme überraschend zu Wort. „Wir wurden ausgesandt, um nach Blutknollenpflanzen zu suchen, die unserem König einen angenehmen Schlaf bescheren sollen.“

„Die Ausgangssperre gilt für alle ... tssss“, schmetterte eine andere metallische Stimme ihnen entgegen. „Abführen!“

Mit einem ohrenbetäubenden Rascheln stürzten sich die Smorgas auf die Feen. Wie hunderte von Spinnen krabbelten sie aus dem Dickicht hervor, um ihre knochigen, langen Finger ins Fleisch der Feen zu krallen. Lesia und die Feen stellten sich schützend vor Minna, nebeneinander gereiht und wild entschlossen, die Smorgas ihre geballte Kraft spüren zu lassen.

Der heiße Atem der Smorgas brannte bereits in ihren Augen, als mitten unter ihnen, wie aus dem Nichts und für alle unerwartet, die Weiße Physiax auftauchte. Sie warf ihr Schutzprisma wie eine große Decke über ihre Schützlinge und in Sekundenbruchteilen ließ sie Minna und die Feen vor den grässlichen, gelben Augen der Smorgas verschwinden. Ungebremst knallten die Smorgas gegen das Schutzprisma und fielen auf den Rücken.

„Fasst Euch an den Händen!“, schrie die Weiße Physiax und zog die überraschten Feen sogleich hinter sich her. Wie eine Expresszugmaschine raste sie mit den Feen im Schlepptau durch den Lebenswald und führte sie zum Okantarberg.

„Jetzt aber rein mit Euch“, rief die Weiße Physiax den bereits in die Knie gegangenen Feen und Minna zu, die kaum noch Luft bekamen. Ihre Köpfe liefen rot an und für einen Moment hatten sie Angst, am Fuße des gigantischen Berges, der wie ein schwerer, schwarzer Vorhang vom Himmel herunterzuhängen schien, zu ersticken. Die Weiße Physiax schnappte sich Minna, zerrte sie zum Erdloch und stopfte sie kopfüber dort hinein.

Unter großer Anstrengung gelang es auch den anderen Feen, die Köpfe in den Eingang zu stecken und durch den Tunnel in die Höhle hinunterzurutschen. In ihren flatternden Umhängen sahen sie aus wie große Fledermäuse, die bei Tagesanbruch in ihre Höhle zurückkehrten.

„Seid leise", wies die Weiße Physiax sie zurecht, als die Feen und Minna sich das knisternde Laub von ihren Umhängen abklopften. „Ihr werdet noch die Prinzessin aufwecken."

„Die Prinzessin?", fragten alle gleichzeitig mit großen Augen und atmeten erleichtert auf. Die Weiße Physiax zeigte auf den Kamin. Davor lag Feline zusammengekauert auf dem Boden und schlief. Sie heil und unversehrt wiederzusehen, versetzte die Feen und allen voran Minna förmlich in einen Glücksrausch. Sie seufzten zufrieden und spürten, wie die beklemmende Anspannung aus ihren Magengruben wich. Feline bekam von dem Rummel nichts mit, als sich Minna und die Feen um sie versammelten.

„Wo habt Ihr sie gefunden?", flüsterte Lesia aufatmend.

„Hinter dem Feenschloss nahe dem Garten", antwortete die Weiße Physiax kopfschüttelnd. „Das arme Ding wollte zu Borgarus, um ihm die freudige Nachricht zu überbringen, dass sie noch am Leben ist. Als würde ihn das erfreuen."

Einige Feen japsten und hielten sich vor Schreck die Hand vor den Mund.

„Knapp entkommen", fispelte der zweite Drilling erleichtert. „Ja" – „Ja", stimmten die anderen zwei schnell zu.

„Hätte Borgarus sie in die Finger bekommen, dann wäre sie jetzt nicht mehr am Leben“, schlussfolgerte Pahlya mit grimmigem Blick.

„Das gilt für uns alle“, sagte die Weiße Physiax. Sie führte ihre Gäste mit einer einladenden Geste zu der großen Tafel und ließ sie auf den thronähnlichen Holzstühlen Platz nehmen. Sie selbst setzte sich an den Kopf der Tafel, die sie nur um wenige Zentimeter überragte, und beäugte ihre alten Gefährtinnen. Die Weiße Physiax erinnerte sich an jede einzelne von ihnen, als hätten sie ihren Eid der Schwesternschaft erst gestern abgelegt. Sie bewunderte den Mut der Feen, die sich wieder vereint hatten und entschlossen waren, dem König die Stirn zu bieten. Wie sollte sich die Weiße Physiax da heraushalten?

„Wie ist der Plan?“, fragte sie und blickte Lesia erwartungsvoll an. Sie brannte darauf, den genialen Schlachtplan zu erfahren, den ihre einstige Vorzeigeschülerin sicherlich schon ausgetüftelt hatte. Auch die Feen warteten gebannt auf eine Antwort.

„Ehm, der Plan?“, druckste Lesia herum und schaute verlegen in die Runde. „Der Plan … also ehrlich gesagt, der Plan ist ein wenig sonderbar und wird nicht jedem gefallen.“

Lesia hielt kurz inne und wandte sich dann an die Weiße Physiax.

„Wir haben heute Nacht etwas Unglaubliches erfahren“, berichtete sie mit leuchtenden Augen. „Man mag es kaum glauben, aber Prinzessin Ferbeljulinda kann Feengedanken lesen.“

„Schnickschnack“, unterbrach die Weiße Physiax sie. „Mir sind noch zu viele Tassen im Schrank geblieben, als dass ich einer solch törichten Geschichte Glauben schenke.“

Zustimmend nickten die Feen vehement mit den Köpfen.

„Wir waren dabei“, bestätigte Bambeli. „Sie hat unser aller Gedanken gehört.“

Die Weiße Physiax schaute sie mit weit geöffneten Augen an.

„Von Euch allen?", fragte sie fasziniert. „Und da seid Ihr Euch sicher?"

Und wieder nickten die Feen.

„Es ist wahr, altes Mädchen", knatterte Ferula und triezte ihre alte Freundin wie in alten Zeiten. „Unsere Prinzessin besitzt eine Urkraft."

Die Weiße Physiax bekam eine Gänsehaut.

„Ihre Urkraft ist das Gedankenlesen?", murmelte sie ehrfürchtig vor sich hin. „Sie zu besitzen, bedeutet große Verantwortung … sehr große."

Die Weiße Physiax versank in Gedanken. Was mochte das wohl verheißen? Die Prinzessin war viel zu jung, als dass sich ihr eine derartig mächtige Urkraft so schnell nach der Verwandlung hätte offenbaren können. Aber dies würde gleichzeitig auch bedeuten, dass ihre Nichte großes Selbstbewusstsein und unbeschreibliche Willensstärke besitzen musste. Die Weiße Physiax lächelte. Vor Freude fühlte sie sich plötzlich so leicht wie ein aufsteigender, praller Heliumballon.

„Jetzt zu meinem Plan", ergriff Lesia das Wort und zog die Aufmerksamkeit wieder auf sich. „Wir müssen Prinzessin Ferbeljulinda in Borgarus' Nähe bringen, damit sie aus seinen Gedanken erfährt, wo er die Schriftrolle versteckt hält."

Ein lautes Raunen ging durch die Runde.

„Wie soll das gehen?", warf Pahlya skeptisch ein. „Er wird sie doch töten."

„Habt Ihr vergessen …", entgegnete Lesia, „Borgarus hat die Prinzessin das letzte Mal vor ihrer Verwandlung gesehen. So wie sie jetzt aussieht, wird er sie nicht erkennen. Er darf nur nicht erfahren, wer sie wirklich ist."

„Aber wie sollen wir die Prinzessin in seine Nähe bringen?“, rätselte Poktah. „Er wird Verdacht schöpfen, wenn plötzlich ein fremdes Feenkind um ihn herumhüpft.“

„Nicht wenn er sie selbst ins Schloss holt“, sagte Lesia geheimnisvoll und zog die Augenbrauen hoch. „Prinzessin Ferbeljulinda wird am *Rüttelschüttelturnier* teilnehmen. Denn nur so gelangt sie ins Feenschloss und letztendlich in seine Nähe.“

Die Feen hielten den Atem an. Sie warfen sich nervöse Blicke zu. Der Gedanke, die Prinzessin bei diesem Turnier mitmachen zu lassen und sie somit dem König auszuliefern, war ihnen nicht ganz geheuer.

„Was ist das für ein Turnier?“, fragte Minna besorgt, die die Unruhe der Feen wohl bemerkt hatte.

„Das Rüttelschüttelturnier gilt als das bedeutendste Turnier im Feenland“, erklärte Bambeli, die neben Minna saß. „Jedes verwandelte Feenkind fiebert darauf hin. Aus ganz Fantasia reisen jedes Jahr junge Feen ins Mangal-Tal, um an den gefürchteten Disziplinen teilzunehmen. Die Besten unter ihnen werden von den drei berühmten Lehrmeistern, die untertänigst Borgarus dienen, als Schüler und Schülerinnen auserwählt und im Feenschloss unterrichtet. Es ist eine der größten Ehren für alle Feeneltern, ihre Kinder in der Obhut des Königs zu anerkannten und mächtigen Feen ausgebildet zu wissen. Nur ahnt niemand, dass das eine Falle ist.“

„Eine Falle?“ Minna schaute bekümmert.

„Hinter dieser glitzernden Fassade herrscht boshaftes Kalkül“, mischte sich Pahlya mit grimmigem Blick ein. „Das Turnier dient lediglich dazu, sich die Wunschkräfte von allen Feenkindern vorführen zu lassen. Besitzt eines der Kinder eine besondere Fähigkeit, dann wird es als Schüler mit ins Feenschloss genommen. Auf diese Weise eliminiert Borgarus – wie auch viele Könige vor ihm

– skrupellos diejenigen Feenkinder, die zu mächtigen Feen heranwachsen und für ihn später eine Bedrohung darstellen könnten. Und niemand weiß davon."

„Was passiert mit den Feenkindern?" Minna war fassungslos. „Tötet er sie?"

„Schlimmer", warf der erste Drilling ein. „Borgarus macht sie zu seinen Slazzaans, zu kaltherzigen Sklaven, die ihm auf ewig gehorchen müssen. Er löscht alle Erinnerungen an ihr früheres Leben aus und lässt sie von seinen drei Lehrmeistern unterrichten, die sie in die finstersten und gemeinsten Wunschsprüche einweihen. Sie erlangen unglaubliche Kräfte, aber diese dürfen sie nur für ihren König einsetzen. So gesehen, gibt es nichts Schlimmeres für eine Fee, als zu einer Slazzaan zu werden. Sie sind zwar mächtig, aber haben ihren freien Willen und manche auch ihren Verstand verloren."

„Das ist furchtbar", sagte Minna und wandte sich an die Weiße Physiax. „Ihr dürft Feline nicht an diesem Turnier teilnehmen lassen. Es ist viel zu gefährlich. Was ist, wenn wir sie verlieren?"

„Der Menschling hat recht", krakeelte Ferula. „Was ist, wenn die Prinzessin nicht stark genug ist und ihm hörig wird? Sie könnte dann für immer der dunklen Seite angehören."

„Schnickschnack", unterbrach die Weiße Physiax die aufkommende Sorge. „So weit wird es nicht kommen. Ich werde sicherlich nicht zulassen, dass wir meine Nichte blind in Gefahr bringen. Als erstes müssen wir herausfinden, wozu unsere Prinzessin Ferbeljulinda fähig ist. Sie wird erst ausgebildet und soll dann selbst entscheiden, ob sie es sich zutraut."

„Ich werde schon morgen mit dem Unterricht beginnen", ergriff Lesia das Wort und war erfreut, dass der Weißen Physiax ihr Plan offensichtlich gefiel. „Ich werde ihr alles beibringen, was ich kann und …"

„Schnickschnack, ich habe eine bessere Idee: Wir *alle* werden sie unterrichten! Welchem Feenkind ist es vergönnt, neun Lehrmeisterinnen zu haben? Nur wenn sie gut ausgebildet ist, wird sie eine Chance haben, das Turnier zu meistern und später im Feenschloss zu überleben."

Die Weiße Physiax schaute die Feen mit einem verschmitzten Lächeln an. „Pahlya", rief sie dann freudig aus, „sind Euch die filigranen Jagdtechniken noch vertraut, mit denen Ihr die seltensten Wesen Fantasias einfangen konntet?"

„Ich … ich bin ein wenig eingerostet, aber mit ein bisschen Übung … ja."

„Und Ihr, Poktah – seid Ihr noch im Besitz Eurer sagenhaften Reflexe, mit denen Ihr Zeit und Raum beherrscht?"

Poktah nickte stolz.

„Ferula, meine alte Freundin, haben Eure Feentränke noch heilende Wirkung oder seid Ihr inzwischen zu alt, um Euch an die Tranksprüche zu erinnern?"

„Ich bin nur halb so alt wie Ihr, altes Mädchen", konterte Ferula. „Meine Tränke würden sogar einen schlafenden Doppelkopf-Riesen wieder auf die Beine bringen."

„Besitzt Ihr noch Euer feines Gespür für die Elemente Luft und Wasser?", fragte die Weiße Physiax die Drillinge, die geschmeichelt nickten.

„Und Bambeli, habt Ihr noch Eure geschmeidige Stimme, die sogar Nymphen vor Neid erblassen ließ?"

„Es ist nur eine Frage des Nektars", witzelte Bambeli. „Gebt mir welchen und ich singe Euch in den Schlaf."

„Und zuletzt Ihr, meine treue Schülerin", sagte sie sanft zu Lesia. „Könnt Ihr noch Eure wuchtigen Energiebälle erzeugen, deren Aufprall den Himmel erzittern ließ?"

Lesia bestätigte dies stolz mit einem Kopfnicken.

„Und ich, meine Schwestern", sprach die Weiße Physiax, „ich werde ihr beibringen, sich für Feinde unsichtbar zu machen."

Sie knallte ihre Hände donnernd auf den Tisch.

„Dann macht Euch bereit … in drei Monden beginnt das Rüttelschüttelturnier."

Die Stunde vor dem Morgengrauen

„Ihr Nichtsnutze! Ihr Ungeziefer! Wie konntet ihr sie nur entkommen lassen?", zischelte Borgarus' wütende Stimme durch die steinerne Halle, während er die Reihen der ihm zu Füßen liegenden Smorgas durchschritt. „Ich will wissen, wer diese Feen sind, die es gewagt haben, meine Gesetze zu missachten. Sprecht!"

„Eure Hoheit", flüsterte ein Smorga aus der ersten Reihe, zitternd und mit gesenktem Haupt. „Wir wissen es nicht. Es waren neun Feenfrauen, die sich als Schlossdienerinnen ausgegeben haben. Sie haben uns getäuscht. Wir hatten sie eingekesselt, aber sie verschwanden vor unseren Augen."

Borgarus bäumte sich gebieterisch vor dem Smorga auf. Seine weißen Haare fielen ihm bis in die Kniekehlen und umrandeten sein bleiches, knochiges Gesicht. Er streifte ungehalten über seine drei Bartzöpfe.

„Ihr habt versagt!", fauchte er zornig und schnipste mit dem Finger. Sofort rückten seine furchteinflößenden Slazzaans in ihren weißen Umhängen an und stellten sich hinter ihren Gebieter. Schulter an Schulter. Ihre Augen waren verschwommen, als würde ein grauer Nebel vor ihnen schweben. Mit einem Energiestrahl erfasste die Anführerin der Slazzaans den Smorga, der sogleich von qualvollen Schmerzen erfasst wurde. Sein durchdringender, metallischer Schrei durchbohrte die Köpfe der anderen Smorgas, die sich verängstigt noch enger an den Boden drückten.

Der Schrei wurde schriller, als der zweite Energiestrahl der Anführerin den Smorga ergriff und ihn in die Luft hob. Der Smorga schwebte wie gelähmt vor Borgarus, der ihn mit seinen schwarzen Augen finster anschaute.

„Du wirst diese Feen finden!", sprach Borgarus mit kalter Stimme. „Andernfalls schicke ich dich und deinesgleichen in die Feenunterwelt."

Der Slazzaan stieß den Smorga im hohen Bogen durch die Halle. Der fiel vom Energiestrahl befreit zu Boden und ergriff schleunigst die Flucht. Die anderen Smorgas krochen schnell und leise hinterher.

Erzürnt stampfte Borgarus die Steintreppe zu seinem schwarzen Marmor-Thron hinauf. Die Anführerin der Slazzaans folgte ihm.

„Vergesst die Smorgas, Eure Hoheit", sagte sie mit heiserer Stimme. „Hetzt das Feenvolk auf. Ihr braucht nur zu verbreiten, dass fremde Feen im Land aufgetaucht sind. Beschuldigt sie! Sagt, sie seien für den Tod von Prinzessin Orelia, folglich auch für das Auftauchen des Gorlocks verantwortlich. Jeder in Fantasia würde sie Euch ausliefern."

„Du bist gut, Slazzaan." Borgarus lächelte zufrieden. „So scharfsinnig und böse, wie ich es mag. So soll es geschehen. Verkündet es dem Feenvolk!"

Kapitel 5

Bilder aus Erinnerungen

Feline öffnete die Augen. Eigenartig … sie fröstelte unter dem Schirmpilz, wo sie es für gewöhnlich kuschelig warm hatte. Sein Stiel, an dem sie angeschmiegt lag, war kalt. Die fluoreszierenden Lamellen, die ihr immer Licht gespendet hatten, waren erloschen. Etwas stimmte nicht. Sie krabbelte unter seinem Hut hervor und wurde von einem gleißenden Schein geblendet. Fantasia war in ein grellweißes Licht eingetaucht, das Feline zuvor noch nie gesehen hatte. Sie blickte hinunter ins Tal. Das einst silbern schimmernde Feenschloss war zu einem dunkelgrauen, schroffen Steinfelsen geworden, in dem kein Leben mehr zu existieren schien. Vor seinen Toren jedoch stand ein blonder Junge, der sie aus der Ferne mit durchbohrendem Blick anstarrte. Feline erschauderte und war zugleich erfreut … Cedric? Wie kam er nur hierher? Sie rief seinen Namen, aber so laut sie auch schrie – ihre Stimme wurde von der Stille verschlungen. Dann tauchte Minna neben Cedric auf. Sie schauten beide zu Feline hoch und winkten ihr mit versteinerten Mienen zu. Was ging da vor sich? Feline wurde langsam unruhig. Für Menschlinge war es in Fantasia doch viel zu gefährlich. Sie musste sie in Sicherheit bringen. Feline wollte hinunter ins Tal eilen, als sich die hohen Eisentore des bedrohlichen Schlosses donnernd öffneten. Sie blieb wie angewurzelt stehen. Das Blut gefror in ihren Adern, als sie den Gorlock hindurchkriechen sah … er schlich sich von hinten an Cedric und Minna heran, bis der Schatten seiner zwei Köpfe sie erfasste. Aber sie bemerkten den Gorlock nicht. Sie winkten Feline weiterhin zu – fast schon mechanisch. Feline hatte große Angst. Sie stieß stumme Schreie aus und fuchtelte wie von Sinnen mit den Armen, um sie vor dem schwarzen Ungeheuer zu warnen. Aber ihre Stimme drang nicht zu ihnen durch. Der Gorlock fletschte hungrig seine Zähne, während seine blutunterlaufenen Augen die Beute fest im Visier hatten. Dann passierte es: Blitzschnell packte er Cedric und Minna mit beiden Mäulern und verschlang sie bei lebendigem Leibe. Felines Gesicht war tränenüberströmt. Ihr Herz raste vor Wut. Sie zitterte am ganzen Körper. Plötzlich fingen ihre Hände an zu glühen, als würden sie gleich in Flammen aufgehen. Wutentbrannt streckte sie sie aus und lud unerwartet einen gewaltigen, brennenden Energieball ab, den sie mit ihrer ganzen Kraft auf den Gorlock schleuderte. Ihre tiefgrünen Augen waren von Hass erfüllt, während sie dem gleißenden Energieball hinterher schaute. Mit Anspannung wartete sie auf den Tod des Gorlocks … als eine vertraute Stimme zu ihr durchdrang.

„Feline, wach auf!“, hörte sie Minna besorgt sagen.

Feline schreckte nassgeschwitzt aus dem Schlaf auf. Sie warf sich Minna, die neben ihr auf dem Moosbett saß, um den Hals.

„Du … du lebst“, nuschelte Feline und drückte sie fest an sich.

„Du hast geträumt.“ Minna war überglücklich, Feline in den Armen zu halten. „Es war nur ein böser Traum. Ich bin hier.“

„Es tut mir leid“, sagte Feline verlegen, als sie sich allmählich beruhigt hatte. „Ich hätte nicht weglaufen sollen …“

„Schsch, du musst dich nicht entschuldigen.“ Minna drückte sie sanft von sich weg und sah sie an. „Du hast nichts falsch gemacht. Jeder hätte so reagiert. Wenn sich hier einer entschuldigen muss, dann ich, weil ich dir nicht die Wahrheit sagen konnte.“

„Du hast alles richtig gemacht“, bestätigte Feline. „Eigentlich muss ich dir danken, denn vor meiner Verwandlung hätte mich diese Nachricht zerstört. Ich hätte mich niemals verwandelt und auch nie meine Kräfte erlangt."

Erleichtert zog Minna sie wieder an sich und gab ihr einen Kuss auf die Wange.

„Wo sind wir eigentlich?", fragte Feline und schaute sich verwundert um. Sie befand sich in einem kleinen, wabenähnlichen Hohlraum, der zu einer Seite hin geöffnet war.

Minna lächelte. „Wir sind immer noch in der Erdhöhle unter dem Okantarberg", sagte sie. „Die Weiße Physiax hat uns eine Wabenwand gewünscht. Für jeden einen Hohlraum. Deine Tante ist eine geborene Hotelfachfrau."

Feline rollte sich vom Moosbett herunter und streckte ihren Kopf aus der Wabe heraus, die sich in luftiger Höhe befand. Ihr Blick fiel auf den großen, gedeckten Tisch in der Mitte der Erdhöhle, an dem die Feen saßen. Die Weiße Physiax schaute zu ihr hinauf.

„Haben Euch drei Tage Schlaf ausgereicht?", rief sie hoch. „Klettert herunter, sonst versäumt Ihr Euren Unterricht."

Feline drehte sich verblüfft zu Minna um. „Drei Tage?", flüsterte sie fassungslos. „Ehrlich jetzt?" Minna nickte lächelnd.

Dem waghalsigen Plan der Feen, am Rüttelschüttelturnier teilzunehmen und in Borgarus' Gedanken nach der Schriftrolle zu suchen, stimmte Feline ohne zu zögern zu. Den Weg der Schwesternschaft, den ihre Mutter eingeschlagen hatte, wollte Feline nun für sie zu Ende gehen. Ihre Mutter und Geschwister sollten nicht umsonst gestorben sein.

Obwohl das Rüttelschüttelturnier in Fantasia so berühmt war, durften königliche Feenkinder nicht daran teilnehmen. Diesen

Erlass hatte Prinzessin Orelia für ihre Kinder beim König erbeten. Ihre Mutter hatte Feline und ihren Geschwistern nicht einmal erlaubt, im Publikum zu sitzen, wenn Feenkinder aus dem ganzen Land ihre Wunschkräfte unter Beweis stellten. Jetzt verstand Feline die Beweggründe ihrer Mutter: Sie wollte ihre Kinder vor dem bösen Treiben ihres Bruders beschützen!

„Wie Ihr sicherlich wisst, müsst Ihr Euch für das Rüttelschütturnier qualifizieren“, sagte die Weiße Physiax, „indem Ihr den berühmten Audaxiabaum, den eigensinnigsten Baum des Landes, zum Rütteln und zum Schütteln bringt. Wie Ihr das anstellt, ist Euch überlassen. Dabei können wir Euch nicht helfen. Aber wir haben, während Ihr geschlafen habt, einen Trainingsplan zusammengestellt, der die wichtigsten Wissensgebiete abdeckt. Nach diesem Lehrplan wollen wir Euch unterrichten. Eines müsst Ihr jedoch bedenken: In den kommenden drei Monden werdet Ihr die Erdhöhle zu Eurer eigenen Sicherheit nicht verlassen. Das bedeutet, dass Euch in dieser Zeit kein Baum finden wird, um sich mit Euch zu vereinen. Versucht, Eure Lebensenergie aus der Erde zu schöpfen, wie ich es all die Jahre gemacht habe. Ihr werdet Eure Wunschkräfte nicht gänzlich entfachen können, aber es wird reichen.“

Feline nickte.

„Nun folgt mir alle! Es wird Zeit für ihr Training!“

Sie gelangten durch eine unscheinbare, kleine Tür in eine Nebenhöhle. Diese war größer und höher als die erste. Ihre Wände waren rundherum mit brennenden Fackeln bestückt, die die Höhle bis zur Kuppel hell erleuchteten.

„Das ist Eure Trainingshöhle“, erklärte die Weiße Physiax stolz. „Wie für Euch gemacht. Hier werdet Ihr trainieren. Darf ich Euch nun Eure erste Lehrmeisterin Fee Pahlya vorstellen.“

Pahlya trat grimmig dreinblickend vor. Sie zückte ein Lederband aus ihrer Tasche und band sich die Haare streng nach hinten. Sie sah aus wie eine furchtlose Kriegerin.

„Es gibt Kreaturen im Lebenswald", sagte sie mit Grusel erregender Stimme, „bei deren Anblick Euch das Blut in den Adern gefriert. Ihre Schreie können sich wie Metallsplitter in Euer Gehirn bohren. Sie sind hinterhältig, blutrünstig und einige von ihnen stürzen sich in Scharen auf ihre Gegner. Versucht, sie mit Eurem Verstand zu überlisten."

Sie setzte sich auf den Boden und bat Feline, ihr gegenüber Platz zu nehmen.

„Den Gang in die Gebiete der finsteren Kreaturen ersparen wir uns. In Anbetracht Eurer Urkraft kann der Unterricht hier in der Höhle stattfinden, genauer gesagt in meinem Kopf."

Feline schaute sie mit großen Augen an.

„Eure Urkraft ermöglicht Euch nicht nur, Gedanken zu hören, sondern auch Bilder zu sehen – Bilder aus Erinnerungen."

„Ihr meint, ich kann in die Köpfe anderer eintauchen, wie in einen Blitzer?", fragte Feline erstaunt.

„Clevere Prinzessin", sagte Pahlya, angetan von Felines Scharfsinn. „Ihr habt es verstanden. Aber anders als beim Blitzer schaut Ihr nicht nur zu, Ihr seid mittendrin im Geschehen. Ich werde Euch Einlass in meine tiefsten, erschreckendsten Erinnerungen gewähren. Ihr werdet Euch in Gefahrensituationen wiederfinden, die ich erlebt habe. Ich stelle Euch eine Art Trainingsprogramm zur Verfügung. Alles was Ihr sehen, riechen oder fühlen werdet, wird Euch absolut real vorkommen. Sicherlich werdet Ihr Euch fürchten, aber vergesst nicht: Alles findet nur in meinem Kopf statt. Wenn Ihr dennoch abbrechen wollt, dann müsst Ihr es nur sagen. Wollt Ihr es versuchen?"

Feline nickte selbstsicher.

„Dann klinkt Euch bei mir ein und konzentriert Euch auf meine Gedanken“, sagte Pahlya mit gedämpfter Stimme.

Minna und die anderen Feen versammelten sich um die beiden herum. Feline versuchte sich zu konzentrieren, was ihr bei den eifrigen Zuschauern nicht leicht fiel. Sie hätte fast losgekichert, als sie die Drillinge dabei beobachtete, wie sie sich schubsend und drängelnd um den mittleren Platz in ihrem Dreiergespann stritten. Aber Feline riss sich zusammen und schloss die Augen. Um sie herum wurde es allmählich stiller und stiller. Sie verspürte ein komisches Gefühl im Bauch, als würde sie sich für einen kurzen Moment in freiem Fall befinden. Dann hörte es schlagartig auf. Feline öffnete die Augen und erschrak. Sie fand sich an einem finsteren und unbekannten Ort wieder. Die Bäume waren pechschwarz. Ihre dicken, kahlen Äste ragten wie Pflöcke kreuz und quer in den Himmel. Ein unerträglicher Geruch von Verwesung, der aus den Baumrinden strömte, stieg Feline stechend in die Nase. Langsam stand sie auf und bewegte sich vorsichtig vorwärts. Der Boden unter ihren Füßen war steinig. Eine feuchte Kälte ging von ihm aus, die Feline von unten ins Gesicht schlug. Pahlya hatte recht: Es fühlte sich real an!

Feline wusste nicht, wonach sie Ausschau halten sollte oder worin ihre Aufgabe bestand, aber ihre Augen huschten nervös umher. Dann … mit heftigen Flügelschlägen zog plötzlich ein großer Schatten über ihren Kopf hinweg. Feline zuckte zusammen und ließ sich zu Boden fallen. Was war das? Ihr Herz begann, fürchterlich zu pochen. Sie schaute vorsichtig hoch. Nicht allzu weit entfernt, hoch oben auf einem Felsvorsprung, entdeckte sie einen riesengroßen, roten Drachen. Er saß regungslos da und wirkte wie ein besonders hässlicher Gargoyl. Er hatte säbelartige Eckzähne, die größer waren als Feline. Seine Haut sah feucht und verklebt aus, als wäre sie mit Blut überzogen. Unmittelbar neben ihm saß in einem großen Nest ein zweiter furchterregender Drache. Starr vor Angst blieb Feline steif wie ein Brett auf dem Boden liegen und beobachtete die Drachen. Und auf einmal hoben sie gleichzeitig mit einem gewaltigen Flügelschlag ab und tauschten ihre Plätze. Feline entdeckte ein Ei in ihrem Nest, auf dem sie abwechselnd zu brüten schienen. Aber im Gegensatz zu seinen Dracheneltern war es goldglänzend und von erhabener Schönheit.

„Es ist das Ei des letzten goldenen Drachens“, hörte sie plötzlich Pahlya wie eine Geisterstimme in ihrem Kopf flüstern. „Vor langer Zeit haben es die gemeinen Thulit-Drachen aus seinem Nest gestohlen. Seither kühlen sie das Ei mit ihren eiskalten Körpern und verhindern das Auschlüpfen des goldenen Drachens. Eure Aufgabe ist es, das Drachen-Ei zu befreien und dafür zu sorgen, dass der Drache schlüpft.“

Dann verstummte Pahlyas Stimme.

Feline hatte keinen blassen Schimmer, wie sie das anstellen sollte. Sie kroch leise zum nächsten Baumstamm und suchte Deckung, um die Thulit-Drachen besser beobachten zu können. Als hätten sie Felines Blicke gespürt, drehten sie die Köpfe in ihre Richtung und starrten sie mit ihren weißen Augen an. Feline schnappte laut nach Luft und rannte los. Mit einem entsetzlich lauten, schrillen Schrei stürzten sich die Thulit-Drachen im Sturzflug auf Feline, die, so schnell sie nur konnte, davonlief. Doch die Schreie wurden immer lauter. Und gerade als der erste Drache mit seinen großen Krallen nach ihr griff, ließ Feline sich zu Boden fallen. Die Drachen flogen über sie hinweg wie Piloten bei einer Flugshow. Feline hatte nicht viel Zeit. Sie musste sich schnell etwas einfallen lassen, während die Ungeheuer senkrecht in den Himmel schossen, um sich dieses Mal aus unermesslicher Höhe und mit noch größerer Wucht auf sie stürzen zu können.

„Denk nach!“, hechelte sie. „Denk nach!“

Doch die Drachen hatten erneut zum Sturzflug angesetzt. Sie kamen immer näher … wütend … feuerspeiend. Feline schaute sich blitzschnell um … sie musste sie irgendwie ablenken. Ihr Blick fiel auf den Mond, der groß und hell am Himmel leuchtete. Da kam Feline eine Idee. Sie wünschte sich eine glänzende Silberplatte herbei und hielt diese mit beiden Händen fest umklammert gegen den Mond. Von der Platte ging nun ein weißglühender Strahl aus, den Feline auf die Drachen richtete. Vom gleißenden Licht geblendet stießen die Thulit-Drachen einen schmerzerfüllten Schrei aus und ergriffen panisch die Flucht.

Feline machte einen kleinen Freudensprung und eilte zum Ei, das immer noch auf dem Felsvorsprung im Nest lag.

„So, goldener Drache“, flüsterte Feline, während sie das Ei ganz aus der Nähe betrachtete, „wie bringen wir dich zum Schlüpfen?“

Sie klopfte vorsichtig gegen die Schale.

Es rührt sich nichts, dachte sie und atmete enttäuscht aus.

Da! Feline vernahm ein kaum hörbares Piepen. Angestrengt lauschte sie, aber das Piepen war weg. Und wieder atmete sie frustiert aus. Und da – erneut ein leises Piepen.

„Es ist mein Atem“, stellte Feline verblüfft fest. Sie hatte das Drachenbaby, ohne es zu ahnen, ein wenig aus seiner Kältestarre befreit. „Soll ich dich weiter wärmen?“

Sie beugte sich nach vorn und hauchte das Ei von allen Seiten an. Ihr heißer Atem legte sich auf die Schale, die leicht zu schimmern begann. Je mehr sie das Ei mit ihrem Atem wärmte, umso mehr rumorte es in ihm – bis das Drachenbaby schließlich mit seinem Köpfchen die Schale durchbrach. Zwei große Kulleraugen schauten sie verängstigt an. Entzückt streckte Feline vorsichtig die Hand nach ihm aus, um es zu streicheln. Aber der kleine Drache zog rasch den Kopf zurück und im selben Moment pulverisierte er die Schale in Millionen kleine Partikel. Goldener Drachenstaub erfüllte die Luft, als wäre eine Konfetti-Bombe gezündet worden, und mit einem Mal schoss ein ausgewachsener, goldener Drache aus dem Staub in den Himmel. Voller Anmut und mit majestätischem Flügelschlag stieg er immer höher und höher, spie Feuer und flog davon. Feline blickte ihm versonnen nach.

„Ihr habt Scharfsinn und Mut bewiesen", hörte Feline Pahlya sagen, während ihr Blick für die Realität immer schärfer wurde und sie ihre Lehrmeisterin wieder klar und deutlich vor sich sah. „Die Idee, die Thulit-Drachen mit dem Mondlicht zu verjagen, war grandios. Und Ihr habt das Rätsel um das Drachen-Ei rasch gelöst. Ich bin beeindruckt."

In den folgenden Tagen machte Pahlya ihrer Lieblingsschülerin noch die verschiedensten Gefahrensituationen zugänglich: die Jagd nach dem Troll, den Abstieg in die Schlucht der grünen Zwillings-Spinnen und die Überquerung des Pfades mit dem schleimigen Kraken-Baum. Und jede dieser Übungen meisterte Feline.

Die Verlangsamung der Zeit

Mit strengem Gesichtsausdruck stellte sich Poktah vor Feline. Sie schauten sich musternd an. Feline fiel sofort auf, wie stark Poktah wirkte und wie unverwechselbar sie mit ihren weißblonden Haaren aussah.

„Ich werde Euch beibringen, Raum und Zeit im Kampf gegen

andere Feen zu Eurem Vorteil zu nutzen. Ich werde Eure Reflexe trainieren. Eure Bewegungen werden schneller sein als jemals zuvor.“ Sie holte fünf rote Gummibälle aus der Tasche ihres Umhangs hervor.

„Ich werde diese Bälle nun in Schwung bringen und ich möchte, dass Ihr ihnen ausweicht“, fuhr sie fort. „Es sind keine gewöhnlichen Bälle, denn sie werden Euch jagen. Drei Sachen müsst Ihr beachten. Erstens: Wenn sie einmal in Bewegung sind, fliegen sie solange weiter, bis sie eingefangen werden. Zweitens: Entgegen jedem physikalischen Gesetz ändern sie beliebig ihre Flugbahnen. Und drittens: Je länger sie in Bewegung sind, umso schneller werden sie.“

Auf Felines Kopfnicken hin schmetterte Poktah die Bälle mit aller Kraft auf den Boden. Sie sprangen hoch, schlugen wuchtig gegen die Decke und kamen dann wie Kometen wieder niedergeschossen. Und bevor Feline sich auch nur einen Millimeter rühren konnte, wurde sie überall getroffen … *patsch … patsch … patsch.* Danach gerieten die Bälle völlig außer Kontrolle. Sie sausten im Affentempo durch die Höhle und verfolgten Feline – pfeifend, zischend, von rechts, von links, von oben und von unten … *patsch … patsch … patsch.*

Poktah hatte genug gesehen. Sie sprang mit einem Satz in die Luft, fing die Bälle mit einer Hand, als wäre es ein Kinderspiel, und setzte dem ein Ende.

„Sie sind zu schnell“, keuchte Feline und fiel auf die Knie. „Ich schaffe es nicht.“

„Sie sind nicht zu schnell“, sagte Poktah mir strenger Stimme. „Ihr seid zu langsam! Ihr müsst die Bälle im Auge behalten, sonst verliert Ihr Eure Orientierung. Eure Reaktionszeit hängt davon ab, wie schnell Ihr Eure Umgebung erfasst. Das heißt, je schneller Ihr

Euch einen Gesamteindruck von der Situation verschafft, umso schneller könnt Ihr reagieren. Konzentriert Euch! Los, versucht es noch einmal!"

Und schon schleuderte Poktah die Bälle wieder auf den Boden. Sie schnellten hoch, prallten von der Höhlendecke ab und kamen wieder in rasendem Tempo auf Feline zugeflogen. Feline rannte los. Während sie lief, drehte sie sich ständig nach den Geschossen um. Und dann, völlig unbeabsichtigt, erweiterte sich für einen Moment ihr Blickfeld und sie hatte das Gefühl, einer der Bälle würde langsamer werden. Sie duckte sich blitzschnell und tatsächlich – er flog über sie hinweg. Jedoch erwischten die anderen Bälle sie ... *patsch* ... *patsch* ... *patsch.*

Poktah startete erneut ein Ball-Fang-Manöver und begab sich anschließend zu Feline, die hechelnd auf dem Boden lag.

„Ich denke, Ihr habt es verstanden", sagte sie. „Jetzt müsst Ihr es nur noch verinnerlichen. Übt! Wenn Ihr so weit seid, sagt mir Bescheid."

Als Poktah und die anderen Feen die Trainingshöhle verließen, blieb Feline verwirrt zurück und war sich nicht sicher, was sie verstanden haben sollte.

Sie machte die Nächte zu Tagen und trainierte. Ununterbrochen. Und nach fünf Tagen rief sie die Feen in der Trainingshöhle zusammen.

„Es hat länger gedauert, als ich dachte", sagte Feline selbstkritisch, aber dennoch zufrieden, und wandte sich an Poktah. „Aber nun bin ich so weit. Ihr könnt mich prüfen."

Minna und die Feen stellten sich gespannt nebeneinander in einer Reihe auf.

„Los!", rief Poktah donnernd und schleuderte fünf Bälle direkt gegen die hohe Decke.

Feline blieb ganz ruhig. Sie verzog keine Miene. Nur ihre Augen bewegten sich blitzschnell in alle Richtungen, als wären sie hypnotisch an die Bälle gefesselt. Dann kniff sie die Augen zu zwei kleinen Schlitzen zusammen und stellte ihren neugewonnenen „Panorama-Blick“ ein, was ihr inzwischen in Millisekunden gelang. Sie sah die Bälle wie in Zeitlupe auf sich zufliegen. Mühelos gelangen ihr die Ausweichmanöver. Mit einem schnellen Schritt nach rechts entkam sie dem ersten Ball, sie drehte sich zur Seite und duckte sich vor dem zweiten Ball, sie wirbelte wieder zurück und entwischte dem dritten Ball, dann sprang sie hoch und ließ den vierten unter sich vorbeifliegen und mit einem blitzschnellen Hakenschlag entkam sie dem fünften.

Feline war schneller, als die Feen gucken konnten. Aber das war noch nicht alles. Sie fing die fünf Bälle, die wild durch die Höhle flitzten, nach und nach ein – ohne dass auch nur *ein* Ball sie traf. Es hatte geklappt! Dann verbeugte sie sich, als hätte sie ein Bühnenstück beendet.

Die Feen waren außer sich. Sie klatschten und jubelten ihrer talentierten Schülerin mit glücklichen Gesichtern zu. Auch Minna konnte ihren Augen nicht trauen und war vor Stolz gerührt.

„Wie ich schon sagte, die Bälle sind gar nicht so schnell“, sprach Poktah mit einem zufriedenen Lächeln. „Ihr habt gelernt, durch eine veränderte Wahrnehmung schneller zu handeln. Ihr agiert nun, statt nur zu reagieren.“

„Das habt Ihr großartig gelöst, Prinzessin“, sagte die Weiße Physiax mit einem glücklichen Gesichtsausdruck und trat vor Feline. „Nun geht und ruht Euch aus. Wir fahren morgen mit dem Unterricht fort.“

„Nein“, widersprach Feline. Sie war kein bisschen müde. „Lasst uns fortfahren.“

Die Weiße Physiax lächelte. „Ihr habt die Prinzessin gehört, Fee Ferula", rief sie, ohne ihre Augen von Feline abzuwenden. „Unsere Schülerin verlangt nach mehr Wissen."

Die Kunst der Wunschtränke

Ferula war sehr alt – an die vierhundertzwanzig Jahre munkelten die Feen. Sie war ein wandelndes Lexikon und trug das gesamte Wissen über die Pflanzenwelt Fantasias in sich. Sie kannte jede noch so seltene Pflanze und jede noch so tief in die Erde reichende Wurzel. Nicht ohne Grund galten ihre Tränke als die stärksten, die wirkungsvollsten und die gefürchtetsten.

„Leider erlauben mir die Umstände nicht, Euch all mein Wissen zu vermitteln", schnaubte Ferula und stemmte einen schweren, staubigen Wälzer auf den Tisch, der so dick war wie zehn übereinander gestapelte Bücher. „Und weil wir keine Zeit haben, müsst Ihr nur dieses Lehrbuch hier auswendig lernen."

Dabei tätschelte sie das Buch, das Feline mit großen Augen bestaunte.

„Die Kunst des Wunschbrauens besteht in erster Linie darin", fuhr Ferula mit ihrer tiefen, sanften Stimme fort, „jedes Kraut zu kennen und die Kräuter unter keinen Umständen zu verwechseln. Sonst entstehen Tränke, die ihre Wirkung weit verfehlen und Unvorhergesehenes in Gang setzen oder gar tödlich enden können. Mit äußerster Vorsicht und Präzision müsst Ihr die Mengen dosieren und die Kräuter vermischen. Dafür braucht Ihr einen scharfen Verstand und ruhige Hände."

Sie schob das Buch zu Feline. „Ich bin gespannt, welchen Trank Ihr uns kreieren werdet", sagte Ferula und zwinkerte ihr zu.

Feline verschanzte sich in ihrer Wabe und erst nach drei ganzen Tagen steckte sie ihren Kopf wieder heraus. Sie kletterte die Wabenwand hinunter, ging zielstrebig zu den Pflanzen, die an den Wänden wuchsen, und suchte sich für ihren neuen Wunschtrank die Zutaten zusammen.

Die Feen warfen sich freudige Blicke zu und versammelten sich neugierig um den großen Tisch, an dem Feline ihre Braukunst vorführte.

In einem Silberkessel zerbröselte sie zwei Blätter vom zuckenden Grünstern, einen traubigen Blütenstand vom Einhornglöckchen, die Kelchblätter der Elfenwurz, die Blüte vom gemeinen Erdrauch und olivgrüne Schleimalgen. Sie gab etwas Wasser hinzu und stellte den Kessel auf das Kaminfeuer. Unter ständigem Rühren verdickte sich die Brühe zu einer grünen, schleimigen Masse. Sie schöpfte mit der Kelle etwas von dem dampfenden Gebräu ab und füllte es in einen Becher.

Minna und die Feen schauten neugierig zu. Niemand ahnte, was Feline dort zusammengebraut hatte. Wortlos prostete Feline ihnen zu und nahm einen großen Schluck. Sie bekam den Trank nur mit Hängen und Würgen hinunter. Es schmeckte so fürchterlich, dass sie sich kräftig schütteln musste. Dann blickte sie die Feen mit einem verschmitzten Lächeln an und sprach das erste Wort nach drei Tagen.

„Schnickschnack", krächzte Feline mit der Stimme der Weißen Physiax. „Das habt Ihr großartig gelöst, Prinzessin. Nun geht und ruht Euch aus. Wir fahren morgen mit dem Unterricht fort."

Die Feen brachen in lautes Gelächter aus und klatschten amüsiert in die Hände.

„Wartet, meine Schwestern“, knatterte Feline weiter. „Ich bin noch nicht fertig.“ Sie rührte rote Salbeiblätter in ihren Trank und nahm einen weiteren kräftigen Schluck.

„Die Kunst des Wunschbrauens besteht in erster Linie darin“, Feline klang nun Ferula zum Verwechseln ähnlich, „jedes Kraut zu kennen und die Kräuter unter keinen Umständen zu verwechseln.“

Die Feen konnten sich kaum mehr halten. Sie prusteten und glucksten vor Lachen. Feline hörte nicht auf. Mit jeder Zutat, die sie ihrem Gebräu hinzugab, änderte sie ihre Stimmfarbe und machte alle Anwesenden nach.

Die Feen amüsierten sich. Lange war es her, dass sie gemeinsam gelacht hatten. Und für einen kurzen Augenblick vergaßen sie ihre Sorgen – nicht ahnend, was über ihnen in Fantasia passierte.

Des Volkes Liebe zum König

Es hatte sich wie ein Lauffeuer herumgesprochen, dass neun fremde Feen, die für den Tod der Königsfamilie und das Erscheinen des Gorlocks verantwortlich sein sollten, sich irgendwo in Fantasia versteckten. Das in Angst versetzte Feenvolk eilte Hilfe suchend herbei, um an der ausgerufenen Feenversammlung vor den Toren des Schlosses teilzunehmen.

„Wie ihr sicherlich schon alle wisst“, verkündete die Anführerin der Slazzaans mit gellender Stimme von der hohen Schlossmauer herunter, „suchen wir nach den Mördern von Prinzessin Orelia und ihren Kindern. Es ist gewiss, dass sie hier sind, um wieder zu töten. Aber sie verstecken sich. Diese Feiglinge. Wir werden sie finden. Sie werden für die fürchterlichen Taten büßen, die sie der Königsfamilie und auch euch, dem Feenvolk, angetan haben."

Ein verzweifelter, ekstatischer Beifall brach los. Das Feenvolk bekam zu hören, was es sich erhofft hatte. Auch Ada war gekommen, um nicht verdächtig zu wirken. Versteckt unter ihrer großen Kapuze vernahm sie mit angehaltenem Atem die Worte der Slazzaan.

„Der König verlangt von euch, die Augen offen zu halten", fuhr die Slazzaan mit laut schallender Stimme fort. Sie überragte die Feen, die eingeschüchtert zu ihr aufschauten, wie ein weißer Obelisk. „Jeder Hinweis kann von Bedeutung sein und uns direkt zu den Mörderinnen führen. Jedes auffällige Verhalten von Nachbarn, Freunden und anderen Feen muss sofort gemeldet werden, und sei es noch so geringfügig. Das ist ein Befehl des Königs! Wer sich dem widersetzt, wird ein qualvolles Ende erleiden. Hat nun jemand, irgendjemand unter euch etwas zu melden?"

Ein lautes Raunen ging durch die Menge. Die Feen blickten sich unruhig nach möglichen Zeugen um, aber niemand antwortete.

„Ich, ich!", schrie plötzlich eine Fee aus der Menge und fuchtelte hysterisch mit den Armen. Überrascht schauten alle die kleine, magere Fee an, die entschlossen zu sein schien, dem Befehl des Königs zu gehorchen. „Ich habe vor einigen Nächten durch die Rinde meines Baumes beobachtet, wie eine Dienerin des Schlosses nach Anbruch der Dunkelheit ihren Baum verließ und in den Lebenswald verschwand. Ihr Name ist Fee Ada."

Es herrschte Stille. Ada gefror das Blut in den Adern.

„Wer ist Fee Ada?", zischte die Slazzaan zornig und sprang mit flatterndem Umhang von der Mauer herunter. Der Boden erzitterte unter ihren wuchtigen Schritten. Sie stieß in die Menge vor, die ihr verstummt und nervös den Weg zu Ada freimachte. Ada stand völlig fassungslos und kreidebleich da. Auf einen Verrat war sie nicht vorbereitet. Sie spürte weder Arme noch Beine und konnte nur zusehen, wie die Slazzaan-Anführerin unaufhaltsam auf sie zukam.

„Ist das wahr?", sprach die Slazzaan mit eisig kehliger Stimme, als sie sich drohend vor Ada aufbaute. „Habt Ihr die Ausgangssperre missachtet?"

„Ich … ich weiß nicht, wovon sie redet", sagte Ada so ruhig wie sie nur konnte. Aber sie wusste, dass die Slazzaan ihr verräterisch trommelndes Herz schlagen hörte.

„Ergreift sie!", befahl die Slazzaan. Sogleich wurde Ada rechts und links von zwei Slazzaans gepackt und abgeführt.

Die krächzende Heldin

„Haben wir Euch richtig verstanden, Prinzessin?", fragte der erste Drilling ungläubig. „Ihr konntet schon auf der Erde Wind und Regen heraufbeschwören?"

„Vor Eurer Verwandlung?", kreischte der zweite Drilling ungläubig. Sie und ihre Schwestern reihten sich fassungslos vor Feline auf.

„Aber wenn Ihr bereits die Elemente Luft und Wasser beherrscht", seufzte die dritte im Bunde und ließ enttäuscht ihre Schultern hängen, „was sollen wir Euch noch beibringen?"

Feline zuckte verlegen mit den Schultern.

„Das eine Mal", erzählte sie, „habe ich mit Hilfe des Windes mein Fieber gesenkt und das andere Mal habe ich ein kleines Gewitter entstehen lassen."

Lesia ging überrascht dazwischen. „Dann ward Ihr es also?“, fragte sie mit großen Augen. „*Ihr* habt an jenem Abend im Park den Wind aufkommen lassen? Aber das ist unmöglich, Ihr könnt es nicht gewesen sein. Ich war dort und habe gesehen, wie Ihr bewusstlos auf dem Boden gelegen habt.“

„Äh … da habt Ihr Recht, nicht *ich* war es … Es war die andere Feline.“

Die Feen rissen perplex die Augen auf.

„Die andere Feline?“

„Es war merkwürdig“, fuhr Feline fort, „aber als ich so da lag, tauchte plötzlich ein Feenmädchen auf und ließ den Wind entstehen. Eine fremde Fee, die ich noch nie zuvor gesehen habe. Aber seit meiner Verwandlung weiß ich, dass ich es war. Denn das Mädchen sah genauso aus wie ich jetzt.“

„Was?“, stießen alle außer Minna gleichzeitig hervor. Die Weiße Physiax tippelte sogleich zu Feline und starrte sie prüfend an.

„Ihr habt Eure Seelenfreundin gesehen?“

„Meine Seelenfreundin?“ Feline kräuselte die Stirn.

„Sie ist die eine Hälfte Eurer Seele“, flüsterte die Weiße Physiax nervös und sichtlich erstaunt über Felines Gabe. „Man nennt es das Yekuana: Eure Seelenfreundin taucht immer dann auf, wenn Ihr Euch in Lebensgefahr befindet.“

Felines verdutztem Gesichtsausdruck war zu entnehmen, dass der Groschen noch nicht gefallen war.

„Eure Seele besitzt die Fähigkeit, sich zu teilen, Prinzessin“, sagte die Weiße Physiax stolz. „Es ist ein höchst seltenes Phänomen, aber genau das muss Euch in jener Nacht widerfahren sein. Eure Seele hat sich in zwei Hälften geteilt und während die eine Hälfte in Eurem geschwächten Körper zurückgeblieben ist und in Eurem Inneren weiter gegen das Fieber angekämpft hat, verließ die andere Hälfte Euren Körper, um Euch von Außen zu retten. Und obwohl sie nur die Hälfte Eurer Wunschkräfte besitzt, gelang es ihr dennoch, einen abkühlenden Wind aufkommen zu lassen. Erstaunlich!“

„Aber wieso haben Minna und Lesia das Yekuana nicht gesehen?“

„Eure Seelenfreundin ist nur für Euch bestimmt, nur Ihr könnt sie sehen.“

„Und das bedeutet, dass ich mich immer selbst retten kann?“

„Nicht Ihr, sondern Eure Seelenfreundin entscheidet, ob sie Euch rettet oder nicht. Ihr könnt sie nicht kontrollieren. Sie ist selbstständig und trifft ihre eigenen Entscheidungen.“

Feline sagte nichts, das musste sie erst einmal sacken lassen.

„Und wie genau habt Ihr Regen gemacht?“, bohrte der erste Drilling neugierig nach und riss Feline aus ihren Gedanken.

Feline schmunzelte. Sie erinnerte sich daran, wie Cedric auf der Aussichtsplattform umhergerannt war, um die Gewitterwolke abzuschütteln.

„Soll ich es Euch vorführen?“, fragte Feline und schritt selbstbewusst in die Mitte der Erdhöhle. Sie atmete tief durch, richtete ihre Augen nach oben und starrte die Decke mit durchbohrendem Blick an. Die Feen schauten verwundert drein, als sogleich ein leichter Wind durch die Trainingshöhle wehte. Der Wind wurde immer stärker und sein Brausen ohrenbetäubend. Eine grauschwarze Wolkenfront zog langsam an der Decke herauf, während Donner und Blitze ein heftiges Gewitter ankündigten. Die Fackeln an den Wänden erloschen. Während ihre Haare und Umhänge wild durch die Luft flatterten, blieben die Feen unbesorgt auf der Stelle stehen und schauten dem Naturschauspiel glücklich zu. Auch Minna war überwältigt und eingeschüchtert zugleich – nicht nur von der gewaltigen Gewitterwolke, die wie ein vollgesogener Schwamm schwer über ihren Köpfen hing, sondern auch von Felines Anblick. Das kleine Mädchen sah so mächtig aus, schon fast bedrohlich. Begleitet von einem lauten Grollen prasselte der Regen schließlich hernieder. Ungeachtet dessen, dass sie innerhalb weniger Sekunden völlig durchnässt waren, jubelten die Feen ihrer Schülerin zu.

Feline wandte den Blick von der Gewitterwolke ab, die sich daraufhin sofort verzog. Sogleich wurde sie von den quietschnassen Drillingen umzingelt.

„Das war großartig, Prinzessin Ferbeljulinda!“ – „Großartig!“ – „Großartig!“, ergriffen sie nacheinander das Wort.

„Wir hätten das kommen sehen müssen“, sagte die Weiße Physiax erfreut, während sie ihren Umhang auswrang. „Wir legen nun eine kleine Trockenpause ein und machen dann gleich mit dem Gesangsunterricht weiter.“

Singen? Feline musste schlucken. Schwermütig und grübelnd zog Feline sich in ihre Wabe zurück. Von allen Übungen fürchtete sie das Singen am meisten. Auch in hundert Jahren würde sie nicht einen vernünftigen Ton herausbringen. Tiefbetrübt erinnerte sie sich an ihre Mutter, die so oft versucht hatte, ihr das Singen beizubringen – unermüdlich und stets mit einem sanften Lächeln. Aber Felines Stimmbänder waren so geschmeidig wie Stahlborsten. Sie konnte sich noch so viel Mühe geben, außer lautem Gekrächze brachte ihre Kehle nichts hervor. Sie würde niemals so schön singen können wie ihre Mutter, deren anmutiger Gesang Fantasia immer für einige Augenblicke zum Stillstand gebracht hatte. Zumindest war es Feline so vorgekommen.

Bambeli strahlte voller Vorfreude bis über beide Ohren, als sie vor die Wabenwand trat und wie eine mollige Opernsängerin vor ihrem Publikum einen Knicks machte. Die Feen klatschten. Wie in Theaterlogen saßen sie an den Eingängen ihrer Waben und ließen ihre Füße baumeln. Voller Inbrunst begann Bambeli, ein lustiges, aber hoch anspruchsvolles Feenlied zu trällern. Sie sang heiter und ausgelassen, wobei ihr opulenter Körper passend zu jedem Ton mitzitterte. Unweigerlich musste Minna an den Papiervogel denken, der laut zwitschernd durch ihre Wohnung geflattert war. Auch die anderen waren von Bambelis Auftritt amüsiert und konnten sich ein Lächeln nicht verkneifen. Unter tosendem Beifall beendete Bambeli schließlich mit einer Verbeugung ihre anstrengende Arie.

„Musik ist Honig für den Geist", erklärte sie enthusiastisch Feline zugewandt. „Mit Musik könnt Ihr jedes noch so grässliche Ungeheuer zähmen. Ihr müsst nur die richtigen Töne finden. Nun gebt uns ein Lied zum Besten."

Sie bat ihre Schülerin mit einem Wink nach vorne. Feline stellte sich mit Lampenfieber vor die Wabenwand und sah ihre Lehrmeisterinnen verdrossen an.

„Seid unbesorgt", sagte Bambeli mitfühlend, als hätte sie Felines Aufregung gespürt. „Das Wichtigste beim Singen ist der Spaß. Vergesst alles andere um Euch herum. Singt einfach. Vertraut mir. Ihr habt sicherlich eine wundervolle Stimme."

Feline wippte nervös von einem Fuß auf den anderen. Aber vielleicht hatte sich ja ihre Singstimme nach der Verwandlung zum Positiven hin verändert … Sie öffnete den Mund und ließ einen Schwall aus quietschenden und krächzenden Lauten ertönen. Die Feen schreckten verblüfft zurück und schauten sie ungläubig an. Felines Gesang war grauenvoll. Nichts hatte sich geändert! Feline konnte wie eh und je nicht singen. Ihrer Gesangsstimme fehlte jede Spur von Talent.

„Ähm, für den Anfang war es … ähm … gut", sagte Bambeli mit einem eingefrorenen Lächeln. Sie hatte nicht einmal im Ansatz die Melodie des Liedes erkannt.

„Ich höre mich schrecklich an, oder?“, fragte Feline. „Ihr könnt es mir ruhig sagen.“

„Aber nicht doch!“ Bambeli schüttelte den Kopf. „Das dürft Ihr nicht denken. Sagen wir einfach, Eure Stimme ist anders. Ihr bringt Töne hervor, die ich noch nie gehört habe, aber das muss nichts Schlechtes heißen. Mit ein bisschen Training werden wir Eure Stimme schon bändigen. Denkt daran, Spaß ist der Schlüssel zum Gesang.“

Feline holte tief Luft und während sie wieder nur krumme und schiefe Töne herauspresste, lief ihr Kopf knallrot an. Mit Spaß hatte das nichts zu tun. Das sahen auch die anderen Feen so – sie hielten sich alle die Ohren zu.

„Prinzessin, Prinzessin …“, unterbrach Bambeli sie sanft und reichte ihr einen Becher. „Trinkt den Nektar, der wird Euch helfen. Danach singt Ihr wie eine Nachtigall.“

Feline trank frustriert den Becher leer und versuchte es noch einmal.

„Äh, ich glaube, die Nachtigall ist ein wenig heiser“, schritt Bambeli rasch ein. Sie hatte erkannt, dass Feline ein hoffnungsloser Fall war. „Es liegt sicherlich an der Luft hier unten, Prinzessin. Wir sollten es nochmal versuchen, wenn wir wieder oben sind. An der frischen Luft wird sich Eure Stimme sicherlich ganz anders anhören. Was sagt Ihr dazu, Weiße Physiax?“

Sie schaute zu der Wabe der Weißen Physiax hoch, die jedoch leer zu sein schien.

„Huhuuu, Lehrmeisterin?“, rief Bambeli erneut. „Wo seid Ihr?“

Aber die Weiße Physiax antwortete nicht.

„Sie war doch eben noch hier“, sagte Poktah irritiert und kletterte hoch zu ihrer Wabe. „Sie ist weg!“

„Was?“, stieß Bambeli besorgt aus. „Wo kann sie bloß sein?“

„Sie wird sicherlich in den Lebenswald gegangen sein“, antwortete Lesia und sprang mit einem Satz von der Wabenwand herunter.

Plötzlich herrschte eine aufgebrachte Stimmung. Fluchtartig verließen auch die anderen Feen ihre Waben und scharten sich beunruhigt um Lesia.

„Warum hat sie uns nichts gesagt?“, fragte Ferula mit strenger Stimme. „Sollen wir nach ihr suchen?“

„Das ist zu gefährlich“, zischte Pahlya. „Wir warten hier.“

„Vielleicht sollte ich alleine nach ihr suchen“, schlug Lesia entschlossen vor.

„Nicht nötig“, krächzte die Weiße Physiax plötzlich und ließ alle erleichtert aufatmen. So leise sie sich hinausgeschlichen hatte, so leise hatte sie sich auch wieder hereingeschlichen.

„Wo seid Ihr gewesen?“, fragte Pahlya grimmig. Ihr saß der Schreck noch immer in den Gliedern.

„Sollte ich nicht fragen, warum ihr so lange gebraucht habt, um meine Abwesenheit zu bemerken?“, antwortete die Weiße Physiax mit einem kühlen Lächeln. Sie war kreidebleich und wirkte zerbrechlich, als wäre ein Teil der Lebensenergie aus ihrem Körper gewichen. Die Feen starrten sie wie versteinert an, sie alle spürten, dass irgendetwas nicht stimmte. Aber niemand traute sich, auch nur ein Wort zu sagen.

„Ich war an der Oberfläche, im Lebenswald“, sprach die Weiße Physiax leise und beinahe geistesabwesend. „Es war an der Zeit, nach so langer Abgeschiedenheit zu erfahren, was über uns passiert ist. Ich habe heimlich die Gespräche von Feen, Gnomen und anderen Wesen belauscht.“

„Was habt Ihr erfahren?“, fragte Lesia ungehalten.

„Nichts Gutes“, knatterte die Weiße Physiax mit trauriger Stimme. „Fee Ada wird im königlichen Verlies gefangen gehalten.

Sie wird des Mordes an Prinzessin Orelia und ihren Kindern beschuldigt."

Die Feen schnappten nach Luft. Sofort zeichneten sich Sorgesfalten in ihren Gesichtern ab.

„Wie konnte das passieren?", fragten die einen. „Warum?", fragten die anderen.

„Borgarus hat das Feenvolk auf seiner Seite. Eine ihrer Baumnachbarinnen hat sie verraten. Sie hat beobachtet, wie Ada unter Missachtung der Ausgangssperre im Lebenswald verschwand. Seither ist unsere Schwester im Verlies. Es wird gemunkelt, dass die Slazzaans sie foltern, um sie zum Reden zu bringen. Sie soll ihnen verraten, wer die fremden Feen sind, die den Smorags entkommen sind. Also wir. Sie suchen nach uns."

Es herrschte Stille. Alle wussten, dass Ada in diesem Moment wohl um ihr Leben kämpfte.

„Was ist, wenn sie bereits geredet hat?", fragte Pahlya entsetzt.

Feline trat vor und schüttelte energisch den Kopf.

„Das würde Ada niemals tun", rief Feline erzürnt. „Ich kenne sie. Ada ist meiner Mutter stets eine loyale Dienerin gewesen. Sie würde uns niemals verraten."

„Was noch nicht ist, kann ja noch werden", gab Poktah zu bedenken. „Ihr habt gehört, die Slazzaans foltern sie. Wie lange kann Ada dem standhalten? Entweder finden wir einen Weg, sie da rauszuholen, oder sie wird uns früher oder später verraten."

„Eher würde sie sterben, als uns zu verraten. Aber wir dürfen nicht zulassen, dass sie weiter gequält wird. Ihr habt Recht, wir müssen sie da rausholen. Und ich weiß auch schon wie", sagte Feline selbstbewusst.

„Wie?" – „Wie?" – „Verratet es uns", wollten die Drillinge neugierig wissen.

„Ich werde sie befreien", antwortete Feline. „Ich werde als Slazzaan-Anwärterin ins Schloss gelangen und sie befreien."

Die Weiße Physiax schaute sie traurig an und nickte. So jung und noch so unerfahren, aber wie tapfer doch ihre Nichte war, dachte sie.

„Ich habe gehofft und zugleich befürchtet, dass Ihr das sagen werdet", sprach sie nachdenklich. „Als wäre es im Schloss nicht schon gefährlich genug für Euch. Aber so soll es geschehen. Einen anderen Weg gibt es nicht. Lasst uns nur hoffen, dass Adas Kräfte bis zu ihrer Rettung ausreichen."

Die Gefangene im Verlies

Langsam kam Ada zu sich und öffnete mühsam ihre Augen. Sie lag zusammengekrümmt im Verlies auf dem kalten, feuchten Steinboden. Ihr Puls war schwach. Jeder Atemzug tat ihr weh. Mit schmerzerfülltem Gesicht rollte sie sich auf den Rücken und schaute unter ihren schweren Lidern zu der kleinen Öffnung hoch oben an der Mauer, durch die das schwache Mondlicht in ihre Kammer schien. Wie lange war es her, dass sie den Mond in seiner ganzen Pracht gesehen hatte? Tage? Wochen? Ada erinnerte sich nicht. Sie hatte jegliches Zeitgefühl verloren. Ihren Lebensrhythmus bestimmten die unbarmherzigen Slazzaans. In regelmäßigen Abständen holten sie sie aus ihrem Verlies und schleppten sie vor ihre Anführerin, die erbarmungslos und unerbittlich Einblick in Adas Blitzer forderte. Sie ließ Ada, die machtlos gegen sie war, ihre dunkle Feenkraft schmerzvoll spüren. Ada hatte jedes Mal das Gefühl, bei lebendigem Leibe zerrissen zu werden.

Nur der Gedanke, dass auch sie in gewisser Weise Macht über die Slazzaan-Anführerin besaß, weil nur sie den Blitzer öffnen konnte, verschaffte Ada ein wenig Genugtuung. Sie würde den Blitzer niemals für die Slazzaans öffnen. Eher würde sie sterben!

Hinter der dicken Eisentür vernahm Ada plötzlich ein leises Gemurmel. Die zischende, kalte Stimme der Slazzaan-Anführerin ließ sie zusammenzucken.

„Bringt sie mir, sobald sie aufgewacht ist!“, befahl sie den Wachen. „Ich werde sie so lange quälen, bis sie den Blitzer öffnet.“

Ihre Schritte entfernten sich, aber ihr abscheuliches Lachen hallte noch lange durch die Steingänge.

Ada rollte sich wieder auf die Seite und schloss völlig entkräftet die Augen.

Die letzten Tage vor dem Turnier

Es war mitten in der Nacht. Die Feen in der Erdhöhle schliefen alle. Nur Feline war wach. Sie lag erschöpft in ihrer Wabe und dachte zu den Klängen des Schnarchorchesters nach. Lesia hatte sich als die strengste Lehrmeisterin von allen erwiesen und verlangte Feline mit einem straffen Training einiges an Kräften ab. Sie hatten den Unterricht nach der schrecklichen Nachricht von Adas Gefangenschaft begonnen. Bisher war es Feline nicht gelungen, einen Energieball aus ihren Händen abzuladen. Immer wenn sich die Energie knisternd in ihrem Körper zusammenballte und sie vor Anspannung zu explodieren drohte, löste sich alles schlagartig in Luft auf. Feline hatte stets die Enttäuschung in Lesias Gesicht wahrgenommen, auch wenn diese nichts gesagt hatte. Was machte sie nur falsch? Allmählich wurden auch die anderen Feen unruhig

– drei Tage blieben ihr nur noch bis zum Rüttelschüttelturnier.

Feline fielen müde die Augen zu. Sie spürte, wie sie langsam in den langersehnten Schlaf glitt, als sie plötzlich wie vom Blitz getroffen mit einem Ruck die Augen öffnete und aufschrak.

„Der Traum“, flüsterte sie aufgeregt. „Wie konnte ich ihn nur vergessen?“

Sie erinnerte sich an den Traum, den sie in der ersten Nacht in der Erdhöhle gehabt hatte. Darin hatte sie einen großen Energieball erzeugt und ihn dem Gorlock entgegengeschleudert.

Feline wurde nervös. Rasch verließ sie das Bett und ging grübelnd in ihrer Wabe auf und ab. Auch wenn sie es nur geträumt hatte, war es ihr doch gelungen. Sie musste nur noch herausfinden wie. Dann blieb sie abrupt stehen.

„Das ist es! Ich war wütend! Wütend auf den Gorlock.“ Ihr fielen Cedrics Worte ein: Wut kann ungeahnte Kräfte zum Vorschein bringen.

Hatte Cedric Recht gehabt? War Wut der Auslöser für diese Kraft? Es gab nur einen Weg, das herauszufinden. Feline kletterte schnurstracks aus ihrer Wabe heraus, eilte durch den engen Tunnel in die Trainingshöhle und stellte sich in großem Abstand vor die Höhlenwand, an der Lesia sie täglich unterrichtete. Sie konzentrierte sich auf die schrecklichen Traumbilder, die sie längst verdrängt hatte. Stück für Stück kamen sie wieder in ihr Gedächtnis. Sie sah die blutunterlaufenen Augen des Gorlocks, seine großen Mäuler, mit denen er Cedric und Minna verschlungen hatte. In Feline begann es zu brodeln. Wie damals im Traum spürte sie Wut in sich aufsteigen. Gleichzeitig ballte sich eine mächtige Kraft in ihr zusammen, die ihr die Luft zum Atmen nahm. Sie versuchte, die Handflächen vor der Brust zusammenzuführen, doch ihre Hände stießen sich wie zwei gleichpolige Magnete ab. Aber Feline ließ nicht nach. Mit ganzer Kraft versuchte sie, ihre vor Anstrengung zitternden Hände zusammenzupressen – wie Lesia es vorgeführt hatte. Und dann passierte es: Feine, blitzartige Energiefäden züngelten aus ihren Händen und bündelten sich zu einem kleinen, leuchtenden Energieball. Feline schnappte vor Freude nach Luft – es funktionierte!

Sie machte einen Stemmschritt, holte weit aus und schleuderte den Energieball mit voller Wucht durch die Luft. Er zischte mit seinem grellen Schweif geradewegs durch die ganze Höhle und schlug mit einem lauten, dumpfen Schlag in der Wand ein. Ein großer, rauchender Krater tat sich auf.

„Warum denn nicht gleich so?“, fragte Lesia mit einem Schmunzeln, während sie leise in die Hände klatschte.

Feline schreckte überrascht auf. Sie hatte nicht mitbekommen, dass sich hinter ihr die gesamte verschlafene Schwesternschaft versammelt hatte.

„Na, endlich!“, bemerkten die zerzausten Drillinge erleichtert wie aus einem Munde.

„Ich wusste es“, nuschelte Minna und gähnte dabei ausgiebig.

Auch wenn die Feen zu müde waren, um Felines Erfolg mit Luftsprüngen zu zelebrieren, konnte Feline ihnen die Erleichterung deutlich anmerken. Sie zogen sich in ihre Waben zurück und wenige Augenblicke später ging das Schnarchorchester wieder los. Auch Feline schlief sofort ein.

Am nächsten Morgen trat Feline die letzte Etappe ihres Unterrichtsmarathons an. Die Weiße Physiax trat als Lehrmeisterin vor. Dem Anlass entsprechend trug sie eine dunkelblaue, goldverzierte, wenn auch staubige Robe aus der Glanzzeit der Schwesternschaft und hatte die Haare zu einem riesigen Dutt zusammengebunden.

„Es gibt verschiedene Möglichkeiten, für seine Feinde unsichtbar zu werden. Ich zum Beispiel täusche die Sinne, indem ich ein Schutzprisma heraufbeschwöre und mich darunter verstecke. Ihr aber werdet die Methode der Ablenkung erlernen."

Feline hörte aufmerksam zu. Ihre Augen wanderten mit der Weißen Physiax langsam von links nach rechts.

„Die beste Ablenkung ist die perfekte Illusion einer Sehnsucht", fuhr die Weiße Physiax fort. „In jedem schlummert ein unerfüllter Wunsch, eine Begierde, wonach es ihn dürstet. Wenn Ihr es also schafft, Eurem Angreifer das vorzuführen, was er am meisten begehrt, dann seid Ihr praktisch unsichtbar für ihn. Er wird die Augen nicht mehr von der perfekten Täuschung abwenden können und blind für alles andere sein. Das verschafft Euch Zeit, um davonzuschleichen. Allerdings müsst Ihr Euch beeilen, weil die Illusion bereits nach wenigen Augenblicken verblassen wird und Eure Feinde die verfälschte Wirklichkeit durchschauen könnten."

„Aber woher weiß ich, was sich jemand sehnsüchtig wünscht?", fragte Feline.

„Das kann ich Euch leider nicht sagen. Das einfache Prinzip lautet: einem Hungrigen eine saftige Hähnchenkeule, einem Durstigen ein Glas prickelndes Wasser. Aber die beiden voneinander zu unterscheiden, also den Feind präzise einzuschätzen – darin liegt die wahre Kunst der Ablenkung."

Feline nickte und schloss ungeduldig die Augen, als würde sie einen Versuch starten wollen. Die Feen rückten gebannt näher und starrten ihre Schülerin erwartungsvoll an.

Feline überlegte nicht lange – es gab eine Sache, die die Feen über alles begehrten … Wie aus dem Nichts erschien das Abbild der Schriftrolle! Ein schwarzes, gerolltes Pergamentpapier, das mit einem roten Eisenring verschlossen war. Die Rolle schwebte in der

Luft. Die Feen hielten für einige Sekunden den Atem an. Obwohl sie wussten, dass die Schriftrolle nur eine Illusion war, fühlten sie sich von ihr angezogen. Außer Minna und der Weißen Physiax bewegten sich alle Feen langsam auf das Trugbild zu und streckten ihre Hände danach aus. Aber obwohl die Schriftrolle zum Greifen nahe schien, bekamen sie sie einfach nicht zu fassen. Feline schaute ihnen verblüfft und schmunzelnd zu. Selbst die Feen, die es besser wissen müssten, waren auf die Ablenkung reingefallen.

„Siehst du", flüsterte die Weiße Physiax zufrieden. „Solange eine Illusion die Aufmerksamkeit unserer Gegner auf sich zieht, sind wir unsichtbar für sie. Aber denkt daran, nicht bei jedem werdet Ihr die Sehnsüchte so leicht erkennen können wie bei den Schwestern."

Als das Trugbild der Schriftrolle allmählich erblasste und die Feen leicht verlegen zu sich kamen, versammelten sie sich ein letztes Mal am großen Tisch.

Die Weiße Physiax trat vor Feline und nahm sie fest in die Arme – zum ersten Mal, seit sie ihre Nichte getroffen hatte. Sie verspürte ein ungeheuer starkes Gefühl von Angst und Liebe. Was, wenn sie ihre Nichte nicht würde beschützen können?

„Ihr seid nun so weit", sagte sie bedrückt und schaute Feline liebevoll an. „Mehr können wir Euch nicht beibringen. Ihr seid nun auf Euch alleine gestellt. Aber einen letzten Rat habe ich noch. Ganz gleich, welche Aufgaben Euch beim Turnier gestellt werden, setzt als erstes Euren Verstand ein. Denn ohne Verstand ist auch die mächtigste Fee nur ein dummer Esel.

Morgen früh werden Euch Lesia, Pahlya und Bambeli ins Mangal-Tal begleiten. Sie werden sich als Eure Mutter und Tanten ausgeben. Ich werde Euch aus einem sicheren Versteck beobachten. Alle anderen werden hier in der Erdhöhle bleiben. Nun geht und ruht Euch aus."

Kapitel 6

Das Mitternachtstreffen

Am Abend lag Feline mit bedrückenden Gedanken wach in ihrem Bett. War sie wirklich bereit, wie ihre Tante es gesagt hatte? Warum fühlte sie es dann nicht? Ganz im Gegenteil: Sie konnte sich nicht einmal an die einfachsten Wunschtrankrezepte erinnern. Je mehr sie versuchte, ihr neues Wissen abzurufen, umso stärker hatte sie das Gefühl, nichts mehr zu wissen. Es wurde immer schlimmer. Feline hatte einen Blackout! Was, wenn sie bei dem Turnier versagte? Allein der Gedanke daran ließ ihr Herz schneller schlagen und sie ins Schwitzen geraten.

Unruhig wälzte sie sich hin und her. Sie konnte unmöglich schlafen. Frustriert klopfte sie das Mooskissen zurecht, als sie unerwartet etwas Merkwürdiges darin fühlte … etwas Metallisches. Feline stutzte. Was war das? Sie grub ihre Finger in das Kissen und zog einen alten Schlüssel hervor. Ein tiefer Atemzug entwich ihrer Brust und ihre Augen weiteten sich. Es war der Schlüssel, den Cedric ihr zum Abschied gegeben hatte. Sein Glücksbringer! Feline hatte ihn in ihr Kissen gesteckt und ihn dort vergessen.

Ihr fiel sofort wieder ein, dass sie mit Cedric verabredet war. Waren etwa schon drei Monde vergangen? Rasch rechnete sie die Tage zurück, in der Hoffnung, ihn nicht versetzt zu haben. Und tatsächlich, es war nicht zu spät – sie waren für heute verabredet. Feline wurde ganz nervös vor Freude. Womöglich wartete Cedric schon auf der Aussichtsplattform auf sie. Sie wusste, dass es falsch wäre, aus der Erdhöhle zu steigen, durch den Lebenswald zu rennen und auf die Erde überzutreten, aber sie musste Cedric unbedingt wiedersehen.

Sie sprang aus dem Bett und lugte vorsichtig aus der Wabe heraus. Zu ihrer Erleichterung hatten sich die meisten Feen zurückgezogen – bis auf Pahlya und Poktah, die im flackernden Licht stillschweigend ihre Schattenbilder an der Wand gegeneinander kämpfen ließen. Lesia saß am Kamin, tief in ihre Gedanken versunken. Hektisch griff Feline nach ihrer Tasche und kramte ihre Menschlingskleidung heraus. Sie wollte Cedric nicht in ihrem Feengewand begegnen, also schlüpfte sie in Jeans und Turnschuhe und zog sich ein langärmeliges Shirt über. Dann legte sie sich auf die Lauer und wartete geduldig, bis die Luft rein war.

Das Feuer im Kamin war fast erloschen, als Feline sich leise wie eine Diebin aus ihrer Wabe hinausschlich. Auf Zehenspitzen eilte sie auf die schattige Seite der Erdhöhle, an die Stelle unter der Kuppel, wo sie am ersten Tag hindurchgefallen war. Sie hoffte, den Ausgang dort zu finden. Auf dem flachen Laubhaufen stehend erblickte sie die Öffnung weit über ihrem Kopf. Wie sollte sie da hoch kommen? Während Feline sich einen Aufstieg überlegte, verdichtete sich urplötzlich unter ihren Füßen raschelnd das Laub und hob sie immer höher und höher – bis sie den Kopf in die Öffnung stecken konnte und wie durch einen Strohhalm aus der Erdhöhle hinausgesogen wurde.

Feline rannte den schmalen Pfad zur Aussichtsplattform hinauf. Es war bereits dunkel und der Waldpark war menschenleer. Ihre Hoffnung, dass Cedric noch auf sie wartete, schwand immer mehr. Keuchend kam sie auf der Plattform an, die von den Lichtern der Stadt schwach beleuchtet wurde. Sie blickte sich suchend um. Erst beim genauen Hinschauen entdeckte sie Cedrics Silhouette auf der Sitzbank. Ihr Herz machte einen Hüpfer. Die Arme hinter dem Kopf verschränkt und seine Kappe tief ins Gesicht gezogen, saß Cedric langgestreckt da. Sie ging langsam auf ihn zu und hatte das Gefühl, den Boden unter ihren Füßen nicht mehr zu spüren.

„Ehm, weißt du, ich habe die ganze Zeit nachgedacht", grummelte er unter seiner Kappe, ohne sie anzusehen, „mir fällt einfach kein einziges Märchen ein, in dem eine Fee zu spät kommt."

„Und ich wette", sagte Feline schelmisch lächelnd und stellte sich vor ihn, „dass du die vollen vier Stunden dafür gebraucht hast, um dir diesen Spruch auszudenken."

Feline war glücklich wie nie zuvor. Was sie nicht ahnte: Auch Cedric grinste unter seiner Kappe bis über beide Ohren. Wie sehr hatte er ihre witzigen Konter vermisst.

Er schob seine Kappe auf den Kopf zurück und war verblüfft, als er die „neue" Feline erblickte. Mit zusammengekniffenen Augen musterte er sie, während er sich von der Sitzbank erhob. Er konnte nicht fassen, wie schön sie geworden war.

„Was soll ich sagen, Kleine?", flüsterte er schließlich mit gerümpfter Nase. „Bei deiner Verwandlung ist aber so einiges schiefgelaufen."

Feline lächelte. Ein schöneres Kompliment hätte er ihr nicht machen können.

Weder Cedrics Eltern, die ihn womöglich fürs Zuspätkommen zu lebenslänglichem Hausarrest verdonnern würden, noch die Feen, die vor Sorge durchdrehen würden, wenn sie Felines Abwesenheit bemerkten, konnten die Laune der beiden trüben. Sie konnten sich keinen anderen Ort vorstellen, an dem sie in diesem Augenblick lieber gewesen wären.

„Wie lange bleibst du?", fragte Cedric, als sie wieder auf der

Sitzbank Platz nahmen. Und da waren sie schon wieder: Felines unruhige Gedanken an das Rüttelschüttelturnier.

„Bei Sonnenaufgang beginnt in Fantasia ein Turnier", erzählte Feline, plötzlich wieder bedrückt. „Und ich werde daran teilnehmen. Es ist das gefährlichste Turnier des Landes. Und ich weiß nicht im Geringsten, was auf mich zukommt. Gegen welche Ungeheuer ich kämpfen muss. Oder wie stark die Stürme sein müssen, die ich heraufbeschwören soll, oder wie wuchtig meine Energiebälle … Und schon gar nicht, wie ich mit meinem Gesang jemanden bezirzen könnte. Meine Stimme ist fürchterlich. Ich höre mich an wie ein Mischung aus Pottwal und Papagei."

Während sich Feline ihre Sorgen von der Seele redete, tauchte Cedric in ihre fantastische Welt ein. Er hing förmlich an ihren Lippen und stellte sich alles wie in einem Comic bildhaft vor … mit Feline als seiner Superheldin!

„In den letzten Monden bin ich Tag und Nacht von neun Lehrmeisterinnen unterrichtet worden. Aber jetzt, kurz vor dem Turnier, weiß ich nichts mehr. Ich habe einfach alles vergessen."

„Blödsinn, Kleine", antwortete Cedric. „Alles ist noch bei dir oben im Kasten, aber du machst dir viel zu viele Gedanken. Schalte mal ab. Denk an was anderes, an mich zum Beispiel."

Feline schaute ihn stirnrunzelnd an.

„Abschalten?", fragte sie verdutzt. „Das ist alles?"

Sie war überrascht, dass eine solch simple Antwort sie beruhigte. Wie einfach und praktisch Jungs doch sein konnten.

Cedric nickte. „Ja, lass dich einfach mal gehen …"

Feline wusste nicht, was plötzlich mit ihr passierte, aber wie benommen beugte sie sich nach vorne und küsste Cedric auf die Wange.

Wie peinlich! Damit stand offiziell fest: Drei Monde in der

Erdhöhle mit knapper Luftzufuhr waren definitiv zu lang! Feline spürte, wie ihr Kopf rot anlief und glühend heiß wurde. Jetzt wäre der richtige Augenblick gekommen, um im Boden zu versinken.

„Okay, “, sagte Cedric überrascht und amüsiert zugleich. „Das hatte ich zwar mit Abschalten nicht gemeint und auch nicht erwartet. Aber es gefällt mir! Cool. Du kannst gerne weitermachen.“

Mit einem breiten und zufriedenen Lächeln hielt er Feline die andere Wange hin.

„Wovon träumst du nachts?“, spöttelte Feline, um sich nicht anmerken zu lassen, wie geschmeichelt sie war. „Außerdem muss ich los, vor Sonnenaufgang muss ich zurück in Fantasia sein.“

Cedric, dem die Knutsch-Stimmung zu schnell gekippt war, griff rasch nach ihrer Hand.

„Ich seh noch keine Sonne! Bitte bleib ... bleib bei mir.“

Einerseits konnte Feline der peinlichen Situation, in die sie sich „hineingeküsst“ hatte, nicht schnell genug entkommen, andererseits brach es ihr das Herz, ihn verlassen zu müssen.

„Ach, was soll's“, sagte sie mit einem Achselzucken. „Einfach abschalten. Stimmt's?“

Cedric lächelte und zog sie wieder zu sich auf die Sitzbank.

In der Erdhöhle herrschte helle Aufregung. Bambeli hatte kurz vor der Dämmerung Felines Wabe leer vorgefunden und mit einem lauten, trällernden Alarmton die Feen aus dem Schlaf gerissen. Seither liefen sie ruhelos und grummelnd umher. Sie machten sich große Sorgen um ihre ausgerissene Schülerin und waren gleichzeitig erzürnt darüber, dass diese ihnen nicht einmal eine Nachricht hinterlassen hatte.

„Ach, Prinzessin, wohin seid Ihr nur gegangen?“, brummte die Weiße Physiax vor sich hin und hatte sich nach langer Zeit wieder einmal hinter ihre Haare zurückgezogen. „Sich einfach rausschleichen, wo gibt's denn so etwas?"

„Unerzogene Prinzessin" – „Weggelaufen" – „Hoffentlich ist ihr nichts passiert", grummelten die Drillinge.

Auch Minna und Lesia grübelten.

„Wo kann sie nur sein?", fragte Lesia besorgt. „Weißt du etwas?"

Minna schüttelte den Kopf. „Aber sie erzählte mir vor einigen Nächten, dass sie ihre Freunde so sehr vermisst", sagte sie. „Vielleicht ist sie ja auf der Erde."

„Was?", donnerte es aus Lesia heraus. „Sie ist auf der Erde?"

Aufgeschreckt eilten die anderen herbei und umzingelten sie.

„Das ist verantwortungslos und unverzeihlich", fuhr Lesia missgelaunt fort und schaute Minna scharf an. „Wie kann sie sich wegen irgendwelcher Freunde nur so leichtsinnig in Gefahr bringen!"

„Ich … ich weiß es nicht", stotterte Minna verlegen. „Es ist nur eine Vermutung."

„Und wenn sie alleine ins Tal gegangen ist?", mischte sich Poktah ein. „Dann haben Borgarus' Leute sie vielleicht schon gefangen genommen."

Die Feen warfen sich verzweifelte Blicke zu. Allein die Vorstellung ließ sie erschaudern.

„Wir gehen hoch!", knatterte die Weiße Physiax entschlossen und schob ihr besorgtes Gesicht durch die Haare. „Uns bleibt keine andere Wahl, als sie zu suchen. Sie ist unsere einzige Hoffnung und das Wertvollste in meinem Leben. Wenn ihr etwas zustößt, dann hat alles keinen Sinn mehr."

„Aber was ist mit dem Turnier?", fragte Poktah besorgt. „Wenn sie nicht rechtzeitig angemeldet ist, darf sie nicht daran teilnehmen."

„Vergesst das Turnier“, fauchte die Weiße Physiax sie an. „Die Prinzessin ist wichtiger, zuerst müssen wir sie finden. Wir teilen uns auf. Der reine Menschling und ich werden auf der Erde nach ihr suchen. Und Ihr drei“, dabei zeigte sie auf Lesia, Pahlya und Bambeli, „Ihr geht ins Tal. Dort wird anlässlich des Turniers ein reges Treiben herrschen. Mischt Euch unauffällig unters Volk. Seid aufmerksam, vielleicht erfahrt Ihr, ob die Smorgas ein Feenkind gefangen genommen haben. Ihr Drillinge macht Euch im Lebenswald auf die Suche. Ferula und Poktah bleiben hier, für den Fall, dass Ferbeljulinda hierher zurückkommt.“

„Wartet!“, krächzte der zweite Drilling leicht hysterisch, als sie sich anschickten zu gehen. „Wollt Ihr in diesen alten, staubigen Gewändern zum Rüttelschüttelturnier?“ Dabei schaute sie Lesia, Bambeli und Pahlya an. „Dort werdet Ihr auffallen wie drei alte Graureiher.“

„Ihr habt Recht“, sagte Lesia. „Sie werden uns sofort ansehen, dass mit uns etwas nicht stimmt.“

Auf Fingerschnipp der Weißen Physiax standen Lesia, Bambeli und Pahlya in festlichen, bunten Gewändern und goldenen Stiefeln da. Ihre Haare waren geflochten und mit Blumen geschmückt. Minna schaute sie entzückt an. So stellte sie sich Feen vor!

Die acht waren zum Aufbruch bereit. Sie stellten sich eng zusammengerückt auf den Laubhaufen und wurden raschelnd hochgehoben.

„Seid bitte vorsichtig“, rief Ferula ihnen nach. „Und lasst uns nicht ohne Nachricht.“

Lesia nickte ihr von oben zu und steckte als erste ihren Kopf durch die Öffnung. Die anderen folgten ihr. Nach und nach ploppten sie wie Maulwürfe aus dem Eingangsloch an die Oberfläche.

Von der schweren Aura des Okantarberges zu Boden gedrückt und ihres Atems beraubt, versuchten sie, sich so schnell wie möglich aufzurappeln und zu entfernen. Minna hielt tapfer mit den Feen mit. Sie bewegte sich mit ganzer Kraft vorwärts und wehrte sich gegen die Ohnmacht, die sie beim ersten Mal fast übermannt hätte.

Sie liefen so weit in den Lebenswald hinein, bis sie wieder frei atmen konnten, und suchten nach einer Stelle zum Übertreten.

„Wenn die Sonne aufgeht, seid Ihr vor den Smorgas sicher", flüsterte die Weiße Physiax. „Aber nehmt Euch vor den Slazzaans in Acht. Sie können überall sein. Und traut niemandem. Das Feenvolk würde Euch sofort verraten, weil es Angst vor Euch hat."

Sie stellte sich zu Minna und nahm ihre Hand.

„Beeilen wir uns", sagte sie. „Die Sonne geht gleich auf."

Minna schloss die Augen und sie verschwanden aus Fantasia.

Fast im selben Moment ging die Sonne auf. Die Strahlen durchfluteten den Lebenswald und ließen ihn in tausend Farben erscheinen. Tief seufzend genossen Lesia, Bambeli und Pahlya die Sonnenstrahlen auf ihrer Haut … warm … belebend. Jahrzehnte waren vergangen, seit sie das letzte Mal Fantasias Wärme verspürt hatten. Wie wohltuend sie doch war!

Für einen kurzen Moment vergaßen sich die drei. Erst als sie in der Ferne leise Stimmen von Feen vernahmen, die sich auf dem Weg zum Rüttelschüttelturnier befanden, kamen sie wieder zu sich. Sie zogen die Kapuzen ihrer bunten Umhänge über die Köpfe und folgten den fremden Feen.

Der Schauplatz für die alljährlichen Rüttelschüttelturniere war das Mangal-Tal: ein riesiger, trichterförmiger Krater mit hohen, grasbewachsenen Hängen, den das Volk auch den „grünen Todeskessel" nannte. Am Fuße des Südhanges ragte ein besonders seltener

Audaxiabaum empor, der in seiner Erhabenheit und Schönheit von keinem anderen Baum übertroffen werden konnte. Er hatte einen unbiegsamen Stamm, ummantelt von weißer Rinde. Seine Krone war mit Millionen von knatschgelben Blättern geschmückt, die in der Morgensonne golden glitzerten.

Auf die lauten Klänge der Fanfaren hin strömten tausende schaulustiger Feen ins Tal hinab und übersäten seine Hänge mit ihren in allen Farben leuchtenden Gewändern. Als wären Angst und Trauer für diesen einen Tag aus ihrem Geiste gewichen, erfüllten ihre frohgelaunten Stimmen und ihr Gelächter das sonst so stille Tal.

Lesia, Pahlya und Bambeli standen weit oben auf dem Hang. Unauffällig spähten sie in alle Richtungen und belauschten die Gespräche der nahestehenden Feen. Jedoch gab es keine Hinweise auf Prinzessin Ferbeljulinda.

Wie ein Gewitter kam tosender Beifall auf, als die drei berühmtesten Lehrmeister des Königs ihre Plätze auf der großen, bronzenen Empore einnahmen, die in der Mitte des Tals thronte. Der erste war Lehrmeister Elatron, ein stämmiger, kampfbegeisterter Feenmann, der keinerlei Schwächen bei seinen Schülern duldete.

Lehrmeister Aldion war ein kleiner, schmächtiger Feenmann. Man konnte es ihm nicht ansehen, aber er beherrschte die düsteren Wunschkräfte wie kein anderer.

Und der finsterste von ihnen war Lehrmeister Oxoro. Seine Augen waren ebenso schwarz wie seine Seele. Man munkelte, dass er in Verbindung zu verdammten Geistern stand.

Mit aufgerichteten Bannern folgten den drei Lehrmeistern ihre besten Schüler und postierten sich mit leblosen, starren Gesichtern hinter den Meistern.

Der Jubel wurde lauter, als die Fanfaren wieder erklangen und König Borgarus auf der hohen Empore erschien. Lesia, Pahlya und Bambeli beteiligten sich widerwillig an der Huldigung, um nicht aufzufallen.

Erst als König Borgarus die Hand erhob, wurde es wieder still auf den Hängen. „Seid willkommen, mein edles Feenvolk von Fantasia“, sprach er mit lauter und erhabener Stimme. „Ein schreckliches Jahr liegt hinter uns, in dem ihr mir eure Treue erwiesen habt. Haltet stets zu eurem König und euch wird nichts geschehen. Ich werde euch beschützen!“

Und wieder brach ein entfesselter Jubelschrei aus der Menge.

„Aber nun ist es an der Zeit, das Rüttelschüttelturnier zu beginnen“, sprach Borgarus erneut und dämmte die lauten Stimmen des Feenvolkes wieder ein. „Ich widme die Spiele in diesem Jahr meiner armen, getöteten Schwester und ihrer Familie. Lasst das Turnier beginnen!“

Unter lautem Beifall trat eine Schar junger Feenkinder vor. Lesia, Bambeli und Pahlya wurden sichtlich unruhig. Auf der Suche nach ihrer Prinzessin ließen sie ihre Blicke über die Anwärter schweifen. Hunderte von Feenjungen und Feenmädchen – die ältesten unter ihnen waren vierzehn Jahre alt – standen eng zusammengerückt vor der Empore und blickten nervös zum König auf.

„Da!“, flüsterte Lesia aufgeregt und stieß ihre Schwestern unauffällig an. Sie hatte das Gefühl, ihr Herz würde vor Freude aus dem Brustkorb springen. Dort unten zwischen all den Feenkindern stand Prinzessin Ferbeljulinda. Selbstsicher und mit erhobenem Haupt, den Blick scharf und kalt auf den König gerichtet.

Feline erkannte ihren Onkel kaum wieder. Er war abgemagert und seine Augen sahen leer aus, als hätte ihn seine Seele verlassen. So hatte Feline ihn noch nie gesehen.

Dann trat Lehrmeister Aldion vor.

„Das Turnier besteht aus drei Disziplinen“, erklärte er mit quäkiger Stimme. „Zu jeder Disziplin werden wir euch Aufgaben stellen. Besteht ihr sie, dann dürft ihr an der nächsten Runde teilnehmen. Nur die Anwärter und Anwärterinnen, die in allen drei Disziplinen bestehen, werden im Schloss aufgenommen und ausgebildet. Aber erst einmal müsst ihr euch qualifizieren."

Er zeigte auf den prächtigen Audaxiabaum und fuhr fort:

„Der Rüttelschüttelbaum, dem dieses Turnier seinen Namen verdankt, ist der eigenartigste Baum in ganz Fantasia. Er hat sich seit Jahrtausenden keiner Fee geöffnet. Eure Aufgabe besteht darin, mit allen euch verfügbaren Wunschkräften den Baum zum Schütteln zu bringen ... bis er mindestens eines seiner kostbaren Blätter verliert. Aber verärgert ihn nicht, er kann auch wütend werden."

Die Feenkinder begaben sich in die unmittelbare Nähe des Baumes und stellten sich in einer Reihe auf.

Als erstes trat ein kleiner Feenjunge, der Feline merkwürdiger Weise an Alfred erinnerte, vor den Baum. Er wäre ebenso unscheinbar gewesen, wenn er nicht knallrote Haare gehabt hätte. Der Feenjunge hielt beide Hände an die Schläfen und kniff die Augen angestrengt zusammen. Nach einer kurzen Weile begann der Junge, am ganzen Körper zu zittern – und mit ihm der Baum, wenn auch nur ganz leicht. Dann geschah es ... ein Blatt schwebte langsam von der Baumkrone herunter und landete im Gras. Die Zuschauer jubelten. Das erste Feenkind hatte sich qualifiziert. Dem schüchternen Jungen war der Beifall sichtlich unangenehm und er blickte verschämt zu Boden.

Als nächstes trat ein großer Feenjunge vor. Er führte seine Arme vor der Brust zusammen und lud einen Energieball ab. Mit ganzer Wucht schleuderte er ihn gegen den Baum, der seinen Stamm zur Seite bog und ihm auswich. Über diesen groben Angriff aufgebracht, schlug der Baum einen seiner langen, dicken Äste aus und stieß ihn wie einen Rammbock in den Bauch des Jungen. Der große Feenjunge krümmte sich, strauchelte und plumpste auf seinen Hintern. Die Menge lachte und der Prüfling schied aus.

Als nächstes war ein Feenmädchen an der Reihe, das deutlich älter war als Feline. Sie durchbohrte den Baum mit ihrem Blick und schwor einen Wind herauf, der stürmisch durch die Blätter fuhr. Aber nichts passierte. Der Baum gab nicht ein einziges Blatt her. Weitere Anwärter folgten, die teils bestanden, teils durchfielen.

Dann war Feline an der Reihe. Ihre drei Lehrmeisterinnen, die am Hang standen, fassten sich bei den Händen.

Feline ging langsam auf den Audaxiabaum zu … gebeugt und voller Demut. Immer näher. Als sie nur noch wenige Schritte von ihm entfernt war, kniete sie nieder und blickte bewundernd zu seinem prachtvollen Blätterwerk auf. Dann senkte Feline wie ein Untertan vor seinem Herrscher ehrfürchtig den Kopf. Sie spürte förmlich die Neugier des Baumes, der darauf erpicht war, zu erfahren, was sie vorhatte. Langsam und immer tiefer bohrte Feline ihre Hände in die warme Erde. Dann begann sie, ihre Finger zu bewegen. Ganz langsam. Sie ließ ihre Energie in den Boden strömen, bis sie die Wurzeln des Baumes erfasste … Kurz darauf krümmte sich dieser knarzend zur Seite und rüttelte und schüttelte sich. Dabei gab er lustig knackende Töne von sich, als würde er gekitzelt und müsste kichern. Sein giggelndes Geknarze wurde immer lauter. Er konnte gar nicht mehr aufhören. Er lachte und schüttelte sich … bis schließlich sieben seiner Blätter herunterfielen.

Die Menge tobte. Lesia, Bambeli und Pahlya fielen sich vor Erleichterung in die Arme. Noch nie hatte eine so junge Anwärterin den Rüttelschüttelbaum so zum Rütteln gebracht, geschweige denn ihm so viele Blätter abverlangt.

Feline erntete teils missbilligende, teils staunende Blicke der anderen Turnierteilnehmer. Der Jubel der Zuschauer wollte nicht aufhören. Sie war nun so etwas wie die Geheimfavoritin.

Am Ende des Tages hatten sich siebenundvierzig Feenkinder für das Turnier qualifiziert. Und Feline war eine von ihnen.

Für die Dauer des Turniers wurden die Teilnehmer und ihre Begleitungen in große Zelte aus Palmenblätter einquartiert, die im Mangal-Tal aufgeschlagen wurden.

Nach Anbruch der Dämmerung saßen Feline und ihre drei Feen, die Köpfe zusammengesteckt, in ihrem Zelt nahe dem südlichen Hang.

„Der heutige Tag hat mich hundert Jahre meines Lebens gekostet“, flüsterte Lesia. „Aber es hat sich gelohnt.“

„Und wie“, quietschte Bambeli leise. „Ihr ward die Beste!“

„Ihr müsst aber vorsichtig sein“, riet Pahlya. „Ihr habt die Aufmerksamkeit von Borgarus nun auf Euch gezogen.“

„Was habt Ihr gespürt, als Ihr Euren Onkel gesehen habt?“, fragte Lesia unerwartet.

Feline schaute sie überrascht an. „Nichts“, antwortete sie und senkte ihren Blick.

„Mir ist nicht entgangen, wie Ihr ihn angesehen habt“, sagte Lesia. „Ihr dürft Euch die Wut auf ihn nicht anmerken lassen. Blendet es aus. Vergesst nicht, Eure Aufgabe ist es, in seinen Gedanken nach der Schriftrolle zu suchen! Ihr müsst ihm mit Demut und Ehrfurcht begegnen wie alle seine Untertanen. Sonst schöpft er Verdacht.“

Es war tiefste Nacht. Während Lesia, Bambeli und Pahlya leise ihre Schnarchgesänge vorführten, lag Feline noch wach in ihrem Bett.

Sie konnte nicht schlafen. Immer wenn sie ihre Augen schloss, sah sie das düstere Gesicht ihres Onkels – ein Anblick, der sie frösteln ließ. Aber Lesia hatte Recht! Sie musste lernen, in seine leeren Augen zu schauen, seine leeren Worte zu hören und ihm, wie es einem König gebührte, zu huldigen.

Als Feline gedankenverloren versuchte, in den Schlaf zu finden, hörte sie draußen plötzlich ein leises Rascheln. Sie spitzte die Ohren. Dann raschelte es wieder. Bildete sie sich das ein? Feline hatte sich inzwischen aufgerichtet und wartete auf das nächste Rascheln. Und da war es auch schon, diesmal lauter. Feline sprang leise auf und streckte ihren Kopf aus dem Zelt. Es war dunkel. Nur das schwache Licht des Mondes glitt die Hänge hinunter. In keinem der Zelte brannte noch Licht. Sie ließ ihre Augen eine Weile umherschweifen, als sie bemerkte, dass es die Blätter des alten Audaxiabaums waren, die so raschelten.

Feline schaute verdutzt. Warum raschelte der Baum? Wieder und wieder. Feline wurde ganz aufgeregt. Rief er sie etwa zu sich? Sie huschte zu ihm und schaute erwartungsvoll in die Baumkrone. Das Rascheln wurde immer lauter. Dann geschah das Unerwartete: Der Baum öffnete sich! In seiner Rinde tat sich ein kleiner Spalt auf, aus dem ein warmes, helles Licht schien. Als würde die Sonne in ihm wohnen. Felines Herz raste. Sie strahlte über das ganze Gesicht. Sie verstand nun: Dieser Baum war *ihr* Baum! Er hatte sie auserwählt! Ehrfürchtig begab sie sich in den Stamm hinein. Wie eine innige Umarmung schloss sich der Spalt hinter Feline und im grünen Todeskessel wurde es wieder dunkel.

Ende des ersten Teils

Wie geht es weiter?

Feline erwartet eine turbulente Zeit in Fantasia. Die früher so lebensfrohe Welt ist seit dem Tod ihrer Mutter unter der Herrschaft von König Borgarus zu einem finsteren und gefahrvollen Ort geworden, wo Feline seltsamen, gefährlichen und dunklen Wesen begegnet.

Ihre Suche nach der magischen Schriftrolle, die eine unerwartete Wendung nimmt, führt sie geradewegs in die Arme der Finsternis. Zum Glück weiß sie in ihrem unerbittlichen Kampf gegen das Böse stets die Schwesternschaft der Wahrheit und Minna auf ihrer Seite. Aber kann Feline mit ihnen gemeinsam die große Gefahr, die Cedric droht, abwenden?

Pomaska-Brand Verlag
Holthausen 1
58579 Schalksmühle
info@pomaska-brand-verlag.de
Tel. 02355-903339

4-2016

www.pomaska-brand-verlag.de